丛书编辑委员会

广东社会科学丛书

丛书主编
郭跃文　江中孝

文艺研究的学术演进

主　编　韩冷

暨南大学出版社
JINAN UNIVERSITY PRESS
中国·广州

图书在版编目（CIP）数据

文艺研究的学术演进 / 韩冷主编. -- 广州 ：暨南大学出版社，2024. 12. --（广东社会科学丛书 / 郭跃文，江中孝主编）. -- ISBN 978-7-5668-4102-5

Ⅰ. I0

中国国家版本馆 CIP 数据核字第 2024TD6424 号

文艺研究的学术演进

WENYI YANJIU DE XUESHU YANJIN

主　编：韩　冷

··

出 版 人：阳　翼

策划编辑：冯　琳　梁月秋

责任编辑：冯　琳　张馨予

责任校对：刘舜怡　王燕丽

责任印制：周一丹　郑玉婷

出版发行：暨南大学出版社（511434）

电　　话：总编室（8620）31105261

　　　　　营销部（8620）37331682　37331689

传　　真：（8620）31105289（办公室）　37331684（营销部）

网　　址：http：//www. jnupress. com

排　　版：广州尚文数码科技有限公司

印　　刷：广州市友盛彩印有限公司

开　　本：787mm×1092mm　1/16

印　　张：10. 75

字　　数：235 千

版　　次：2024 年 12 月第 1 版

印　　次：2024 年 12 月第 1 次

定　　价：49. 80 元

前　言

创刊于 1984 年的《广东社会科学》，是广东省社会科学院主办的综合性人文社会科学学术理论期刊。《广东社会科学》文学栏目始终坚持中国文学立场，观照世界文学视野，拓展跨学科与跨文化研究领域，推出了一系列新锐原创的学术文章，形成了严谨包容的刊文风格。

本书精选了文学栏目几十年来刊发的涉及中国文学、外国文学、华文文学、比较文学、戏剧影视文学、文献学以及文艺学等研究领域权威学者的精研之作。文章作者遍及大江南北、长城内外，文章涵盖了各个历史时期不同研究方向的前沿动态和学术热点，集中展示了中国学术界文学研究领域近几十年的学术演进与发展历程。

编　者
2022 年 8 月

目 录

CONTENTS

论本土主义与全球一体化的冲突与融合*

蒋述卓

一、坐井观天

中国有句成语叫"坐井观天",也有部电影叫《老井》。在那部电影中,山村的民众执意要打出一口冒水的井来,但由于地质条件的限制,无论怎么努力这井也出不了水。长了见识的知识青年终于弃井而去,但大多数村民却死守住这口老井。于是,"井"成为中国人的故土或本土的象征,也成为农业文明的缩影。围绕着自家的一口井,日出而作,日落而息,是中国农业文明的传统耕作与生活方式;固守乡井、重安轻徙,亦是中国人的传统文化心态。"坐井观天"也成为农业文明背景下中国人的一种病态思维。

自改革开放以来,中国打开了国门,在发展经济的同时与世界各国文化尤其是西方文化进行了广泛的接触与交流。对于一个长期被封锁的国家,一旦放开国门,接触到西方文化是会感到特别新鲜与刺激。回想 20 世纪 80 年代初,一个教英语的电视节目《Follow Me》竟然轰动全国,收看《Follow Me》成为中国人开始跟随西方走的一个象征。以全国的学英语潮始,继之而起的就是考托福潮、出国留学潮。对一种外国语言学习的改变,竟然造成像 50 年代学俄语、学"苏联老大哥"一样的"一边倒"现象,中国人在刚开放时的那种幼稚可想而知。用"饥不择食"四字来形容当时中国人对外国语言与文化的吸纳一点也不过分。在思想文化领域,向西方探寻首先是由全国的美学热引起的。

1981—1983 年,全国的美学刊物大兴,《美学向导》《美育》《美学》以及《当代

---

* 本文原载于《广东社会科学》1997 年第 4 期。

文艺思潮》等杂志创办，由介绍马克思主义美学开始进入对西方马克思主义的介绍，由对西方马克思主义的介绍进一步跨到对西方当代哲学、美学及文艺思潮的介绍。整个80年代，中国的思想文化领域总是在这些引进的思想潮流中不断翻滚，存在主义、现象学、符号学及结构主义等，一个接着一个被引进中国。有人说，80年代短短十年，中国将西方20世纪的哲学、美学思潮全部演习了一遍，我看这是一点也不夸张的。90年代初，文学艺术界、哲学界还跟上了外国最新出现的潮流，在北京的大学中，不讲萨伊德，不懂得"解构"，几乎就不配做大学生。在这种跟随西方、以西方为准的风气中，否定中国传统文化，视中国传统文化为现代化障碍的观点也便出现。

虽然1986年开始文化热兴起，也展开对"新儒学"的讨论，文学创作也有"寻根小说"，但中国文化的价值定位、中国文化的现代转换以及它在现代化中的角色与作用并没有得到充分的研讨。相反，一些表面化的貌似文化探寻的东西却使中国文化的研究变了味，这就是张艺谋的电影和各地兴办的与经济挂钩的"文化节"，如"西瓜文化节""山枣文化节"之类。张艺谋的电影虽在强调中国文化的阳刚之气上能够振奋人心，如《红高粱》一类，但在用落后、奇异的中国宗法文化的一面去取悦西方观众上不免走得过分，它对中国文化与中国形象在西方的传播是不利的。各地一些庸俗化、商业化的文化节亦是如此，它扔掉中国文化的精髓，而只取它的实用性的表皮为眼前的经济利益服务，同样未能发挥中国文化的真正作用。可以说，经过1978—1992年这15年的时间，中国已经完全敞开胸怀打开国门接纳外国的文化，尤其是西方文化，中国人已经从过去的"井"中爬出来，以开阔的视野观察世界，接触世界，并与世界相融汇。随着中国与国际的经济合作的开展，随着信息时代尤其是中国网络时代的到来，"坐井观天"的狭隘思维已经完全得到改变。

二、本土主义

尽管中国人不再可能回到原有的那口"井"，也不再可能以"坐井观天"的狭隘思维闭关自守，夜郎自大，但对于本土文化即中国文化的再认识以及回归与重建本土文化的工作业已开始。这是在了解了西方文化，了解了西方社会及其道路的基础上的文化自我反省。对于中国文化这口深井，大家深感它具有无穷的价值等着去开掘，也有无穷的魅力吸引着东西方的有识之士。对于中国人而言，中国本土文化之"井"是自己的精神家园。故家难舍，故土难离，中国文化之"井"才是安顿自己精神的所在，才是建设有中国特色现代化文化的重要组成部分。

就在纷繁的西方文化思潮被大量引进的过程中，中国的普通百姓提出了疑问："难道我们的小孩就只能有《唐老鸭》《狮子王》的动画片可看吗？我们中国的动画片到哪里去了？我们的木偶与皮影戏到哪里去了？"文艺评论界在问："难道文学就只能是先锋派领头，文学批评不沾'后现代'就不能吸引读者了吗？我们的立场在哪里？我们的文学理论建设在哪里？"面对大量的洋店名和宣扬帝王、贵族等霸气十足的店名，地方政府管理者也出面制止了。就连举办多年吸引着亿万观众的春节联欢晚会，大众也在质问："劲舞与流行歌手满台蹿，我们的民族歌舞、传统京剧与地方戏到哪里去了？"这种种质问不单单是一个欣赏口味与欣赏习惯问题，更是一种文化危机与忧患意识问题，是要求建设中国本土文化，以本土文化之"井"去规范外来文化的问题。

在学术界，一种出于探求真知的理性反思也已初具成果。如语言学界，对20世纪以来建立的现代汉语语法体系进行了反思，认为以《马氏文通》为基础建立起来的现代汉语语法体系是以西方语言语法为模式、为仿效的，并不符合中国语言的人文性，难以揭示现代汉语语法的精髓。一种新的文化语言学理论正在萌生。在文艺评论界正在讨论中国古代文论如何实现现代转换问题。中国哲学界正在讨论中华和合文化的价值与在现代化中的作用问题，对中国传统道德的文化价值也在重新认识。至于如何建设有中国特色的现代化的重大问题，由于多年来的不断讨论，也有了较清晰的认识，按自己的国情选择现代化的发展道路已成为共识。

中国本土主义的出现不是偶然的，它的存在有着多重的理由。

首先，它是在经历过外来文化冲击之后的自觉反省与自觉选择。常言道："物极必反。"当20世纪80年代西方文化大量涌入中国达到一种"言必称西方"时，当对社会、对文化的评价均以西方作为标准时，中国知识分子的内在压力就越大，一种抗争与反弹就自然会产生。自觉地反省已引进的西方文化与自觉地反省固有的中华本土文化都进入了知识分子的审视领域。有道是"知己知彼，百战不殆"，正是在对异域文化有了充分的认识与了解之后，才能分清孰优孰劣，哪些该抛弃，哪些该借鉴，哪些该容纳。中国中古时期对印度佛教文化的接受，明代以后对基督教文化的接受都已提供良好的经验。本土文化的兴起还是一个民族文化主体意识觉醒的标志。

其次，它是建立在民众朴素的民族自尊感的基础之上的。举个简单的例子，建在武汉龟山上的武汉电视塔上曾出现过洋烟广告，引起了该市市民的公愤，因为武汉电视塔被该市市民视为该市的荣耀，是该市的精神象征。最终经主管部门审查，洋烟广告撤了下来。其实，这种维护民族精神与文化的自尊感是每个民族都会有的。如法国人抵制美国好莱坞电影的进入。在纪念世界电影诞生100年时，法国的一部纪录片就记下这样的镜头：一位演员猛冲进一家电影院，从里面拖出美国好莱坞的胶片，跑到国民广场去焚烧。

最后，它也是参照了亚洲各国的文化引进和文化建设的经验与教训之后作出的理智选择。从较远的历史看，有日本的明治维新，那是一种完全的西化。但日本西化之后也仍然要有日本精神与本土文化的回归。日式的建筑、日本的生活方式包括饮食、服饰还保存得完好，日本宗教也得以复兴。从较近的历史看有新加坡的崛起。新加坡根据儒家精神与道德伦理，照样实现了现代化，并实现了治国治吏治民的一系列现代法律，保证了国家的平稳快速发展。现代化不等于西化，亚洲有亚洲的文化模式，中国有中国的特殊国情，在亚洲各国完全可以独立自主地选择适合本国实际情况的发展道路。从当前看，亚洲各国的亚洲意识与文化复兴运动正在萌发，并形成潮流。1996 年，泰国总理宣布，将取缔由来已久的"人妖"表演，勒令关闭涉嫌色情娱乐的夜总会。他称"宁可大幅度减少旅游外汇收入，也要彻底净化社会"。（见《科技经济导报》，1996 年 9 月 24 日）马来西亚副总理安瓦尔·易卜拉欣也强调要以积极的态度审视本国的文化传统，并对其他亚洲同胞的传统保持兴趣与了解。中国本土文化的兴起正是在建立亚洲文化价值体系的大背景下出现的。

三、文化冲突

亚洲本土主义包括中国本土主义的兴起是不是反西方、反现代呢？强调用本土文化"井"去规范外来文化的引进，是不是又会回到闭关锁国的时代以及意识形态一律化上去呢？这是东西方都在关注的问题。

本土主义的存在完全取决于文化差异，取决于文化传统的延传。世界之大，民族之多，文化差异必然存在。就一个亚洲，各国有各国的文化传统，更何况东西方之间？东西方之间在相互交流中增进了了解，就更会懂得东西方之间的文化差异的存在。回归本土，振兴传统也正是建立在文化差异的辨明上的。建立本土文化，正是为了丰富世界文化。倘若把亚洲本土主义的兴起看作反西方，对抗西方，未免太"西方中心主义"。假如亚洲抹去自己的传统，一切都向西方看齐，以西方传统为自己的传统，以西方的生活方式为自己的生活方式，那全球的一体化不是会太单调了吗？本土主义的建立是强调以自己的文化为主去吸取其他的文化，而不是要排斥其他文化，反对其他文化。亚洲本土主义正是在承认东西方文化差异的前提下兴起的，本土主义的出现不过是更加强调在不同的文化交流中更具有自己的主体意识而已。因此，本土主义要对引进外来文化进行规范，就要有选择、有限制地容纳外来文化，以避免更大的文化冲突发生。1995 年中国广电部引进了好莱坞的 10 部大片，这种冒了大风险的文化引进的确对中国电影市场产生了强烈刺激。作为尝试性的引进未尝不可，但中国电影市场如果没有限制，让好莱坞电影自由进入，那过不了多久，中国电影又会出现像法国电影演员焚烧好莱坞胶片的镜头，接下来将是更大的文化冲突的产生。所谓"规范"也就是要以"我"为主，在引进外来文化时要考虑自己的文化价值体系、道德规范。比如好莱坞影片中的暴力与色情就是必须受"规范"、受限制的。这不是关闭门户，也不是意识形态一律的问题，而是为了保持人类文化的纯洁性，保持本土文化的优良性。事实上，在亚洲各国包括中国，文化的多样性已然存在。因此，本土主义与全球一体化所形成的冲突是文化差异造成的。只要存在着文化差异，就有本土主义的存在，也就存在着文化冲突。

亚洲与中国本土主义的存在又取决于本国与本民族的利益抉择。从国家、民族的根本利益来说，就是要生存，要发展，要实现现代化。亚洲国家对现代化的探索实践已表明，现代化也不等于西化。亚洲国家如新加坡运用儒家思想来管理国家，同样也可达到现代化。日本现代化的成功也在于它有效地利用了日本的伦理文化来进行管理。中国也在发掘本国的传统文化智慧，形成中国的管理哲学与管理制度。《孙子兵法》《三国演义》所包含的丰富的管理哲学、公共关系理论正日益受到重视。中国的集体主义、家庭伦理、义利并重以及和合圆融的思想正日益在现代化进程中发挥作用。从理论上讲，现代化是一个过程，而并不是一个固定的模式。西方社会的现代性也并未完结，物质高度发达的现代性带给社会的危机也处处存在，个人主义、商业与功利行为，青少年与老年人的价值失落，家庭亲情的淡漠等照样困扰着西方社会。要克服这些弊端，西方的现代化才能算完善。亚洲国家的现代性大可不接受西方这种现代化带来的后果，完全可以按自己的模式去实现现代性，达到现代化。如果说亚洲本土主义与西方文化的冲突会集中在意识形态上的话，那主要就是关于社会模式和社会理想的冲突。把眼光放长远一些，亚洲国家若能试探出一条既能避免西方现代性造成的弊端，又能按自己的国情与本土文化的建立达到现代性的道路，那对人类文明的进步不也是一种贡献吗？何必又要强求一律，重蹈覆辙呢？因此，本土主义与现代化并不相悖，本土主义的崛起恰恰是为了更好地探索出一条通往现代性的可靠道路。只要存在着社会模式和社会理想的差异，存在着利益间的冲突，本土主义与全球一体化也就会形成冲突。

四、全球一体化

冲突却并不一定非得对抗，也可以是交流。在交流中的冲突达到的结果则可以是融合。冲突可以是求同存异，自由竞争，并不是相互排斥，拼个你死我活。在世界进入高科技的时代，要想逃避冲突是不可能的。如果大家都能以交流的态度而不以称王称霸或对抗的态度去迎接冲突，看待冲突，相信和平共处的全球一体化就会存在。

比如说电视文化，已是现代最强有力的大众传播媒介。随着世界进入卫星频道爆炸的时代，更多的影视文化间的冲突将会出现。天空是没法不开放的，随着卫星电视接收附加器的日益现代化，影视收看将会是全球一体化。但是，以对抗性态度去竞争还是以交流性态度去竞争就会产生不同的结果。前者会产生东西对抗以及亚洲各国间的对抗，后者会产生东西交流以及亚洲各国间的交流与融通。而且，这种态度还取决于竞争的双方。常言道："一个巴掌拍不响。"如果竞争各方均以交流、友善的态度竞争，和平的世界局势与全球一体化式的现代化世界就会到来。

亚洲各国要参与竞争，要参与交流，自然还得生产具有自己特色的文化产品。仍以电影电视为例，日本虽然有钱，但国产影片占不到日本电影市场的3%。中国的电影制作成本太低，和一部好莱坞电影成本相比相差100多倍。中国的电视片由于缺少资金，粗制滥造，极少精品。以极低的成本、极少的精品去参与竞争是相当困难的，唯一的途径就是靠自己民族的特色，靠本土文化来支撑了。当然也要靠我们自身对电影制作的加大投入，对电影发行市场机制以及电影制作体制的改革。自然电影以及其他文化产品的生产并不能仅靠加大成本就可出精品，而是要真正立足于本国的传统文化，制作出能真正体现民族风格与民族精神的产品来，关键还在于立足于本土，充满民族的自信，放远自己的目光，毫不犹豫地宣扬本民族的道德伦理与文化价值观点。要看到，随"大"流或随"西"流最终会丧失自我，失去市场，失去竞争能力。

就发展而言，中国在 21 世纪不仅面临着经济的再度竞争，同时也面临着文明的再度竞争。而文明的竞争恐怕要付出更大的努力。中国儒家的观点是提倡富而仁的，富而不仁也，行之不远。也就是说经济发达了，国力强大了，但如果没有仁义的精神，没有高度的精神文明，这个社会的发展是会受限制的，是不完美的。中国从现在起已经清楚地看到了这一点，现在就开始从最基本的职业道德建设抓起，建立人类最基本的责任感、道德感。职业道德建设意在从根本上解决一个以下服上与给人打工的思想，以配合一个良好的管理制度的实施。管理制度是为了管人卡人的，如果被管理者能树立一种职业道德意识，有一种为社会服务、为人民服务的责任感、荣誉感，那管理制度就将是最行之有效的。精神产品的生产也是如此，需要高度的职业道德感与社会责任感。要抛弃精神生产的商业行为和金钱至上主义，要自觉抵制黄色与暴力等对社会有害的精神产品，精神生产者就必须具备良好的职业道德意识与社会责任感。要出艺术的精品，追求思想性与艺术性的完美结合，也只有在高尚的艺术道德与艺术理想的驱动下才可做到。中国正下大决心增加精神文明建设的投入，正采取行之有效的道德建设步骤改善社会风气，治理腐败，也意在通过加强全民的文化知识教育提高人民的素质，这一切都是为21 世纪的文明竞争与发展做准备。

中国的大门已经打开，和国际的接轨与合作早已取得较好的效果，中国人清楚地知道，中国需要世界，世界也需要中国。中国本土主义如果形成，也不会向世界关闭大门，排拒外来文化。在现代信息高度发达、科学技术日新月异的时代，自闭无异于自杀。因此，本土主义的形成与强化，将会更有利于中国与亚洲地区现代化的探索与发展。

总而言之，只要世界上存在着文化差异，就会有本土主义的存在。本土主义与全球一体化既有冲突，也有融合，其冲突的程度取决于民族或国家的利益，也取决于相互竞争各方的态度。在现代化的大趋势下，本土主义不会呈封闭状态，对外开放、吸收外来文化仍是本土文化建设的需要。在探索现代化的进程中，本土主义又必将与全球一体化相融合，融合才会激发活力，融合才符合 21 世纪的发展方向。

【作者简介】

蒋述卓，暨南大学文学院教授、博士生导师。

口传文化与书写文化

——"民族志诗学"与人类学的表现危机*

叶舒宪

受人类学与后现代主义的双重影响，近年人文研究有一个重要变化倾向：打破中心与边缘、雅文化与俗文化、作家文学与民间文学的传统分界。这就给民俗学的重新定位和蓬勃发展带来契机。民俗学在苏联和中国又称民间文艺学，这一领域的研究与文化人类学本来就有重合关系，西方也曾把民俗学视为人类学的下属子学科。神话、史诗和戏剧等体裁，是文学批评家和民俗学家共同感兴趣的对象。"民族志诗学"（ethnopoetics）的提出体现了口传文学的再发现对传统的文学文本概念的挑战和更新。

民族志诗学的主要代表人物有美国的民俗学家邓尼斯·泰得洛克（Dennis Tedlock）和戴尔·海姆斯（Dell Hymes），他们都以口语传统和口传文学研究而著称。他们认为，文学研究者把目光仅仅局限在书面文学上是一种由历史原因造成的缺陷。在文人诗歌产生以前，部落社会中流行的是在集体性表演场合所歌唱的诗，西方文论中的"诗"概念根本不适用于这种口耳相传的诗歌。二者的区别显而易见：书写为文本的诗完全丧失了在多媒体表演情境之中的诗歌传达效果。倡导民族志诗学的主要目的就是希望把简化为文本的僵化的文学还原为具体传播情境中丰富而多彩的活的文学。这一目标首先意味着文学批评家向人类学家学习田野作业的考查方式，尝试从交往和传播情境的内部来体认口传文学存在的条件，进而发现和描述从口传到书写的文学变异，以及由此而产生的信息缺失、传达变形、阐释误读和效果断裂。

泰得洛克对祖尼印第安人的口传诗歌做了精细的调查和分析，他的民族志诗学理论侧重于"声音的再发现"，从内部复原印第安诗歌的语言传达特点，如停顿、音调及音量控制的交错使用等。海姆斯的研究代表着民族志诗学的另一方向：形式的再发现。他做田野调查的主要基地是西北海岸的印第安部落，他最关注的文学特点是土著诗歌构造的多层面要素，如诗行：以动词为标记，而不以音节为基础；诗句：以质词为开端；诗

---

* 本文原载于《广东社会科学》2001 年第 5 期。

节：以模式数目为特征；场景：叙述分层；动作：叙述分层；音部：叙述分层；等等。海姆斯还发现口传文学的这些形式特征对书面文学产生影响，如散文在书写时常常被转化为诗体。[①] 目前，民族志诗学的理论方法在美国密苏里大学的弗里（J. M. Foley）教授等的拓展下，已经从原始部落走向文明社会，在欧洲史诗等研究领域获得突破性进展。围绕着1986年创办的学术专刊《口头传统》，口传文学与书面文学的研究互补优势逐渐得到体现。弗里在20世纪90年代推出的一系列新著，如《永恒的艺术：从传统口头史诗的结构到意义》[②]，便充分显示了田野研究对文本研究的启发作用，从一方面昭示着文学人类学研究的发展前景。

台湾著名人类学家李亦园先生认为，假如我们把"文学"界定为要用文字书写出来的，那么世界上确实有许多民族是没有文学的。但是从人类学的立场看，文学的定义实在不能限定于用文字书写出来，而应该扩大范围包括用语言或行动表达出来的作品。他还举例论说口语文学与书写文学的差别：

> 书写的文学作品大致都是一个作者的作品，而口语文学作品则经常是集体的创作。一个人的创作在某种情形下通常都不如集体创作那样能适合大众的需要。而且书写文学一旦印刷出版，就完全定型而不易有所变化了。口语文学的作品，即使是一个人的创作，一旦经过不同人的传诵，就会因为个人的身份地位以及传诵的情境而有所改变，这样因时因地的改变正好是发挥文学功效最好的方法，所以说口头文学最能适合大众的需要。
>
> 口语文学与书写文学另一重要不同点在于听者与读者之别。口语文学是传诵的，所以对象是听者，书写文学是看与读的，所以对象是读者。听者与读者之差别，在于听者是出现于作者之前，读者则与作者不会碰面的。假如我们用传播的模式来说明二者的差别，也许就更清楚一点。书写文学可以说是一种单线交通（one way communication），作者很不易得到读者的反应，即使有也不能把内容改变了。口语文学则可说是双线的交通（two ways communication），作者或传诵者不但可以随时听感到听者的反应，而且可以借这些反应而改变传诵方式与内容。因纽特人的传说讲述者，经常会在讲述过程中受到听众的抗议，而不得不改变内容以适合当时的需要。台湾高山族中若干族群有时也有类似的现象出现。口语文学的这种应变能力，确比书写文学更能发挥"文学"的作用。[③]

---

① 参看弗里（J. M. Foley）：《从口语传统到传统文本：一种理论》（*From Oral Tradition to Traditional Text: A Theory*），1995年7月讲演稿，未刊。

② J. M. Foley, *Immanent Art: From Structure to Meaning in Traditional Oral Epic*, Bloomington: Indiana University Press, 1991.

③ 李亦园：《从文化看文学》，叶舒宪主编：《文化与文本》，北京：中央编译出版社，1998年，第3—4页。

　　李亦园先生在 1997 年召开的首届中国文学人类学研讨会上，从"文化展演"方面介绍了台湾人类学者的两个研究成果：胡台丽的《文化真实与展演：赛夏、排湾经验》（1997）和容世成的《戏曲人类学初探》（1997），说明口传文学的研究如何能够促成人类学领域中展演理论的蓬勃发展，导引出对"文化真实"和人类学方法本身的反思。[1] 值得注意的是，由民族志诗学的口头文学研究和人类学的展演理论共同促成了当前文学研究中一个重要的变化：从过去只关注写成的"文学作品"，到现在也开始发掘和探讨"文学过程"。美国耶鲁大学的哈维洛克（E. A. Havelock）教授 1986 年出版的《缪斯学写：古今对口传与书写的反思》第 3 章题为"对口传文化的现代发现"[2]，该书便借助于这个现代发现，提出"文本能否说话"（Can a text speak?）的大胆命题，以及让古希腊的文本重新"说话"的可能性，即通过早期的文本世界去透视更早的口传世界；我国新近问世的朝戈金博士论文《口传史诗诗学：冉皮勒〈江格尔〉程式句法研究》[3] 则以尚处在"说话"状态的蒙古史诗文学为对象，探讨如何"说"的规则。这些新的研究取向可以表明，作为"过程"的文学相对于作为"作品"的文学，对于理解文学现象来说是如何的不可或缺；作为"过程"的文学在未来的文学研究中应占有何种地位，获得怎样的发展。

　　反过来看，20 世纪对口传文化的再发现也给以往的书写文化研究带来新的反观之镜。因为只有在和口传相互对立、相互补充的意义上，书写的和文本的实质才更得以彰显。瑞典学者帕尔森（G. Palsson）的新著《博学者的文本生活》[4] 一书，挪威奥斯陆大学的人类学家阿切提（E. P. Archetti）教授编的《探索书写：人类学与书写的多样性》[5] 论文集，均为 90 年代的代表性成果。前者试图从文本生活方面去理解冰岛的社会与历史，特别关注当下的呈现与遥远的过去，田野作业与书写技术，文本与"真实"生活的关系。后者收入一次研讨会上 11 位学者的论文，分别探讨 3 个主题：书写的身份，虚构在人类学思考和写作中的作用，边缘性的写作。阿切提在导论中说，人类学关注"小传统"和口传文化，但是人类学的书写文本却难免把大传统和书写文化的成分强加在其所要研究和所要表达的对象上，从而导致在把握口传文化上出现失真现象。因此，在复杂社会中工作的人类学者，一方面要关注作为对象的口传文化，另一方面也必须关注把握对象时的书写文本的多样性特征。在后一方面，文学写作的方式对人类学家有很大的帮助。阿切提写到：

　　[1] 李亦园：《民间文学的文化生态——人类学的研究》，叶舒宪主编：《文学与治疗》，北京：社会科学文献出版社，1999 年，第 3–19 页。

　　[2] E. A. Havelock, *The Muse Learns to Write: Reflections on Orality and Literacy from Antiquity to the Present*, New Haven: Yale University Press, 1986, pp. 24–29.

　　[3] 朝戈金：《口传史诗诗学：冉皮勒〈江格尔〉程式句法研究》，南宁：广西人民出版社，2000 年。

　　[4] G. Palsson, *The Textual Life of Savants: Enthnography, Iceland, and the Linguistic Turn.* Harwood Acadcmic Publishers, 1995.

　　[5] E. P. Archetti, *Exploring the Written: Anthropology and the Mutiplicity of Writing*, Oslo: Scandinavian University Press, 1994.

有哪些是文学作品能够影响我们对一个特定的"外国"文化和社会背景的理解方式的因素呢？如果我们以直观的方式看待实际的写作，就可以确认如下的二分现象："事实的"与"虚构的"，"论述的"和"想象的"。文学写作属于虚构与想象的领域。我们还有常用的文学形式的分类法：诗歌、戏剧和小说；也有按照不同风格的分类：史诗、悲剧、喜剧、抒情诗。所有这些表现形式足以说明，书写文本的世界是一种异类混杂的世界。①

就这样，人类学对口传文化的发掘与认识反过来启发和促进了对书写文本世界的复杂性和异质性的再认识。同样道理，文学写作对人类学和民族志的启发，引导出确认文化表现中的"事实"与"虚构"的自觉要求，而这方面的理论反思也必将给传统的文学研究带来又一次反观自身的有益启迪。从20世纪80年代中期两位新锐人类学家克里福德和马库斯合编的那本引起广泛讨论的文集《写文化：民族志的诗学与政治学》②，到90年代后期更年轻的三位人类学讲师合编的《写文化之后：当代人类学的认识论和实践》③，以及女性主义人类学家编的《女人书写文化》④，我们可以清楚地看到，口传与书写之间的文化张力，文学批评理论和人类学之间的学科张力，男性与女性之间的性别张力是如何相互交织和相互作用的，给20世纪末的学术界带来充满活力的创新契机，诱发出一系列有待于深入反思的课题。

"我们表现谁？表现什么？如何表现？对于公开承认社会人类学不再能够实现其传统目标——对异国的、文化他者的生活提供整体性和客观性的表现——的人类学者来说，这是迫在眉睫的紧要问题。"⑤《写文化之后：当代人类学的认识论和实践》卷首的这段话，似乎可以看作处在全球化和文化变迁过程中的人文知识分子面对"说"与"写"的表述困境所流露出的深刻忧患。"客观性"神话的破灭并未把理性引向虚无和无所作为，反而促使当代学人更加强化了自我反思与自我质询的能力。如果我们承认文明史就是有文字记载的历史，那么可以说，从更深层的意义上讲，现代学术对口传文化的再发现运动所催生的对书写文化的质询，其实也就是对文明本身的质询。一旦缪斯女神学会了书写，她所写出的和她原来所唱出的东西还能是一样的吗？传统的文明史观向来把"文"的有无作为判断文明与蒙昧的分野，可是现在人们终于开始发问：与说唱和展演相比，书写和文本的出现究竟是表现的进步和飞跃呢，还是遮蔽与片面化的开端

---

① E. P. Archetti, ed., *Exploring the Written*, pp. 12 – 13.

② G. Clifford and Marcus, ed., *Writing Culture：The Poetics and Politics of Enthnography*, Berkeley：University of California Press, 1986.

③ Allison James, Jenny Hockey and Andrew Dawson, ed., *After Writing Culture：Epistemology and Praxis in Contemporary Anthropology*, London：Routledge, 1997.

④ Ruth Beher and D. A. Gordon, ed., *Woman Writing Culture*, Berkeley：University of California Press, 1996.

⑤ After Writing Culture, p. 1.

呢？尽管文明建立五千年后出现的这场全面的理论反思必然会带来新的"智慧的痛苦"，但是这总比常年沉睡在"文明的蒙昧"与自我麻醉状态中更具有积极的意义。

透过五千年形成的书写与文本的重重蔽障，重新倾听缪斯女神青春的歌唱，其文化寻根的意蕴难道不是值得回味的吗？

【作者简介】

叶舒宪，上海交通大学人文学院教授、博士生导师。

中华文化多样性及文化中心转移的地理基础*

冯天瑜

地理环境通过物质生产及其技术系统等中介，深刻而久远地影响人类历史的进程。因此，我们在考察中华文化的生成机制时，就有必要从剖析这一文化系统赖以发生发展的地理背景入手，并进而探讨中华地理背景的诸特征与中华文化诸特征之间千丝万缕的联系。本文对中国地理环境的具体分析，不是从纯地理学眼光出发，而是从地理学与文化学相交融的视角生发开去。

中华民族栖息生养于北半球的东亚大陆，在这里"筚路蓝缕，以启山林"，创造出独具风格、丰富多彩的文化，演出了一幕幕可歌可泣的悲壮剧。

当我们把中华民族数千年间生于斯、长于斯、创造文化于斯的这片空间置于世界地理的总背景上加以考察，就会发现一个明显特征——它的领域广大，腹地纵深，回旋天地开阔，地形地貌、气候条件繁复多样，形成一种恢宏的地理环境，这是其他多数古老文明的发祥地所难以比拟的。

埃及文化滋生于尼罗河第一瀑布（今阿斯旺附近）下游。其中被称作"下埃及"的尼罗河三角洲地带面积约有二万四千平方公里，加上被称作"上埃及"的一千多公里的狭窄河谷平原，宜于发展农业的地域，共计不超过四万平方公里。在这片因尼罗河泛滥而凝集的沃土以东，是地势高峻起伏的东部沙漠，以西是浩瀚无际的利比亚沙漠（撒哈拉沙漠的一部分）。埃及人创造辉煌的古代文化，主要依托于那片被大海和沙漠围护着的、由尼罗河所滋润的三四万平方公里的冲积平原。古希腊史学家希罗多德正是在这一意义上，称埃及为"尼罗河的礼物"。

美索不达米亚文化发轫于两河流域上游的扇形山麓地带（今土耳其东南部与伊拉克交界处）。以后，受到干旱威胁的人们为寻求饮水和灌溉之便，进入底格里斯与幼发拉底河河谷，开垦两河流域中下游平原。在两河流域以东，是险峻的扎格罗斯山脉和干燥

---

* 本文原载于《广东社会科学》1990 年第 2 期。

的伊朗高原，以西是叙利亚沙漠。美索不达米亚文化得以繁衍的区域，大体限于两河流域宜于农耕的几万平方公里，加上地中海东岸今叙利亚、黎巴嫩滨海地区，共同组成所谓的"肥沃新月带"，比埃及文化依托的尼罗河河谷及三角洲面积较为阔大，但格局终究有限。

希腊文化起源于克里特岛和伯罗奔尼撒半岛的滨海小平原。在这些被崇山峻岭所包围的面对海洋的小平原上，形成若干个面积数百到数千平方公里，人口几千到几万的城邦，其中的泱泱大国为雅典，极盛期的人口也不过二十五万。由于负山面海，腹地狭窄，向海外展拓成为希腊诸城邦的出路。"希腊文明的游牧形态，希腊生活的多中心，希腊殖民地之分布于东西南北"① 等希腊主义的特点，均与上述地理形势有关。

印度文化是在一个较广大的地理格局里发展起来的。它起源于印度河流域的哈拉巴和莫恒达罗周围十余万平方公里地区，以后又扩展到恒河流域及德干高原。然而，横亘于北方的喜马拉雅山脉和帕米尔高原，使印度人的活动范围基本限于印度半岛之内，这里均属热带，气候的复杂性远不能同东亚大陆相比。

至于印第安诸文化，其地理范围也都有限。玛雅文化和阿兹特克文化囿于中美洲山地和丛林；领域较开阔的印加文化也很少越出安第斯高原，主要在今秘鲁西部山地。与以上各古老文化相比，中华文化大厦有一个宽广得多的地基。

过去习惯于把黄河流域称作中华文化的摇篮。此说固然不错，但中华文化的策源地又绝不限于黄河流域。云南元谋、陕西蓝田、北京周口店等处猿人化石的发现，表明中华民族的祖先早在一百多万年至几十万年前，已栖息于东亚大陆的广大区间。近几十年的考古发掘证明，不唯黄河流域，而且长江流域乃至辽河流域以及西南崇山峻岭间，也都有长达四五千年的文明史，同样也是中华文化的摇篮。

学术界一般把文字的发明，城市的建立和金属器具（青铜器或铁器）的制造视作一个"原生型"文化形成的标志。而上述三项文明标志在中国南北东西各地都有考古发现。19世纪和20世纪之交，在河南安阳小屯村发现殷都宫殿基址和大量青铜器，又发现并破译了殷墟甲骨文，从而有力地证明了黄河中游是殷文化的中心地带。之后，又在河南洛阳偃师二里头发现宫殿遗址；作为新石器时代晚期代表的龙山文化，在山东章丘龙山镇、河南登封县（现登封市）王城冈和淮阳县（现周口市淮阳区）平台等多处被发现；而龙山文化的前身大汶口文化，则在山东泰安大汶口、江苏淮安青莲岗等处被发现。大汶口出土的陶尊上有多种刻画符号，其结构与甲骨文、青铜铭刻上的象形字十分相近，山东莒县陵阳河出土的陶尊上，单字达十种之多，结构亦与甲骨文、青铜铭刻象形类似，均被认作甲骨文的前身。这些材料证明，黄河中下游、山东半岛，乃至淮河流域，都是夏文化的繁生之地。而1935年首次发现于辽宁赤峰红山（今属内蒙古）的

① 梅根：《希罗多德和修昔底斯》，第V卷第19章。转引自顾准：《希腊城邦制度》，北京：中国社会科学出版社，1986年，第3页。

红山文化，近年又有大量新的考古发掘成果。如 1951 年在辽宁牛河梁发现砌石墓葬和随葬玉器，1983 年复查时又发现一座女神庙，庙内有泥塑人像和泥塑"猪龙"头，经碳－14 测定，女神庙距今约五千年，足见燕山以北的西辽河流域的红山文化在十分古老的年代就已达到相当高的水平。

自殷商起，中国正式进入有文字记载的时代。此后，中华先民的活动地域愈益扩展。商人最早居住在山东半岛，大约在公元前 14 世纪，长期流动不定的商族人在商的第十代君王盘庚的率领下，从奄（今山东曲阜）迁徙并定都于殷（今河南安阳西北小屯村），商人的居住中心转移到黄河中游。周人则崛起于陕甘高原，又在关中平原得到发展，进而向东挺进，克殷并经营洛邑，从偏处西土的部落发展为雄视中原的王族。

与由殷人和周人所代表的中原文化相并列，楚人在长江流域发展了楚文化，使中华文化的范围进一步扩展。自春秋以至战国，大体形成三晋、齐、燕、秦、楚、越六大文化区，地理范围大约包括秦长城以南、南海以北的广大区段。可能成书于战国的《尚书·禹贡》把当时的版图划分为九州，即冀州、兖州、青州、徐州、扬州、荆州、豫州、梁州、雍州，约略反映了春秋末期以来中华先民栖息生养的地理范围。《尚书·禹贡》中记载的九州面积在两百万平方公里以上。

秦汉以后，上述各区域文化融合为汉文化，并继续开疆拓土，实行民族融合，又经唐、宋、元、明、清历代的发展，终于奠定今日中国近一千万平方公里的辽阔疆域，为中华文化的滋生繁衍提供了广大天地。

中华文化的发祥地不仅领域大，而且地形地貌的繁复、气候的丰富多样，亦为列国所罕见。埃及和美索不达米亚的地形地貌大体只有一种格局：山岭沙漠包围的冲积平原，气候均属干燥亚热带；印度虽然有较复杂的地形，其气候却基本囿于热带；至于希腊和印第安诸古文明所依托地区的地形和气候，更局限在某一类型。唯有中华文化的发祥地东亚大陆地形地貌复杂，且兼具几乎所有的气候带。中国地势西高东低，山地、高原和丘陵约占三分之二，盆地和平原约占三分之一。山脉多东西走向，河流因而也多东西走向，故古来中国东西行较易，而南北行较难，南北运河的开凿正是为解决这一问题应运而生的。中国大部分属于温带和亚热带，最南部伸入热带，最北部伸入亚寒带。降雨量的大势是东部充沛而西部稀少，这是古来东部为农耕区、西部为畜牧区的自然基础。上述辽阔而复杂的地理形势，为中华文化的多样化发展提供了条件。东临大海、山海兼备的齐鲁文化不同于处在"四塞之地"的秦文化；地居中原的三晋文化不同于南方的楚文化；同在长江流域而分处上游、中游、下游的巴蜀文化、楚文化与吴越文化又各有特色；至于在湿润的东部发展起来的农耕文化与在干燥的西部发展起来的游牧文化，更是大相径庭。这些文化类型的形成当然更直接受到人文因素的作用，不过，地理环境的多样性毕竟是文化多样化发展的基础。

辽阔而复杂的地理形势不仅提供了文化多样化发展的可能性，而且为文化中心的转移创造了前提。几千年来，中华文化的中心，大体沿着自西北向东南的方向转移。这从各朝代文明的中心——首都的迁徙轨迹中，可约略看出端倪。与多数外国拥有较稳定、单一的首都不同，中国的京城多次转移。从古罗马到现代意大利，首都一直在罗马，巴黎自 5 世纪至今依然是法国首都，英国从中世纪七国战争之后始终立都伦敦。而中国古代先后涌现过数以百计的都城，其中尤以安阳、西安、洛阳、开封、南京、杭州及北京七大古都著称于世。

位于河南北部的安阳是目前所确认的中国最早的古都——殷墟的所在地，殷王朝曾在这里统治天下 273 年。东晋十六国与南北朝时期，又有后赵、冉魏、前燕、东魏、北齐相继在与安阳互为隶属的邺城立都。因而安阳有"五朝故都"之称。地处关中平原的西安及其周围地区，山河拱戴，是所谓"四塞之地"，自西周起，先后有 11 个王朝在此立都。西周在丰、镐，秦在咸阳，西汉、新莽、前赵、前秦、后秦、西魏、北周、隋、唐均在长安（今西安）立都，刘玄、赤眉、黄巢、李自成曾在此建立政权，东汉也一度设都于此。自周至唐，西安一带作为都城的时间长达 1191 年，故人称"千年古都"。位于河南西部、黄河支流洛水流域的洛阳，"处天地之中"，从东周起，历东汉、曹魏、西晋、北魏、后梁、后唐七朝，隋炀帝与唐代武则天也曾从长安迁都于此。洛阳因而有"九朝名都"之誉。"开封古城，七朝都会。"位于黄河以南豫东平原上的开封，曾为战国时期的魏国都城，五代时期的后梁、后晋、后汉、后周以及北宋，又以此为京师。后期金朝，为了回避蒙古人的进攻，曾从燕京迁都开封。"江南佳丽地，金陵帝王州"，位于长江下游的南京，在公元 3—6 世纪，是孙吴、东晋、南朝宋、齐、梁、陈，及五代南唐的首都。明初洪武、建文及永乐前中期立都于此。19 世纪中叶的太平天国也在此设都，称天京。辛亥革命后，孙中山领导的中华民国又立都南京。水光潋滟、山色空濛的杭州，地处杭嘉湖平原南端。五代吴越国与南宋曾以它为京城所在。北京，中华人民共和国的首都。它曾依次是春秋时代的燕都蓟城，五代十六国时期前燕的都城，金朝中都、元代大都以及明清两代京师所在地。

七大古都分布于中华大地的中、西、南、北、东，似乎散漫无序，然而，它们又绝不是凌乱的杂凑，古都位置的更替，隐含着天生的规则与意义深刻的历史机缘。殷商以来，黄河中下游，也即中原一带，是全国最富饶的区域，又接近王朝版图的中心，是兵家必争之地，把握住中原，意味着把握住天下。因此，从殷周至隋唐，国都始终在中原徘徊。今安阳、西安、洛阳一带被多次选为国都，原因盖出于此。

在黄河流域以政治经济中心雄踞中华之时，长江流域的开发已取得长足进展。以户口论，西汉时北方与南方呈三比一的优势，到东汉时，则变为六比五，已大体持平。[①]若以汉、唐及宋三朝为坐标点加以比较，其人口状况如下：

---

① 参见谭其骧：《论两汉两晋户口》，《禹贡半月刊》第 1 卷第 7 期。

时代	地区人口占比		
	黄河流域	长江流域	珠江流域
西汉平帝元始二年（2）	75.5%	20.9%	1.6%
唐玄宗天宝年间（742—756）	61.4%	25.4%	2.8%
北宋神宗元丰元年（1078）	34.8%	58.4%	6.8%

南方的崛起，尤以两晋、两宋为关键时期。公元 4 世纪，因西晋政治腐败，导致八王之乱，匈奴贵族刘渊（？—310）建立分裂政权"汉"，开胡人入主中原之先河。至晋怀帝永嘉四年（310），刘汉武装攻陷洛阳，俘晋怀帝，杀洛阳三万余人，史称"永嘉之乱"。此后，七十万北方仕女南迁，洛阳大族也纷纷逃越黄河，出现"洛京倾覆，中州仕女避乱江左者十六七"①的状况。琅琊王司马睿在建康（今南京）建立东晋政权，更促使长江流域经济、文化迅速发展。自此，每当北方发生战乱，人民如潮水般南迁，几成通例。如唐代"自至德后，中原多故，襄邓百姓，两京衣冠，尽投江湘，故荆南井邑，十倍其初"②。李白晚年曾目睹北方人民南逃的惨况，有诗云："三川北虏乱如麻，四海南奔似永嘉。"唐代"安史之乱"、北宋"靖康之变"，都曾导致大批中原人的南下，加速了长江流域、珠江流域、闽浙沿海及云贵高原的开发。较之北方，南方的经济水平自晋、唐以至于两宋逐渐驾而上之，正所谓："秦汉以前，南北壮而东南稚也……，至于宋代，而壮者已老，稚者已壮矣。"唐代有"赋出天下、江南居十九"之说，宋代更有"苏湖熟，天下足"③的谚语。元代立都于燕，"而百司庶府之繁，卫士编民之众，无不仰给于江南"④。明清南方经济的重要性更是有增无减。

然而，经济重心的南移，并不意味着政治—军事重心随之南移，因为后者的确立除经济因素外，还自有别种动力，如地理位置居中以驭四方、择都的习惯性标准、抗御北方胡人是基本战略考虑等，使得经济重心已经逐渐南移的诸王朝，大多仍将首都设于北方。不过，仍然设置于北方的政治—军事中心必须依凭东南财税的支撑。隋炀帝开凿通济渠，并与唐代武则天先后从长安迁都洛阳，北宋更进一步将京师东移开封，以靠近运河干道。唐宋之际中国古都在东西轴线上，有一种自西向东迁移的明显态势。

从宋代开始，东北契丹、女真等半农半牧民族兴起，农耕民族与游牧民族冲突交往的重点区段已由长城西段转至长城东段。再加之运河淤废，黄河泛滥，无论是政治、经济，还是军事、交通，关中、河洛已丧失控扼天下的地位，自宋室南渡以后，长安、洛阳、开封等古都已不具备昔日制内御外的强劲功能，以至元、明、清三朝，国都与黄河中下游无缘。长安更名安西、西安，形象地表明它已由一国雄都变为一方重镇。

---

① 《晋书·王导传》。
② 《旧唐书·地理志》。
③ 高斯得：《耻堂存稿·杂著六首·宁国府劝农文》。
④ 《元史·食货志·海运》。

　　以宋代分界，此前中国都城主要在东西轴线上移动，此后主要在南北轴线上移动。南宋立都临安，金朝立都燕京，崛起于北方草原的蒙元以大都为京师，成帝业于东南的朱元璋又建都南京，燕王朱棣从侄儿建文帝手中夺权，是为明成祖，他把首都迁到自己的根据地北平，升北平为北京，借天子之威，震慑北方游牧民族。自此，北京成为明清两代国都。而兴兵南方的太平天国和中华民国又相继定都南京。

　　上下三千余年间，从安阳殷墟到北京紫禁城，中国古都此消彼长，它们大体沿着东西、南北两条轴线移位，这正透露出中国经济重心的转移、诸政治集团的更迭、民族关系的张弛。

　　关于中国文化中心的转移，明清之际思想家王夫之有相当精辟的论述。他在讨论"华夷之别"时，提出一个十分深刻的见解：华夷的不同，在乎文野，而一个地区可以由野变文，也即由夷变夏。反之，一个地区也可能由文变野，也即由夏变夷。他说：

　　　　吴、楚、浙、闽，汉以前夷也，而今为文教之薮。齐、晋、燕、赵、唐、隋以前之中夏也，而今之椎钝駤戾者，十九而抱禽心矣。[1]

　　王夫之用唐以来先进的北方渐趋落后，蛮荒的南方则耸足进步的事实，证明华夷可以易位。

　　王夫之还具体指明中国文化中心转移的总趋势是"由北而南"：

　　　　三代以上，淑气聚于北，而南为蛮夷。汉高祖起于丰、沛，因楚以定天下，而天气移于南。郡县封建易于人，而南北移于天，天人合符之几也。天气南徙，而匈奴始强，渐与幽、并、冀、雍之地气相得。故三代以上，华、夷之分在燕山，三代以后在大河，非其地而阑入之，地之所不宜，天之所不佑，人之所不服也。[2]

　　王夫之还以明朝之例说明文化中心南移的情形：

　　　　洪、永以来，学术、节义、事功、文章皆出荆、扬之产，而贪忍无良、弑君卖国、结宫禁、附宦寺、事仇雠者，北人为尤酷焉。……今且两粤、滇、黔渐向文明；而徐、豫以北，风俗人心益不忍问。[3]

　　黄宗羲（1610—1695）也有与王夫之近似的观察和论述。他指出：

　　　　秦汉之时，关中风气会聚，田野开辟，人物殷盛；吴楚方脱蛮夷之号，风气朴略，故金陵不能与之争胜，今关中人物不及吴会久矣。[4]

① 王夫之：《思问录·外篇》。
② 王夫之：《读通鉴论》卷十二。
③ 王夫之：《思问录·外篇》。
④ 黄宗羲：《明夷待访录》。

王夫之、黄宗羲关于中国文化中心南移的描述，是"征元以可闻之实"作出的判断，因而是符合历史事实的。王夫之在此基础上更作出范围广大的推测：

> 地气南徙，在近小间有如此者。推之荒远，此混沌而彼文明，又何怪乎！①

在近代，辽阔的中国发展也是不平衡的，文化中心进一步向东南转移。东南沿海成为中国近代文化的能量发射中心。中国接受西方近代工业文明的冲击和影响，跨入近代社会门槛，是从东南沿海开始的。"得风气之先"的地区是广东，随后是福建和江浙。东南沿海诸省最先涌现一批"睁眼看世界"并进而"向西方求真理"的人物，如福建林则徐、严复，广东洪秀全、洪仁玕、郑观应、康有为、梁启超、孙中山，江浙冯桂芬、王韬、马建忠、张春、章太炎、鲁迅等。与这些先进人物的出现互为因果，近代工商业、近代新学和近代政治运动也由东南诸省和海外华侨社会中发轫。上海的江南制造总局开中国机器工业的先河，康有为在广州创办的"万木草堂"成为维新派戊戌变法策源地，梁启超在上海主笔的《时务报》是变法喉舌，广东更成为孙中山领导的革命运动首先活跃的省份。而近代新学、近代政治运动连同近代工商业在东南诸省兴起后，以锐不可当之势，向内地延伸、发展，形成由南而北、由东而西的运动方向，这与中国古代经济文化重心由北而南、由西而东的迁徙方向恰好相反。

同东南沿海相比，近代中国的北方和西北较为落后、保守，在很长一段时间里，"北洋势力"是近现代中国反动阵营的代名词。而长江中游诸省，尤其是湖北、湖南，正处在较开化的东南与较封闭的西北的中间地带，借用气象学语言来说：长江中游处在湿而暖的东南风与干而冷的西北风相交汇的"锋面"，因而气象因素繁复多变，乍暖乍寒，忽晴忽雨。如果说，整个近现代中国都卷入了"古今一大变革之会"，那么，两湖地区更处在风云际会的漩涡中心。诚为晚清留日学生所说，近代湖北是"吾国最重最要之地，必为竞争最剧最烈之场"，而"竞争最剧最烈之场，将为文明最盛最著之地"②。这并非虚夸的惊世之论，而是有远见的预测。湖南在 19 世纪后半叶与 20 世纪上半叶对中国社会变革发挥的巨大作用，是举世皆知的，湖北则在 20 世纪初叶崛起为仅次于上海的工商业基地，继而成为辛亥革命首义之区、大革命心脏地带、土地革命的主战场之一。

就近代中国社会变革而论，确乎是发难于东南沿海，而收实功于华中腹地，进而又推向华北、西北，呈现一种东方不亮西方亮、此起彼伏的不平衡发展状态。这正是中国这样一个幅员辽阔、地理环境繁复多样的东方大国的特色所在。

【作者简介】

冯天瑜，武汉大学历史系教授、博士生导师。

---

① 王夫之：《思问录·外篇》。
② 张继煦：《叙论》，《湖北学生界》1903 年第 1 期。

解构批评的后现代特性*

王岳川

解构主义在 20 世纪 70 年代声势大振时传入美国，那种法国人特有的浪漫激情和思想偏执很快被美国的实用主义精神所同化，并被耶鲁的杰弗里·哈特曼、哈罗德·布鲁姆、希利斯·米勒和保尔·德·曼发扬为一种独特的文学解构思潮，一种新的文本阅读和文学作品批评的方法。

一、解构批评方法的"误读"性

保尔·德·曼的文学批评方法以严密细致为其特征。在德·曼看来，文学批评是一种通过对文本的阐述而升华为理论和自我意识的方法，这一方法意在从文本象征性意蕴张力中，直观文本因抒发和隐含这一双重意义之间的对立所造成的文本意义的开放性和不确定性。在《盲视与洞见》一书中，德·曼指出，阅读中这种由批评家的无意的移置中心所形成的，并在自身解构中不断出现的矛盾就是一种"盲视"，而批评家只有借助某些盲视才能获得洞见。在这个意义上，德·曼认为洞见建立在洞见所驳斥的假定之上，洞见寓于盲视之中。如卢梭的《忏悔录》，表面上看是自我反思和忏悔，在深层却以堂皇的理由和曲致的行笔为自己做辩护。德·曼对解构方略的积极运用、对隐喻和转喻的区别、对"语法的修辞法"和"修辞的语法化"的深入探讨、对盲视与误读的大胆追求，使他能够进而揭示文本隐藏的多重解构力量以及这种解构方式所滋生的多重解读情境。然而德·曼并没有逃脱虚无主义的侵蚀，他的文本解构本身又是一种自我解构，因为在他看来，文学作品本身就已经不可挽回地包蕴着怀疑、否定和颠覆自己旨意的各种因素："解构并不是我们给文本加进去的东西，而是它自身构成了文本。一个文

---

* 本文原载于《广东社会科学》1996 年第 5 期。

学文本在确立自身修辞方式的权威的同时，又反过来否定其自身。"① 德·曼在强调所有文学文本都是自我解构时，认定其既肯定同时又否定自身修辞方式的权威性，这样，文学性与解构性形成一种对立性矛盾冲突。换言之，他为解构牺牲了作品的文学性，最终把文学作品当作某种哲学文本来加以解读，并从中发掘出自身解构的结论。

布鲁姆、米勒及哈特曼的解构批评，标画出富于浪漫激情的一维。在他们看来，解构策略首要的就是消解文学和哲学的界限，将哲学文本当作文学一样的虚构的修辞学构造物来解读，并从文学作品中发掘出各种与哲学对立的意义。

布鲁姆认为，后代的诗人对其前辈的诗作往往并不是一味接受，相反倒是怀有一种"防御"心理，因此，在这种对立心理支配下，阅读就必然是一种产生新意或歧意的"误读"。他在拆解正读/误读这一形而上学对立面时，采用了解构的颠倒策略，于是，在一切阅读都是误读的总命题下，正读也只不过是一种特殊的误读，或者是相对于"强误读"的弱误读罢了。这样，文本解读的话语就本质而言都是嫁接的话语，它不再听从于权威性话语的引导和压制，而是以错位的方式将被意识形态压制的话语重新编目，使现实世界的权力话语秩序因误读而丧失其合法性根基。

米勒是解构批评中的一位怪杰。他的文学批评可说是最具有解构精神的，因为他相当偏激地认定稳定性、确定性及秩序性是僵死板滞的，只有不确定性、倒置及移替才具有新的生命力。米勒根据一种揭示每篇文本中心的"最终矛盾"的批评方法来解读文学作品。他认为解构方法实质上就是通过对文本的追溯而试图寻绎到其矛盾成分，显示文本自己有意或无意地摧毁了的基础，而达到颠覆其基础的目的。解构文本意味着文本自己将其覆盖物加以揭开。因此，任何文学文本都不可穷尽，都是诸多矛盾对立意义的游戏。文本不可能只有唯一的解释，它的意义是不确定的，任何阅读本质上都是误读。米勒从解构文学与批评的传统关系入手，通过对"寄生物"和"主人"两个词不厌其烦的词源分析，批判了以阿布拉姆斯和布斯为代表的把解构批评看成寄生物的观点，并进而颠倒文学与批评的主次尊卑关系，使解构批评成为新的创造活动，使批评家从作品的附庸上升为作品的主人，强调在语言的多变与弹性结构中体现批评的创造性和失序性。这样，在打破传统话语秩序的同时展示出语言的多种可能性。在米勒看来，文学作品的解构并非最终剩下虚无主义的"空地"，相反，他认为，"伟大的文学作品往往走在批评家的前面。它们已经存在并清晰地预见到了批评家所能进行的任何解构"。

哈特曼的解构批评是耶鲁批评家中"最具有美学批评意味"的。哈特曼在《超形式主义》（1970）、《阅读的命运》（1975）、《荒野中的批评》（1980）、《拯救文学文本》（1981）中，以一种解构的眼光，打破了新批评的自足封闭性和结构主义的整体性，将哲学、心理学和美学的探讨与文学批评交织为一体，从而使文学批评领域扩展到整个文化领域。哈特曼认为，德里达关于文学和哲学文本的差异表现出语言是一种可分解的媒

---

① Paul de Man, *Allegories of Reading*, New Haven and London: Yale University Press, 1979, p. 17.

介，因此，德里达专从文本细微的边缘片段进行解读，无论是某个注脚、反复出现的字眼意象、偶尔提及的典故、漫不经心的笔记，都可以从语言角度加以分解，并通过精密演绎，使作品最终陷入"意义的困境"，从而使那被文本所压抑的东西得以翻掘出来，使那被陈述的一切被颠覆，使语言在意义的逃避或意义表述的过剩中，显示出文学语言的自我解构性。哈特曼借此认为正因为分解是一种文本愉悦的游戏、一种打破自足整体的多元批评取向，因此，必须从文学语言内部对文学批评加以重新审视，从而超越形式主义，真正进入文学文本的揭示之中，对文本加以重新解读，因为"对分解主义批评而言，文学只不过是对语言的利用，因为语言能对作品中的感伤力加以净化，能显示其修辞的、反讽的或审美的属性"①。

解构批评往往通过边缘、外在、异在和他者，对中心、内在和秩序加以嘲弄、颠倒和斥责，以贬损正统、消解中心、否定等级、内外翻转、上下移位及前后错置，并在对各种文本的新阐释中，强调比喻性的文字。德里达对隐喻的广泛运用，德·曼对寓喻、换喻的热衷，布鲁姆对反讽的情所独钟，米勒对反复的特殊重视，都表明解构批评家通过比喻性语言将作者和读者引到文本的深隐的另一面，去揭示那被洞见所蒙蔽的矛盾焦点和习焉不察的自我否定意义，从而瓦解原意的向心性，打破作品形式的束缚力量，超越一切逻辑链条的桎梏，以一种全新的视界、一种自由创新的形式，使文本语言活泼起来，达到巴赫金所说的"狂欢"境界，使代表不同意识形态和文化背景的解读，真正禀有"文化相异性"和"多音谐调"的后现代性。

20 世纪 70 年代中期以前，解构主义批评方法在英美批评界引起了非常激烈的争论。其争论的焦点在于：文学作品的解读是否仅仅只有一种权威的声音？为什么不可能多元多解，以构成多音谐调？文学作品的意义可否确定？以解构的方式发现其边缘性和非确定、非中心性，并进而揭示在权威的"洞见"中，那隐蔽的压抑意识形态权力的话语造成了意义的盲视，对此的揭露是否是产生新意义的契机？文学批评与文学作品相比，是否是一种"附属"在牛背上的"牛虻"？或者文学批评是通过"误读"而达到的一种精神重建和意义再生？面对这些问题，反对解构批评的人认为，将文学看作一个既无自我本体又无指涉对象的"自我指涉文本"是有缺陷的，因为文学与社会和人生的联系是难以"消解"的。为什么批评不可以在作品的阐释中把握作品的多重意义中的主导意义，进而厘清作品、世界及人生的多重关系？为什么只能以游戏的态度在文本的迷宫中深陷而无谓地增添更多的迷宫？为什么从文学作品的边缘、外在或"盲视"中发掘出来的隐含意义，必定是其中心、内在和洞见的明言意义的对立面，而不可以互相引申、互为补充？而且，文本如果已自我解构并进入意义的无尽"分延"之中，那又有什么必要再去涉及意义或对作品重新证明？读与写的关系如果仅仅是错位的关系和误

---

① Harold Bloom, Paul de Man, Jacques Derrida, et al, *Deconstruction and Criticism*, London: Continuum, 1979, p. 9.

读的关系，那么，读与写本身是否还有存在的理由？

对这一系列问题，解构批评家深感对文本的"误读"必然无可奈何地招致他人的"误解"。对此，米勒曾不无苦恼地说："我依然相信文学批评需要验证，要谈有效性问题。当我说一部作品是不可确定的或者是敞开之时，并不意味着说对此作品的解读没有优劣之分。最好的阅读，就是那种能够最精确地指出可能具有的各种不同意义的阅读。"这种追求"各种不同意义的阅读"，不再将文本看作有一个固定中心和终极意义的统一体，也不再去探讨文本与文本之外不起眼的社会人生关系问题，而只是强调从文本的不起眼的小地方或具有矛盾、含混的地方去翻掘在既定话语掩盖下的潜在意义，进而使不同意义自由竞争。在这里，文本意义不复是作品"书页文字"的客观意义，也不复是作者意图指涉的主观意义，也不是读者阅读赋予的体验意义，而是作品自身存在的意义。

解构批评方法以其标新立异、不因陈说的姿态震撼了西方思想文化界和文学批评界。随着时间的推移，尤其是进入 20 世纪 80 年代以来，它的声势远不及当年。而它为了减少"误解"和"攻讦"，也有意将新批评、形式批评的一些方法纳入自己的批评实践中（如重视局部细读方法以及对含混、矛盾语和语义修辞的采纳等），从而使解构批评方法在获得人们认同的同时，丧失其霍然而起的锐气。当然由于解构批评最终未能摆脱形式主义批评文本中心主义的窠臼，使其早期所标举的怀疑至高无上的真理、否定经典理论体系和整体、消解"纪念碑式"的思想家、崇尚区分和差异、重视平面与重复的思想威力大打折扣。

二、解构主义的方法论意义

解构主义在 20 世纪下半叶风靡整个欧美，到 80 年代，这一反传统、反形而上学的激进方法论已经普遍渗透到当代文学评论和学术思维中。

在解构者眼中，作品与创作者的依附关系被解构而获得完全的独立，它开始与作者的"原意"相游离，成为拥有一套自足符号而又受文化休系的整套符号影响的文本，它的阐释意义是多元多维的。正如德·曼所说："解构就是在文本内，借助文本中的因素（这种因素通常恰好就是把修辞的成分暴露于语法成分的结构中），就可以测定一个问题，并取消文本内作出的断定。"

解构主义在整个哲学思维上进行本体论革命的同时，在文学美学界产生了一场方法论革命，解除了人们头脑中根深蒂固的传统一元中心论，消解了人们习惯的思维定式：追求一个至高无上的权威，一个绝对正确的标准，一个一成不变的等级模式。它的多元性、无中心和多维思路使人们超越了传统的视界，从更新的角度反观文学和自身，从而发现了许多过去难以见到的新问题和新意义。

（1）解构主义的崛起，表明了 20 世纪哲学思维在工具理性化以后，文学以全新的颠覆力试图取代哲学的意图。哲学面临的双重危机在后现代文化中日渐突出。在哲学遁入语言分析而抛弃"思"的深度和维度时，在本真之思对"不可说之物保持沉默"之时，文学批评和理论担当了自己勉为其难的历史重担：对人类精神走向进行描述，对人类的痛苦和创造的本源加以反思。正如耶鲁四人组主将之一的布鲁姆所说的那样："今日美国文学教师远比历史、哲学或宗教学教师更加被谴责为去教导过去的现在性，因为历史、哲学和宗教作为推动因素已离开了教育舞台，把目瞪口呆的文学教师留在祭坛上，为其究竟应当是祭物还是教士而困惑不已。"①

　　解构的重要方略是打破二元对立模式，对在场中心性进行解拆。因此，在文学与哲学的关系上，以德里达为首的解构主义，总是坚持对某一哲学文本的解读，就是把该文本当作文学作品，即当作一种虚构的修辞手法读。而对文学作品的充分解读，却是将作品看作多种哲学的意识形态，从众多哲学文本的对立之中抽取出意义。因此，消解哲学与文学的区别，成了解构活动的重要环节。然而，德里达这种消解活动，连海德格尔在"思想家"和诗人、创新思想家和庸俗作家之间的区别也加以取消了。这样做的结果使对人类生存处境和精神取向严峻关注的哲学精神和本真情怀，幻化成一种普遍未分化的文本世界和削平价值的语言游戏。

　　解构主义是一种不断的创新。在解构主义的拆解中，哲学问题总是在追问中敞开，在"思"中被创造出来。任何创新都带有"诗意"的风格，使人目睹一种与僵化板滞的旧事物截然不同的全新的境界。因此，哲学的创新往往给人一种强烈震撼、一种诗性的透悟感。随着更新的思想的闪现，原来哲学新境失去了先锋性，不再受到青睐，并在哲学的创新意识中"成了问题"。在这个发展的历史维度上，哲学不可能是封闭的，而是永远"敞开"的，当一位哲学家自以为建构了一个体系并形成一个完满的圆圈时，永远将会有某种东西伸出或溢出，永远存在有替补、边缘和空间，在其中书写着哲学文本，这个空间构成了哲学可理解性和可能性的条件。

　　解构主义从来也不相信文本是一个孤立的世界，在他们看来，哲学文本之外不存在空白的、未被触及的、空虚的边缘，而存在另一个文本，一个不具有当前参照中心的力的区分的织体。与这种文本间性相联系，哲人们必得思考这样一种写作，"它不具在场、历史、原因、始源和目的，这种写作绝对地颠覆所有形而上学、神学、目的论和本体论"。当形而上学、本体神学束缚了现代文化精神，而使哲学、文学、宗教和科学追求一种封闭的中心体系时，这种颠覆性的"新写作"将全面扭转文化的困境。这种写作以其自觉的无终极性、向未来敞开性及打破体系封闭性的特点，以其忠实而内在的方式思考哲学概念的结构化的系谱学，解拆了哲学与文学的对立，成为一种包括哲学在内的无限的、未分化的众多文本织体的文学。

　　解构主义这种新写作其实面临一种双重困境：当他忘记哲学甚至以文学取代哲学

---

① Harold Bloom, *A Map of Misreading*, New York：Oxford University Press, 1980.

时，他的写作就失去了中心焦点，而成为一种无统一性可言、无终极意义的写作，一种永远有着"裂口"标志的写作。这样，自我指涉的矛盾凸现出来，被压制的不可理解性作为可理解性的条件得以返回，德里达最终仍不得不用形而上学的话语讲述着自己的构想。因为他如果彻底，他就必然丧失其理论地基。

事实上，文学批评越是哲学化，批评家们越是认识到由现代哲学家（特别是尼采和海德格尔）提供的重新描述和颠倒之激烈和彻底，它的语调就越讥讽化。文学取代哲学的意图，实际上是对文学批评附加了浓厚的政治意向。在 20 世纪 70 年代美国大学的文学系里，人们都似乎理所当然地认为，对文学文本的解构是与对不公正的社会制度的破坏携手并进的；解构可以说就是文学学者对走向激烈社会变化的各种努力的特有贡献。在这个意义上，文学取代哲学只不过是"对一种空无的不断命名"，对使先前的洞见成为可能的盲目性和使医治旧的盲目性成为可能的新的盲目性的不断发现。文学不再是不安的精神可以得到栖息和鼓舞的地方，不再是人类可以从中找到自己的最深刻本质表现的地方，而是成为导致新的永久骚动的刺激。

（2）解构策略是一种思维换型的方法论。德里达推进了这一场消解中心和终极价值的解构策略运动。他一方面从方法论上批判了解构主义结构中心论，另一方面从本体论上批判了海德格尔寻求终极真理的形而上学观，从而通过解构"在场"而颠覆整个形而上学大厦。他将任何一种依赖于坚定的基础，高于其他法则或等级森严的思想体系统称为"形而上学"。他的解构批评的策略可归结为：展示出文本是如何同支配它们的逻辑体系相抵牾的。解构论通过抓住"症候性"的问题，即意义的疑难或死结来证实这一点。文本往往在这类问题中陷入危机，难以运行，并矛盾重重。德里达使用解构、颠倒、分延、播撒、踪迹和替补这些模棱两可的概念的目的在于：揭露形而上学二元对立的虚构性，打破语言中心的历史虚假执行语，以分延的意义不定取代理解的意义确定性，以播撒揭穿文本的裂缝，并从这一"裂口"中得到文本字面上没有的更多的东西，以踪迹和替补说明始源的迷失和根本的空缺。于是，德里达放逐了隐遁不彰的"存在真理"，拆解了那些从形而上学忘川之中拯救出来的"思"。但是这样一来，德里达势必在冒一种风险，即对解构施加同样的解构。因为不管怎样，德里达都不可能以极其相同的始源、目的等来避免继续一种老的谈话，因为他已失去了中心主题。德里达不可能自认为在谈论哲学传统，因为他使用的字词中没有一个与该传统使用的字词处在任何推论性关系之中。于是，德里达无疑是在沿着书页（文本、语言）边缘滑行，从而跨出了书页。

同样，为了不掉进明晰性、中心性和层次性的"形而上学泥淖"，德里达使用模棱两可的词汇以逃逸形而上学的规范。这种无意义的双关语，不再按规则起作用，使用修辞法而非逻辑，使用比喻而非使用论证。但是，同时说几种语言和写作几种文本，在实践上，却因受阅读制约而难以完全兑现，因为这种既同始源又无同一目的的新写作，必然要求读者同时读几个文本。然而，当代读者都生存在一个以始源、目的、目的论或本体论编织起来的文化织体中，人们大多仍然赞成科学性、严格性或客观性。因此，写作逃逸了意义之时，阅读也将变成无意义的活动。这大概是德里达所不愿意看到的。在我看来，人类精神历史的发展是延展与回溯、营构与革新的统一。那种一味强调差别而无视统一，甚至将每一文本当成是关于同一些古老的哲学对立项：时间与空间、可感的与可理解的、主体与客体、存在与生成、同一与差别等的做法，事实上只会走向自己的反面。

当然，更深一层看，德里达的解构方略是通过文学解构和重写文学史施行的一种政治实践。解构主义认为，人是自己话语的囚徒，无法理智地提出某种真知灼见，因为这样的真知灼见只不过是和我们的语言有关。解构是摧毁一个特定的思想体系及其背后的那一整套政治结构和社会制度赖以生存的逻辑。解构并非荒谬地试图否认相对确定的真理、意义、特性、意图及历史的连续性这些东西的存在，而是试图把它们看作更为广泛、更为深刻的一段历史的发展结果，即语言、无意识、社会制度和实践的发展结果。因此，解构主义文学理论并不能成为一种与政治无涉的纯理论。相反，它是观念形态的当代表现。然而，这种标榜多元论的解构主义却是危险的。因为这种多种理论的大杂烩，可能导致的结果并非文学上的辉煌成就，而是精神的杂乱委顿和无所适从。解构主义在解构欢悦的游戏中，将现代主义精神十字架卸了下来，它将现代主义负荷的焦虑、恐惧、乌托邦、正义和意义等彻底解脱，否定一切形而上学的价值论和本体论，拒斥元话语和历史主体性的说法，成为一种与商品化了的生活本身一样宽广无边的行为。

（3）解构方法重新定义写作和文本的意义，使写作与文本阅读产生了"本体论位移"。在德里达看来，写作是在符号的同一性破裂（即能指与所指断裂）分延时的情形下产生的。写作本身也有某种东西最终将逃避所有的体系和逻辑。语义中总是存在一种闪烁不定、蔓延扩散的东西。后现代写作追求的是一种巴尔特式的"零度写作"。小说已经自我消解了叙事而成为非小说，批评已成为没有尺度的消解游戏，诗歌放逐了情感和韵律之后，发现自己消逝在它追求本质的页码里。它将自己转化成这样一个中介或契约：为一个怪诞、虚伪的"文学家族"进行调和的消逝感作证。

（4）解构方法在对传统文学研究方法全盘创新的同时，又留下一堆颠覆以后的瓦砾。

因此，对解构方法的评价在文学研究领域总是存在很大的差别。褒者对其解构方略推崇备至，甚至认为当今文学批评，如果不会运用解构方式，要么是太落后不合潮流，要么是智商太低。而贬之者则认为，解构方法是一种彻底的虚无主义方法。

实际上，解构方法的正负值都相当明显。就正面价值而言，解构批评热衷于在文学文本中探索世界文本的潜隐逻辑，它不为表面的中心、秩序或二元对立所迷惑，而是从边缘对中心的消解、从"裂缝"对秩序进行颠覆，从表象中弄清事情本来的面目，从文本的无字处说出潜藏的压抑话语。在这个意义上，文学解构是一种把读者带进文本内部的捷径，是主题批评的又一个变种。只不过这个"主题"或"文本逻辑"，不是早就存在于文本里而等待人们去发现的，而是对某种阅读或批评目的来说是一种重新描述文本、解读甚至误读文本的方式，并通过这种发现和创造式的"阅读"重新书写文学史。反过来，文本也有能力"颠覆"先前的阅读而不断等待新的创造者。

就解构批评负面价值而言，解构批评以过激的言辞和调侃的态度，彻底否认秩序、体系、权威、中心，主张变化、消解、差异是一切，这是另一种意义上的"语言暴政"。这种充满政治意味的解构方法使整个文学评论界的兴趣离文学本身越来越远，以致有人认为解构主义正在毁灭文学，使整个文学研究和评论界陷入危机，整个学术界已经感染了"德里达式的瘟疫"（耶鲁四人组语）。

所有的理论层面上的喧哗和骚动，都将会在历史长河中刊落一切表面的东西，而以属人的真理形式还给人类。在这个意义上，不存在一些被称作"解构的形而上学"的所谓迫切任务，也不存在哲学的封闭性和文学的敞开性之间的绝对的对立。从历史维度看，解构精神是人类文化精神多元中的一种，对其不必惊慌失措或推波助澜。在后现代社会已经来临之时，理论界所秉持的态度应更加宽容，视野应进一步扩大，应将任何偏激的理论和实践放到历史中加以检验，以减少独断性和虚妄性。我们不必将解构方式看作在解构自己，或在自渎自毁，以便逃脱所谓整体同一性的影响。整体同一性和非同一差异性是互相依存的，丧失了其中任何一维，则另一维也不复存在。决然地张扬反中心性和差异性的解构者们，在将一切对立面夷为平地之时也丧失了自己赖以存在的地基。

透过方法论层面，我们可以在本体论和价值论层面上看到：解构主义是巨大的历史忏悔，它通过纯属自己语言的方式进入新的历史而安顿自身，并以中断疯狂的方式来抵制现实的疯狂。文学解构在告别了终极意义和价值关怀以后，不再是沉重的文学，而成为尼采所说的"快乐的科学"。在欢欣的解构游戏中，人们行进在哲学（形而上学）的边缘，而关于这个边缘地带的思想本身是不可思想的。

当然，作为一种文化美学方法论，解构主义在 20 世纪的文化美学和文化批判中，给人留下了很深的印象，以至于学者们认为，跨世纪的学术文化研究，如果不掌握解构和建构这两种方法，那么，任何理论前提的批判厘清、任何理论的价值重估和建构将是不可能的。

【作者简介】

王岳川，北京大学中文系教授、博士生导师。

符号消费与当代文艺学的问题意识*

张荣翼

当今社会已经进入消费时代，所谓消费时代是相对于生产时代而言，它并不是说这个时代就不需要生产，事实上生产和消费是一个整体的活动的两个阶段，而且两者相互依存。关键在于，中国传统的士农工商的四阶层的划分、现代的工商学兵或工农兵的划分，其实都以职业分层作为基础，职业其实是在生产过程中的一种区隔。在消费时代也可以有阶层的划分，但是这种划分的尺度完全与职业无关，而是和消费有关。

关于消费的问题可以在多个层面进行探究。在当今的文化状况背景下，一般意义上的消费当然也可以作为研究的重点，也可能从中发掘出重要的文艺学的问题和研究思路，但是，切中当今消费文化特质的方面应该是符号消费问题。通过对此问题的分析，既有学科角度的学术价值，也有面对现实的实践性的意义。

一、当代社会与符号消费

当我们说到当代的时候，意即我们当下的时代，它一般指近年的时段。不过当下的事情往往也是过去的延续，所以当代有时也可以指一个并非短暂的甚至可以说并不是当今的时刻延续迄今的时段。譬如目前关于中国的当代史，起点定在 1949 年的政权更迭，那么至今这一时段已经超过了"花甲"，算是早已过了青春期。历史分期意义上的当下、当代等的概念，与人的生理周期的时间长度可能有反差。

不过我们从消费社会、消费文化来立论的话，这个时间段也不宜追溯到 60 年前的建政，毕竟在所谓新时期之前，那是一个计划经济的时代，这种计划经济在制订计划时，是把政府的目标如多少钢产量等作为实施的重点，而民众的生活消费在文化观念上用"节约"的概念来加以抑制，而且在实际的运作中往往也是匮乏，在一些时段往往

---

* 本文原载于《广东社会科学》2015 年第 4 期。

还有限制消费额度的凭票、凭证购买消费品的情形。在这一时段人们也有消费，但是这基本上就是一种维持生存意义的消费，它和消费时代的消费还应该包含文化意义的情况完全不可同日而语。中国只有改革开放以来才逐渐进入消费时代。

所谓消费时代首先是要达成由生产型的经济转为消费型的经济。生产型经济是生产什么才能消费什么，往往不是生产的产品是否对路的问题，而是生产出的产品能否满足市场的需求问题，即使产品和消费者的要求相差甚远也没有关系，因为市场上基本上也没有多少可替代的产品来取代该产品的市场份额。消费时代的生产环节是瞄准消费的目标群体，而消费者在消费中，往往是超越了生存角度来看待消费品的，即使是生活必需品的消费，往往也有一些诸如时尚元素的考虑作为选择的标准。在这里很重要的一个因素在于，消费时代的商品消费往往不只是消费者和商品之间的物的关系，而是消费者通过消费而体现的文化意义！有一位英国学者提出，"资本主义社会中，女性的功能在于挪用并保存她竞争成性的丈夫、父亲和儿子少有时间去兑现或享受的价值与商品；她替他们的劳动提供了一剂解药和一个目的"①。这里家庭中的女性进行的消费在很大程度上不是原先的衣食住行一类在传统意义上的不可压缩的需求，而是往往带有享乐性质、符号性质的消费，譬如她去做瘦身美容的项目，如果与一日三餐的花销来对比的话，可能远大于她本人的食物支出，而这样一项支出虽然不是维持生命必需的，但是它成了部分女性社交的一项必修课，大体上是进入某一圈子的基本门槛，否则就会被社会无形地婉拒。

有这样一个中国本土的文化实例：2006 年 3 月 8 日（选择国际妇女节的符号意义），上海华普公司推出了一款专门为女性设计的轿车——"海炫"。"海炫"女性车有若干针对女性消费者的人性化的设计：汽车前座底下有一个黑色的帆布箱，可以放高跟鞋；遮阳板上有可以拉开的化妆镜；副驾驶前面的储物箱里，设计了纸巾盒和放饰品的地方；后座有可以伸缩的衣架，其中间座位的靠背上设计了收放式小桌板，上面可以放两个杯子和零食，如果约会的话，车上也可以酝酿一个浪漫空间！这些考虑还属于正常范畴，真正让人惊讶的是，该款车主设计者考虑到女性一般不是吸烟者，所以最先的打算是把在一般轿车安置的烟灰缸和电子点烟装置去除，可是在女性车研发和评审小组的15 名女性中，居然有 14 人投票赞成保留！这里的女性们不是烟民，而是她们表达了一个或许她们自己也没有觉察到的信念，就是：我们什么都不缺！她们需要吸烟装置吗？不需要，因为她们不吸烟。她们需要吸烟装置吗？需要，因为这里有一种符号的意义，应该有的可以有的，她们都有！通过一种自己并不需要的设置，她们所表达的是一种女性意识。车内配置本身的功用如何，已经不重要，而是它的符号意义凸显为选择的指标！

---

① ［英］琳达·麦道威尔著，徐苔玲等译：《性别、认同与地方——女性主义地理学概说》，台北：群学出版有限公司，2006 年，第 219 页。

符号消费在今天品牌消费品的方面已经显示出了很重要的影响力，而它的实际趋势的出现则很难考证。最初的百货商店这样一种消费场所出现于法国巴黎，当时的百货商店经营者考虑到顾客的需求可能不是单一的，买了一件上衣的消费者，可能就还需要买一双皮鞋来搭配，如果只是开一种单一类别商品销售的商店，就会把已经创造出来的商机拱手让予他人！百货业兴起的思路和后来超市的出现算是一脉相承。老板赚得了利润，而消费者也得到了方便。在百货业的发展过程中，其中很重要的一点在于，百货业把购物变成了一种文化。百货业售卖服装不仅是提供一件消费品，而且也是提供一种生活方式、生活态度，它把服装不是简单地摆放在柜台等待顾客，而是穿着在模特儿身上，置放在橱窗，人们在大街上就可以看到该款服装的展示效果，这成为引领服装时尚的一种方式。然后消费者来购买该款服装时，已经不是单纯地付出金钱以获得一件商品，而是获得了一种时尚，获得了一种文化的满足感！在百货业的发展过程中，商家领会到了购物过程可以不只是交易双方的交换过程，而且也是一个文化的实施过程。因此百货业把购物环境的打造作为营销的一个重要考量因素，在作为"硬件"的购物场所装修上有比较大的投入，然后在作为"软件"的服务态度方面，对于工作人员有规范化要求。这样一些做法，使得百货业在经营成本上有所攀升，而最终总要落实到消费者的支出上。实践证明，消费者是可以接受这样一个成本转让的。在消费中，消费者会考虑购物环境的优劣问题。在此过程中，消费者所付出的可以不只是所购物品的方面，还可以包括为购物环境提供服务的方面。这些环境方面的内容本身也可以成为一种品牌，消费者不单要选择买什么，选择买什么牌子，而且也要考虑在哪里买。

消费具有多层次性。以衣服来看，主要具有三大功能——护体、御寒防晒、遮羞和装饰，其中护体包括铠甲、劳动防护服一类，这种功能所用的场合相对少一些，而且御寒防晒也属于护体，因此可以合并为护体，于是三种类别就是护体、遮羞和装饰。大体来说，护体是最基本的生理性需求，遮羞则是高一层次的文化需求，再到装饰是有更多要求的文化需求。不过这种层次性区别仅是相对的，军人的军装就既要强调护体，也要强调装饰。军装是军容、军姿的基本构成，它也是军人士气的体现，不得随意马虎。而同样作为服装，泳装表演中的模特所用的服装，则是遮羞和装饰的结合，作为遮羞它是现有文化中的遮羞的底线，几乎已不能再行缩减；而在装饰角度，比基尼泳装其实装饰的体表面积不大，但是恰好通过这种遮盖就有雾里看花的效果，所谓"欲盖弥彰"用在这里是恰好不过的。在当今的消费文化背景下，服装的功能当然也还会包括前述的三方面，可是在此之外的符号功能越来越占有重要的地位。它以服装的样式为基础，延伸到了服装品牌，再进一步以时尚、以某一文化诉求作为表达，如把牛仔裤打洞的乞丐装之类，成为服装的新的消费体现。如果只是把它看成服装的装饰功能，那么这种装饰已经不是服装的布料遮盖身体这种可以体现为物理特性的装饰，而是超越了物理特性的。用一款阿迪达斯或是耐克作为运动鞋，在锻炼的时候它们都完全可以满足运动要求，但是各自的文化符号的含义就有所不同，假如再加上其中某款有某一名人作为形象代言人，那就会在该名人的粉丝群中具有特殊的意义，这是衣物的物理特性不能解释的，也是传统中的三大功能不易完全概括的。符号消费已经成为渗透到日常生活中的事情。

二、符号消费在当今文化领域的体现

传统意义的消费主要体现为两个方面：提供商品和提供服务。这种消费是可以体现为物质化的，即商品有物质存在的形式，而服务体现为生产者拿出了具体的服务时间和劳务活动来供应消费。反过来，消费者购买消费物品或服务也需要提供相应的可以兑换的东西，即所付出的货币可以为消费产品提供者达成他所需要的相关产品或服务。

符号消费不同于一般意义的消费。一般意义的消费是为了满足需求，而符号消费超越了具体的需求，它是心理欲望的指涉对象。英国学者特纳指出："资本主义消费主义批判最终建立在某种真实需要的观念和需要与快感之间的某种区分上。欲望是'空的'，而需要则是'真实的'；资本主义是在琐碎的快感水平上运作，但是根据消费批判，它最终不可能满足我们的需要。这个观点的背后存在另一种设想：交换价值不好而使用价值好。"① 符号消费其实就是特纳所说的被批判的对象方面，它是在符号能指的基础上达成的"空的"所指。在这一方面一个典型的事例是"格瓦拉"现象。

约翰·斯道雷在对文化问题的分析中说："在 20 世纪 60 年代，一个卧室兼起居室的单间里如果没有一张古巴革命者切·格瓦拉的画像，就等于根本没装饰。"② 关于格瓦拉的具体评价可能涉及很复杂的问题，作为革命者的格瓦拉，在他所属的体制也可能存在争议。事实上，曾经担任古巴政府劳工部长的格瓦拉，在其任内就是一位激进主义者，他曾经要求取消工资制度，改以义务劳动作为就业的方式，而劳动者的生活保障与其劳动本身脱节，是根据共产主义的需求分配的原则来实施的，这样一种设想未得到最高领袖卡斯特罗的认可，因此未能得以施行。格瓦拉后来从古巴领导层出走，先是在非洲从事武装斗争，没有能够取得预期的效果，然后又转战到了南美洲继续从事武装割据的工作，后来被美国中央情报局支持下的当地政府军擒获，旋即处以枪决。那么，格瓦拉作为一个文化偶像，成为 20 世纪 60 年代西方青年们的文化符号，这说明了什么问题呢？难道是它所倡导的武装革命的思想成了一代人共同的精神旨向？当然不是。60 年代正是西方社会经历风起云涌的革命风潮的时代，包括美国反越战运动和黑人平权运动带来的一整套变革。黑人运动的领袖马丁·路德·金现在已经成为美国史上除了总统职位的人以外，最具有影响力的标志性的人物，由此可以看到当时运动的震荡力。而在欧

① ［英］布莱恩·特纳著，马海良等译：《身体与社会》，沈阳：春风文艺出版社，2000 年，第 85 页。

② ［英］约翰·斯道雷著，杨竹山等译：《文化理论与通俗文化导论》，南京：南京大学出版社，2001 年，第 150 页。

洲，各种造反运动也是风雷激荡，法国在 1968 年爆发的"五月革命"有上百万巴黎人的参与，甚至一度使得法国总统被迫撤离总统府。在这样一个背景下看，反体制化成了当时一代人的诉求，而在这样一条道路上真正走到了在联合国定义下的恐怖主义程度上的，只有格瓦拉等少数人。因此，60 年代的格瓦拉画像成为室内装饰的问题，并不是格瓦拉本人的思想或者人格魅力的问题，而是它在所处的语境中成了一个反体制化的标识，而不是具体的思想旨向和行为模式！

符号消费作为当代消费文化的重要特征，它渗透到了商品营销策略的举措中。"我们不妨借用 J. 威廉姆生对一则法国香水广告的分析来说明这一过程。这一广告上并置着两种形象，一瓶法国香奈尔 5 号香水和一幅法国著名女影星凯瑟琳·德纳芙的肖像。在当代法国社会，德纳芙是高贵、优雅的古典美的代表，是法国女性美的典范，这则广告通过二者的并置，把德纳芙优雅的气质转移到香水上。从符号学的观点来看，香奈尔 5 号与德纳芙的美之间的关系完全是人为的、任意的，二者之间没有任何必然的联系，这则广告却使这种人为的东西转变成了香水的一种自然属性。公告强烈地暗示观众，如果你购买一瓶香奈尔 5 号香水，你就拥有了德纳芙式的优雅和美丽。"[①] 这里香奈儿香水本身当然也有高品质等特点，但是作为高端的化妆品，它的经营费用主要在两端：研发和广告代言，以及政府征收的奢侈品消费税。其实真正的物质成本往往也就在销售价的百分之一、二。也就是说几百元一瓶的香水，厂家的生产成本大体上不到十元。其中的研发费用和广告代言算是天价，动辄几百上千万元，这当然不是小数，需要分摊到每件商品中，考虑到研发代言的费用基本上就是定数，那么销售量大的话才可能使得消费者和经营者感到实惠。这样的情况下，单纯凭借香水的实用功能来扩大销量就不现实，于是就需要增加它的符号效果，就是威廉姆生所说的"香奈尔 5 号与德纳芙的美之间的关系完全是人为的"，这与索绪尔所说的语言的能指与所指之间关联的人为性质完全一致。这里作为广告推荐品的香水具有了符号的特性。通过广告，香奈儿香水就与"德纳芙式的优雅和美丽"联系起来，就与高品质的生活联系起来，它在社交文化中进一步取得了认可，那么在具体的人际交往中，它就俨然成为一种身份证明。这样一种关系使得消费者在购买商品时不只是购买了物品本身，而且是由此获得了一种商业话语构造出来的文化的规定性，消费者由此也可以感到物有所值，这就是为什么有些收入不高的消费者也要购买明显的与其收入不般配的商品，但其需要在另外一些生活项目中节衣缩食。在纯粹经济学的意义上，人的消费是依次投放在自己最需要的项目，譬如首先是生理需求的方面，如吃穿的需求，然后才是文化消费、发展消费，乃至炫耀性消费等。而在消费文化把符号消费提到了一个重要位置之后，符号消费可能为这种既有的消费秩序带来了冲击。

波德里亚在揭示商品的价值内涵时说，"橱窗、广告、生产的商号和商标在这里起

① 罗钢、王中忱：《消费文化读本·前言》，北京：中国社会科学出版社，2003 年，第 25-26 页。

着主要的作用，并强加着一种一致的集体观念，好似一条链子、一个几乎无法分离的整体，它们不再是一串简单的商品，而是一串意义，因为它们相互暗示着更复杂的动机"①。在他所说的这种情形下，商店橱窗不只是提供消费品给各个实在的和潜在的消费者，而是在推行一种消费欲望和生活态度，从最直接的商品买卖关系过渡为一种文化的建构关系。

生产和消费是一对矛盾。这种矛盾蕴含着可以相互转换的可能性。当年福特汽车的掌门人通过大规模采用自动化技术，然后提出让自己的员工可以人手一辆私家汽车的目标，这种把生产经营与员工的利益结合起来的办法，可以充分调动员工的生产积极性，而通过这种鼓励性措施，员工们除了可以焕发出生产过程的积极性，还在提高了消费水平的基础上，可以把一部分消费能力用于购买自己所生产的福特牌汽车，这样就促成了公司销售量的正向的反作用。在大规模生产的意义上，这些多生产的份额有着更高的利润率，因为前期投资中的设计、促销等方面的投入，在扩大生产规模的时候，并没有相应的增加，这就使得单件产品的生产费用得到降低，最后作为生产者的福特公司也是受益者。

消费文化走向了符号消费的层次，于是才有了普遍存在的身处某一收入群体的人，往往会在符号消费中拿出实际上高于自己收入的份额进行消费，譬如购买 LV 坤包的都市女性白领，该坤包可能相当于自己几个月的收入。因此在进行了这样的消费选择之后，她们就只能在其他消费领域加以克制，如在交通方面就得首选拥挤不堪的公共汽车或者地铁，而在这些品牌的原发地，这一消费层次应该是属于有自驾车或者雇人开车的收入群体。在 LV 坤包的消费方面的超前，它给予了消费者一种自我安慰：我是某某群体的成员。而这样一种暗示作为一种想象，就是消费者的心理的现实。

现实中的不尽人意通过这种暗示、想象就得到了规避。当然，符号消费的文化现象也可以呈现为复杂的状况。如果说有消费者"打肿脸充胖子"的话，那就还有相反的故意"瘦身"的特立独行者，譬如服饰的随意化就是这种类型。"服饰随意化的趋势也许并不是一种颓废的迹象，相反却是现代性的一种表现，在韦伯的话语系统中，就包括迈向理性方式的治理，消除克里斯玛魅力以及其他形式的'魔魅'。这并不是否认，人们可以偶尔诉诸不拘小节的穿着，作为一种挑衅社会的方式，不仅仅嬉皮士和其他反叛者可以如此行为，进而在社会谱系的另一端，众多的百万富翁也穿得比他们的下属更差，他们通过泰然无妨地藐视习俗而作为展示其权利的一种方式。"② 在这种逆势而行的作态中，这类人是要表达对于前述的超前消费的不屑，更是要体现出他们的文化身份超越了通过服饰来体现自身身价的地步。

---

① ［法］让·波德里亚著，刘成富等译：《消费社会》，南京：南京大学出版社，2000 年，第 4 页。

② ［美］理查德·A. 波斯纳著，徐昕译：《公共知识分子：衰落之研究》，北京：中国政法大学出版社，2002 年，第 394 页。

三、符号消费语境下文艺学面临的问题

从消费文化的角度来看待文学，就会与传统的文学研究有一点差异。康德曾经从功利角度来说明文学艺术的特殊性，即人的其他的有目的性的活动基本上都是围绕着某一具体的功利目的的行为，这对人的生存是必需的，但是这些功利目的毕竟是外在的，不是人的内在的需求。康德认为，文学艺术是人的内在的心理需求的表达，它不关涉外在的功利目的，但它可以使人心有一片自由的天地。康德这种假说实际上也表达了很大程度上的传统立场上看待文学艺术的基本观点。

从消费角度来看待文学问题，就会与康德的观点有所抵牾。作为消费的一个方面，文学作品有着成本问题、利润问题，有着读者购买文学书本的经费和阅读时享受程度的收益问题，这样一些方面对于康德这一类学者来说只是俗事，甚至可能干扰对于文学问题的深层次的思考。可是对于在产业化大潮裹挟下的文化领域，这些方面事关文学领域的投资，包括直接的资本投资，也包括有人愿意投身于文学工作，在长远的、深层次角度看这些就是文学的根本问题！

如果再在消费角度思考中加入符号消费的坐标，问题就还有进一步的延伸。当今英国很有影响的学者费瑟斯通提出："消费文化使用的是影像、记号和符号商品，它们所体现的是梦想、欲望与离奇幻想。它暗示的则是：在自恋式地让自我而非他人感到满足时，表现的无不是那种浪漫的纯真感情的实现。当代消费文化似乎就是要确定无疑地接受并得体地表现这样的行为，以扩大这样的语境与情境范围。"[1] 费瑟斯通提及的几个名词是"梦想、欲望与离奇幻想"，它暗示了与现实的一定程度的隔绝，甚至就是有意地回避现实。消费行为涉及经济，其中的货币交换是实打实的，基本上就是"没有免费的午餐"，而通过付出货币得到的消费品或者消费服务则可能是符号性的，这里体现了一种不对称：付出与给予之间的实体性与符号性的差异。这一矛盾实际上就是商品交换中的符号化的问题。

最初的以物易物的交易是实在层面的，而通过贵重金属等货币形式的交换可以突破以物易物交换中的需求限定，可以实现更便捷的交换中的价值换算，也便于交换中的储存等后续工作，但是用于交换的货币的实际用途往往是可以存疑的，譬如金银一类很难说有它的货币价格的那种实际用途。随着商品交换的日益发展，贵金属货币一类的交换也显得不能适应商品经济的要求了，这就出现了标注单位的货币，譬如一个铜板有它的规定的币值，而这一币值与铸造货币的金属材料的价格可能错位，即使把铸造的费用算进来，规定币值的货币也往往高于材料的价格，它之所以能够获得市场认可，在于可以

---

① Mike Featherstone, *Consumer Culture and Postmodernism*, London: Sage Publications, 1990, p. 28.

由该铸造的货币换取币值规定数额的贵金属的承诺，以及铸币主持者的市场监管的权威，这一般都是由政府操控，铸币方也由此获得了币值与铸造该货币差价的收益，此收益有时被称为"铸币税"。再往后则有纸币的发明，在此阶段纸币也有规定的票面币值，而印制纸币的成本与纸币的票面价值之间已经没有多少相关性，票面一元与票面百元的钞票，各自表示的价值相差百倍，可是印制成本因为百元钞票的纸张稍大，所印制的油墨耗费稍多，也就贵出两三倍，这时的纸币的实际成本与规定价值之间完全没有关系，它的市场认可度基本上就得由法规来加以保障。再到了后来，银行等金融机构有了支票支付的形式，就可以绕开纸币进行交换，而支票的形式可以在一张纸面上表示亿万元的价格。在电子时代，甚至连纸面形式也都省略，在电脑上就可以通过电子信号的收发，实现亿万元的货币的交易。因此，当我们说符号消费的时候，其实符号消费的售出方有了并不实在的符号成分，可是要看到购入方付出的货币本身其实也具有符号性质。这里符号的虚拟性一面其实是社会的生产交换本身就具有的特质。

在符号消费的语境下，文学作为所谓的虚构的表达，理所当然地也具有符号性质。文学作为对生活的"反映"，或者作为情感的"表现"，它都不是所指涉的对象本身，而是对象的符号。在德里达以来的人文学术界也基本上不把人文领域的思考作为对终极意义的真理的洞见，而是对于所思考的对象领域的一种解释，一种话语的建构。因此，波德里亚所表达的下述观点就是具有普遍性的认识："在通向一个不再以真实和真理为经纬的空间时，所有的指涉物都被清除了，于是仿真的时代开始了。……这已不是模仿或重复的问题，甚至不是戏仿的问题，而是用关于真实的符号代替真实本身的问题……"①当我们谈及文学时，文学就不是表达了什么来作为其定位的依据，而是它如何表达才有重要的意义。

在这种变化的情形下，文学研究的相关调整早已存在，它包含了几个方面的体现。在 20 世纪初叶，俄国形式主义批评开创的研究路径注重的是文学的形式修辞，探讨文学作为文学的特殊性，即同样关注社会，它就与社会学具有不同路径，其中关键是文学具有不同的"形式"。这种思路后来也贯穿于新批评、文学的结构主义，等等。另外一种类型是法兰克福学派等体现的文化研究的方法，它不同于传统的文学研究注重文学的审美性等问题，也不同于把文学作为一个自足的对象来看待，在这样的研究框架下，文学的问题与社会问题又重新结合起来，相当于扭转了形式主义批评的文学内部研究的路径，重新回到了文学作为社会整体一个方面的所谓文学的外部研究的状况。但是它也不同于传统的文学研究，在这一研究路径中，并不认为文学的审美是理所当然的存在，审美的认定体现了文化的权力关系。再有一种路径其实已经不能算是严格的文学研究，而是一种泛学科的、广域的涉及文学的思考，在此意义上的文学研究，可以显得不伦不

① ［法］让·波德里亚著，马海良译：《仿真与拟象》，汪民安等主编：《后现代性的哲学话语》，杭州：浙江人民出版社，2000 年，第 330 页。

类，譬如把文学与作为传播渠道的大众传播媒介的电视、互联网联系起来看待，把文学与时尚、与消费文化的欲望旨向联系起来，还可以把文学与科技时代产物的汽车文化、与现代都市生活中的广场文化、与商品促销方式的广告联系起来。当然，可以把这些相关因素相互贯通起来，譬如消费欲望和弗洛伊德学说中的无意识加以连接，等等。在这样一些有点光怪陆离的变化面前，我们已经不便于追问："它对于文学的认识就可以更为深刻吗？这种追问在研究者的思维中是应该具有的意识，但是这种追问在今天的消费文化的语境已经不合时宜，因为，在通向一个不再以真实和真理为经纬的空间时，所有的指涉物都被清除了，于是仿真的时代开始了。……这已不是模仿或重复的问题，甚至不是戏仿的问题，而是用关于真实的符号代替真实本身的问题……"①

既然符号不仅是实在的一种表示、标识，而且部分地已经取代了实在本身，那么符号可以有两种基本形式，一种是指涉事物的符号，如大多数名词、动词；另外符号也可以不与实在事物相关，而是代表了一种关系，譬如多数的标点运用的情况，它是语法关系的体现，即它属于能指层面的符号，没有实际的所指。这里引用的话语中"所有的指涉物都被清除了"，就是所指的缺位，它就相当于标点运用的类别。在没有所指或者至少没有明确的、固定的所指的情况下，追问它的与所指情形相关的真实性，就失去了评判依据。现在要追问的，只是符号在此的运用是否得体、是否恰当才有意义。

在符号消费语境中，符号的指涉方面可能并不是实质性的而只是功能性的，也就是说它看起来是"反映"了什么，而实际上它只不过是一种表述。表述的什么不太重要，如何表述才是作品的核心，才是关注的焦点。譬如历史上曾经有过英雄时代，史诗、悲剧等文学类别就是围绕着英雄的业绩来展开叙述的。在近代以来，往往通过一些体制化的规定来约束个人，社会并不鼓励英雄来救世，而且也对个人施展拳脚加上了诸多限制。在社会学、政治学的领域，可能都会对所谓的英雄加以一定限制。可是在文学作品中还是会有若干英雄的描写，并且这些描写被看成是文学的魅力的一个方面。譬如在战争小说中，它的感人往往就与英雄的出生入死、视死如归的英雄气概紧密关联。这样的描写有可能与真实的历史事实有一段距离。在今天历史学的细致的考察中可能发现历史事件中一些被忽略的细节："所有那些为伟大的将军们歌功颂德的军事史对一个令人泄气的事实只是轻描淡写地一笔带过，这个事实就是：过去战争中的胜利者并不总是那些拥有最优秀的将军和最精良的武器的军队，而常常是那些不过是携带有可以传染给敌人的最可怕的病菌。"② 当年，西班牙殖民者在南美洲，常常只以数百人的军队就征服了一个庞大的帝国，在此过程中西班牙人的武器优势包括火枪、骑兵等，也包括近代形成

---

① ［法］让·波德里亚著，马海良译：《仿真与拟象》，汪民安等主编：《后现代性的哲学话语》，杭州：浙江人民出版社，2000年，第330页。

② ［美］贾雷德·戴蒙德著，谢延光译：《枪炮、病菌与钢铁》，上海：上海译文出版社，2000年，第202页。

的军队管理的先进，它确实是有着代际差别。但是被忽略了的事实是，对于亚欧大陆的流行性疾病包括流感，在亚欧大陆生活的人千百年来已经形成了免疫力。一次大规模流感疫情，在患者中的死亡率达到了千分之几就是严重疫情，超过了千分之十即百分之一，就差不多是瘟疫流行。在上百人的群体中随时都有三五个流感感染者、带菌者是正常的概率分布状况，那么在本族群中它一般不会带来严重后果。可是当西班牙人群体中的感冒感染者接触到了当地印第安人并且造成传染，那就会形成毫无免疫力的当地人的灭绝性的灾难！因此伴随着西班牙人军事上胜利的，就是当地人的瘟疫！它与其说是军事问题，还不如说是流行病的社会学问题！文学在非英雄或者说后英雄的时代，也会看到英雄描写，在未来文学中，英雄还是可以成为文学的描写重点，因为在人的意识中需要有英雄的神话来作为自己人生的参照坐标！

对于文学，区别它与非文学的重要标志之一曾经是文学的虚构性，这样一种体认在文学的研究中起到了重要的风向标的作用。文学的表达成了一种可以相对脱离具体所指的符号，那么今天消费文化把人的消费活动整个也位移到这种状况中。在此背景下对文学有何影响、文学研究可以从中得到什么新的启迪，都是需要认真思考的。

【作者简介】

张荣翼，武汉大学文学院教授、博士生导师。

中华美学的审美意识论*

杨春时

一、审美意识的要素

关于审美意识，中华美学还没有形成与之对应的专门概念，它用意、思和情等一般概念来表达，并且在具体的语境中把它的特殊意义显示出来。值得注意的是，刘勰使用了"神思"概念，它主要指审美想象，但也泛指审美意识。审美意识是一个整体，但可以分析出若干要素，分别进行考察。审美意识包括审美理想、审美想象、审美情感和审美直觉等要素。对于这些要素，中华美学都有所论述。同时，中华美学也对审美意识的存在形式——审美意象有所论述。

（一）审美理想——兴趣

欲望、意志是人的心理驱动力，而审美的内在动力即审美理想。审美理想是审美意识的原动力，它推动着现实意识转化为审美意识。审美理想也是审美意象的"种子"，审美意象的发生就是审美理想的实现。作为自由的意识，审美意识发源于无意识中积聚着的自由要求，在受到外界某种信息的刺激后，这种潜在的自由要求就可能从无意识中迸发出来，推动审美想象，改造现实表象为审美意象。因此，可以说内在的自由要求是审美理想的根据，而这种自由的要求的具体发生就是审美理想。审美理想不是现实欲望，是内在的自由的要求，因此西方美学提出审美无功利的思想。中华美学的审美无功利的思想发源于道家，道家认为道法自然，无知无欲才能得道，道为美之所在，故审美理想是无欲之欲，是回归自然天性的内在要求。但是，道家美学思想是自然主义的，审

---

* 本文原载于《广东社会科学》2018 年第 5 期。

美理想不是超越现实的要求，而是逃避现实、回归自然天性的要求，这是其要害。儒家的审美理想是人生理想的极致，它不脱离伦理，实际上就是内在的道德要求。儒家美学的审美理想限于伦理主义，没有超脱现实领域，这是其要害。在中华美学的历史进展中，儒道美学思想融合、发展，并且在审美经验的反思中超越了儒道思想的局限，从而提炼出了自己的关于审美理想的观念。

那么，中华美学是如何规定审美理想的呢？早期中华美学还简单地讲"诗言志"（《文心雕龙·明诗》），"在心为志，发言为诗"①（《文心雕龙·明诗》）。这个志为何物，尚未得到深入探讨，也就是还没有具体地论述作为审美动力的审美理想。中华美学对于审美的发生，是用"感兴论"来解释的。感兴论认为审美情感的发生是外物与主体之间的互相感应，于是就有情感之"兴"。兴是中华诗学的主要概念，孔子就说"诗可以兴"（《论语·阳货》）、"兴于诗，立于礼，成于乐"（《论语·泰伯》）。对于《诗经》意义的解释，也是"赋、比、兴"。那么，我们就应该对兴做深入的分析，从中寻找审美理想。所谓"兴"就是情之所生，也就是审美的原动力。那么，兴是如何发生的呢？中华美学认为，是气赋予人和外物以生命力，外物的生机触发主体，产生情感，这就是"兴"。兴即钟嵘所谓："气之动物，物之感人，故摇荡性情，形诸舞咏。"（钟嵘《诗品·序》）感兴是审美理想运作的过程，但此时的审美理想尚未明确，它表现为朦胧的审美情趣。审美情趣既是主体在长期审美活动中积累而成的朦胧的意念，又是在审美感兴过程中转化生成的逐渐鲜明的追求，成为推动审美创造的审美理想。

审美理想或审美情趣在中华美学中被称为"兴趣""高致""胸次"。魏晋以降，士人流连山水，陶冶心灵，谓之"林泉高致"。这个高致就是审美趣味、审美理想，它怀抱自然，形成审美意象。严羽提出"兴趣"说。他认为诗歌来自人的趣味，但此趣味非日常趣味，而是"别趣"。何谓别趣呢？他说："夫诗有别材，非关书也；诗有别趣，非关理也。……盛唐诸人，惟在兴趣，羚羊挂角，无迹可求。故其妙处，透彻玲珑，不可凑泊。如空中之音，相中之色，水中之月，镜中之象，言有尽而意无穷。"（《沧浪诗话·诗辨》）这里强调的"兴趣"就是审美情趣，即审美理想。它不是外在的理念，而是内在的自由要求，所以"非关理也"，它无关功利，不可以言表述。审美理想兴趣推动审美意识的创造，最后在审美意象中得以实现、完成。在传统社会后期，趣味摆脱理性的道而成为审美的动力和标准。李贽从作为真实自我的"童心"出发，以趣味为最高追求，以趣味反抗理性压迫。他说"天下文章当以趣味为第一"②。屠隆也说"文章

---

① "在心为志，发言为诗"，最早出自《文选·卜商〈诗序〉》，后来出现在《文心雕龙·明诗》《文镜秘府论·南卷·论文意》等文论诗序书中。具体见朱祖延编著：《引用语大辞典》（增订本），武汉：武汉出版社，2010年，第860页"在心为志，发言为诗"词条。

② 施耐庵、罗贯中撰，李贽批注：《李卓吾先生批评忠义水浒传》第五十三回总批，上海：上海古籍出版社，1995年。

止要有妙趣"①。汤显祖说"凡文章以意趣神色为主"②。袁宏道也把趣味提升到人生意义的高度。他认为功利人生没有意义，要追求有趣味的人生。他说："世人所难得者唯趣。趣，如山上之色、花中之光、女中之态。"③ 而艺术也是求趣的活动，他说："夫诗以趣为主，致（思）多则理拙。"④ 他强调审美趣味的非理性："夫'趣'得之自然者众，得之学问者浅。……入理愈深，然其去趣愈远矣。"⑤ 他同时又强调趣味有品位之高下，审美趣味区别于、高于日常趣味。他说"品愈卑故所求愈下"⑥，而品愈高则趣愈上，所以审美趣味如"颜之乐、点之歌"才是高雅的趣味。另一方面，袁宏道也承认通俗艺术因出自自然，也是真趣味。他说："今闾阎妇人孺子所唱《擘破玉》《打草竿》之类，犹是无闻无识，真人所作，故多真声。不效颦于汉、魏，不学步于盛唐，任性而发，尚能通于人之喜怒哀乐，嗜好情欲，是可喜也。"⑦ 王夫之认为"兴"是高尚的人生理想，它超越庸俗的日常生活，而成为审美的动力。他说："能兴者谓之豪杰。兴者，性之生乎气者也。拖沓委顺，当世之然而然，不然而不然。终日劳而不能度越于禄位田宅妻子之中，数米计薪，日以挫其志气，仰视天而不知其高，俯视地而不知其厚，虽觉如梦，虽视如盲，虽勤动四体而心不灵，惟不兴故也。圣人以诗教以荡涤其浊心，震其暮气，纳之于豪杰而后期之以圣贤，此救人道于乱世之大权也。"（王夫之《俟解》）

审美趣味决定了审美的精神高度，因此在趣味说之外，又提出了"胸次""胸襟"等概念来表示审美理想。王夫之认为审美要依靠自己的"眼""胸次"，才能发现、创造美。他强调审美之"眼"，说道："'日落云傍开，风来望叶园'，亦固然之景。道出得未尝有，所谓眼前光景此耳。所云'眼'者，亦问其何如眼。若俗子肉眼大不出寻丈，粗俗如牛，目所取之景亦何堪向人道出。"（《古诗评选》陈后主《临高台》评语）"眼"还偏于审美的认识能力，而"胸次"则更深入审美理想的内核。他在评论谢灵运诗句时指出，审美心胸是创造美的主观条件："'池塘生春草'，'蝴蝶飞南园'，'明月

① 《论诗文》，屠隆：《鸿苞节录》卷六，清咸丰七年刻本。
② 汤显祖：《答吕姜山》，《汤显祖诗文集》卷四十七，上海：上海古籍出版社，1982年，转引自孙敏强主编：《中国古代文论作品与史料选》，杭州：浙江大学出版社，2014年，第269页。
③ 《叙陈正甫会心集》，袁宏道：《袁中朗全集》卷一，台北：伟文图书出版有限公司，1976年影印版，钟伯敬增订本。
④ 《西京稿序》，见《袁中郎全集·文钞》，台北：伟文图书出版有限公司，1976年影印版，钟伯敬增订本。
⑤ 《叙陈正甫会心集》，袁宏道：《袁中朗全集》卷一，台北：伟文图书出版有限公司，1976年影印版，钟伯敬增订本。
⑥ 《叙陈正甫会心集》，袁宏道：《袁中朗全集》卷一，台北：伟文图书出版有限公司，1976年影印版，钟伯敬增订本。
⑦ 《叙小修诗》，见《袁中郎全集》卷一，台北：伟文图书出版有限公司，1976年影印版，钟伯敬增订本。

照积雪'，皆心目中与相融浃，一出语时，即得珠圆玉润，要亦各视其所怀来而与意相迎者也。'日暮天无云，春风扇微和'，想见陶令当时胸次，岂夹铅汞人能作此语？"（《姜斋诗话》卷二）沈宗骞也讲"胸襟"，他说："盖笔墨本是写人之胸襟。胸襟既开阔，则立意自无凡近。"（《芥舟学画编·会意》）叶燮也讲"胸襟"，认为是风格的根本。他说："有是胸襟以为基，而后可以为诗文。""诗之基，其人之胸襟是也。有胸襟，然后能载其性情、智慧、聪明、才辨以出，随遇发生，随生即盛。"（《已畦文集》卷八《密游集序》）此"胸襟"不是现成的"性情、智慧、聪明、才辨"，而是其发生的基础，这就说明它是一种理想人格，是审美理想。胸次、胸襟都指审美理想，它在创作和欣赏中都具有指导作用，引导、推动着审美意识的形成。

（二）审美想象——神思

审美意识中包含着想象这一心理要素。中华美学很早就发现了审美意识的想象功能。想象属于非自觉意识，它超越时空限制，使对象呈现在我的面前。因此，萨特说想象是自由的意识。现实意识中的想象，还受到自觉意识的局限，不能充分发挥，而在审美理想的作用下，想象力获得解放，成为审美想象。审美想象克服了现实思维的局限，超越了时空，使审美主体和审美对象都进入了自由的境界。人类在现实中受到时空限制，而审美想象可以超越时空，从而获得自由。庄子就发挥了丰富的想象力，作了超越时空的"逍遥游"，这一思想给后世美学家以启迪。陆机对审美想象的超越时空的自由性作出了浓重的描绘："浮天渊以安流，濯下泉而潜浸"，"观古今于须臾，抚四海于一瞬"，"笼天地于形内，挫万物于笔端"。（陆机《文赋》）刘勰进一步提出了"神思"概念，为审美想象定名："古人云：形在江海之上，心存魏阙之下。神思之谓也。"（《文心雕龙·神思》）神思，就是超越日常思维，摆脱理性羁绊，超越时空限制，达到自由的审美境界。刘勰把神思确定为超越日常思想的"思理之致"，认为审美想象可以跨越时空，使世界成为审美对象。刘勰说："文之思也，其神远矣。故寂然凝虑，思接千载；悄焉动容，视通万里。吟咏之间，吐纳珠玉之声；眉睫之前，卷舒风云之色。其思理之致乎？故思理为妙，神与物游。神居胸臆，而志气统其关键；物沿耳目，而辞令管其枢机。枢机方通，则物无隐貌；关键将塞，则神有遁心。"（《文心雕龙·神思》）想象是神思的重要内涵。同时，他也就强调了神思作为"思理之致"的现象学的特性："夫神思方运，万途竞萌，规矩虚位，刻镂无形。登山则情满于山，观海则意溢于海……何则？意翻空而易奇，言微实而难巧也。"（《文心雕龙·神思》）所谓"意翻空而易奇，言微实而难巧也"，是解释神思作为想象的超越时空特性以及对语言的突破作用——由于语言具有所指和规范性，运用起来受到束缚，而神思则没有规范、不受任何束缚，具有自由性。这与现象学的直观不经概念、直指现象的思路是一致的。而且，他还指出了神思的情感特性，突破了西方现象学直观论对情感体验的隔膜。西方哲学重视语言，认为没有语言的中介，认识就不可能进行。因此，审美就是修辞活动，甚至认为审美语言就是一切，产生了形式主义的审美理论。这一观念直至现象学美学发生才得以打破。而中华美学虽然也重视语言，却不认为语言是审美的本质，而认为语言只是一种手段，审美的本质是非语言性的直觉感悟和情感体验。通过对语言意涵的领会和对语言外壳的扬弃，就领会了审美的真意——道。魏晋以来的言意之辨，主流思想是言不尽意、得意忘言，这就是一种现象学的思路。陆机《文赋》序文中论说作文中遇到的问题是："恒患意不称物，文不逮意，盖非知之难，能之难也。"这里涉及两个问题，前一个是意识与对象一致性的问题，后一个是意识与语言文字表达的一致性问题，它们都是现象学要解决的问题。对于这个问题，刘勰提出了神思说，他认为"意授于思，言授于意"，思具有根本的地位，而神思是思的充分发挥；审美的神思可以解决思—意—言之间的隔膜，达到"神用象通"的现象性。神思可以突破语言的抽象性和外在性，克服主体与客体的对立，以意象直接切中世界，构成现象。

总之，神思不用语言，而运用意象，通过本质直观使现象呈现。故刘勰在《神思》篇的赞语曰："神用象通，情变所孕。物以貌求，心以理应。刻镂声律，萌芽比兴。结虑司契，垂帷制胜。"意象打通了我与世界、同一了意识与对象，于是乎物主动呈现，而心加以回应，物我一体的审美形象就发生顾恺之说"迁想秒得"，张彦远说"凝神遐想"，这都是讲审美想象的自由性。

审美想象受审美理想支配，可以超离现实，进行艺术的虚构。这一点，中华美学有所认识。金圣叹提出，文学创作是"因文生事"，不同于"以文运事"的历史叙事。他说："某尝道《水浒》胜似《史记》，人都不肯信，殊不知某却不是乱说。其实《史记》是以文运事，《水浒》是因文生事。以文运事，是先有事生成如此如此，却要算计出一篇文字来，虽是史公高才，也毕竟是吃苦事。因文生事却不然，只是顺着笔性去，削高补低都由我。"（《读第五才子书法》）这里说的"因文生事"，不仅可以理解成，为创作的需要来虚构事实，而且"文"具有美的意义，也就是要按照审美理想的需要来虚构事实，编造故事。审美想象构成了艺术的虚构性，使审美意象区别于事物的表象（物象）。刘熙载指出："赋以象物，按实肖象易，凭虚构象难。能构象，象乃生生不穷矣。"（《赋概》）而"凭虚构象"即艺术想象。

想象力是创造的能力，审美想象具有充分的创造性，使经验表象转化为审美意象。在审美想象中，物我界限消除，对象与我一体，事物的表象转化为审美意象。张彦远论画："凝神遐想，妙悟自然，物我两忘，离形去智……所谓画之道也。"（《历代名画记》）王昌龄说"神会于物"，就是指想象的祛除主客对立，达到物我合一。同时，审美想象把感性材料（表象）加工成为审美意象（艺术形象）。司空图所谓"象外之象"，就是通过审美想象使物象（表象）转化为意象。这就需要对感性材料进行加工，想象就是加工的过程。王昌龄描述了想象的创造过程："……采奇于象外，状飞动之趣，写真奥之思。"（《诗评》）此外，审美想象使现实世界升华为审美境界。刘禹锡说："境生于象外。"（《董氏武陵集记》）这是说审美想象超离物象，进入审美境界。郭熙提出，山水画要有"远"，即把眼前的山水运用艺术手法创作出"高远""深远""平远"的意境，从而给审美想象力以充分的空间。

值得注意的是，不同于西方美学把想象归于感性认识，把情感与想象分离，中华美学认为想象与情感是结伴而行的，情感借想象以及物，想象依情感而运行，这就是说，审美想象与审美情感的发生是同时的，也是互相促进的。陆机就说"其致也，情瞳昽而弥鲜，物昭晰而互进"。（《文赋》）刘勰也认为，审美想象是情感的载体，可以使世界与我情感互通，从而使审美发生："夫神思方运，万途竞萌，规矩虚位，刻镂无形。登山则情满于山，观海则意溢于海……"（《文心雕龙·神思》）中华美学强调了审美想象的情感性，甚至可以说想象就是情感想象，是情感的运动。

（三）审美情感——真情

情感是需要（是否）获得满足的心理状态。审美情感是审美理想获得满足后的心理状态。因此，审美情感也是审美意识的重要环节。与西方美学把审美当作感性认识不同，中华美学首先意识到审美的情感性，从而建立了兴情论美学。中华美学认为审美意识就是充分的情感表达，因此，把审美称为"乐"。那么，审美情感的根源何在？它与日常情感的区别是什么呢？

审美情感源于乐道。中华美学认为天道即人道，人道即人性，即所谓"天命之谓性，率性之谓道，修道之谓教"。（《孟子》）故人性与天道通。汉代儒家认为性善而情恶，故审美的情感本质尚未获得充分肯定。而魏晋南北朝时期，情感突破了理性的桎梏，打破了性与情的对立，情即是人性的表现，也是道的体悟方式。所以兴情论美学思想兴起，审美就是乐道，就是"感物兴情"。兴情论美学思想的表达如"诗缘情而绮靡"（陆机）；"文者，情之经"（刘勰）；"诗者，吟咏性情也"（钟嵘）等。这样，审美情感就具有了本体论的地位。

西方美学中的情感，是主体的固有能力。康德就把审美定位于情感领域，认为情感是介于知（认识）与意（欲望）之间的主观能力。但中华美学认为，情感不是来自主体，而是来自人与世界之间的交流，是天人之间的生命力的迸发。在天人之间，有元气鼓荡流行，使万物躁动，人感应万物之气而生情。这就是所谓"气之动物，物之感人，摇荡性情，形诸舞咏"。（钟嵘《诗品》）因此，与西方美学不同，中华美学的情感不是主体单方面的意识活动，不是情感投射给对象的移情，不是情感人化万物，而是人与世界的情感共生、交流及融合，总之，就是一种审美同情。审美意识的同情能力，使天地人相沟通，实现了天人合一，进入审美的自由境界。

此外，西方美学认为美感是理解力与想象力协调而产生的快感，是一种被动的情绪，它本身没有能动作用。而中华美学意识审美本身就是情感体验，它不仅是消极的"乐"，更具有积极能动的作用。中华美学认为审美情感可以同化万物，达到物我一体，故"登山则情满于山，观海则意溢于海"。（《文心雕龙·神思》）而且，情感也具有认识的功能，可以把握审美对象的本质。刘勰说："情以物兴""物以情睹"（《文心雕龙·诠赋》），通过情可以领会万物之本。他还说："夫惟深识奥鉴，必欢然内怿，譬春台之熙众人，乐饵之止过客。……书亦国华，玩泽方美。"（《文心雕龙·知音》）"欢然内怿"就是美感，而通过美感，才能"深识奥鉴"，即把握对象的本质。叶燮论画，认为情有使对象显现其本质的功能："乃知画者形也，形依情则深；诗者情也，情附形则显。"（《已畦文集》卷八《赤霞楼诗集序》）王夫之也认为情感可以显现对象的真实，即"文情赴之，貌其本荣，如所存而显之"。

审美之情超越日常情感，是充分实现了的、自由的情感。中华美学虽然没有刻意在概念上区别审美情感和日常情感，而是笼统地称之为"情"，但是在美学的具体语境中，还是强调了审美情感的特性，那就是"真情"或"至情"。庄子指出了审美之人是"真人""至人""神人""圣人"，他们虽然无情，但只是无世俗之情，而有真情。他说："真者，精诚之志也。不精不诚，不能动人，故强哭者虽悲不哀，强怒者虽严不威，强者虽亲不和。真悲无声而哀，真怒未发而威，真亲未笑而和。真在内者，神动于外，是所以贵真也。礼者，世俗之所为也；真者，所以受于天也，自然不可易也。故圣人法天贵真，不拘于俗。"（《庄子·渔夫》）如果说在传统社会早期，对审美情感与日常情感的区别还没有获得自觉的话，那么在传统社会后期，则有意区别了审美情感和日常情感。徐渭强调了审美情感之真："古人之诗本乎情，非设以为之也，是以有诗而无诗人。"（《肖甫诗序》）他认为好诗要出于自己之本心："盖所谓出于己之所得，而不窃人之所尝言者也。"（《叶子肃诗序》）"摹情弥真则动人弥易，传世亦弥远。"黄宗羲说："盖情之至真，时不我限也。斯论美矣。……凡情之至者，其文未有不至者也。"（《论文管见》，《南雷文定》三集卷三）① 明末张琦提出"情种"概念。他说："人，情种也。人而无情，不至于人矣，曷望其至人乎？"这里把人的本性定位于情，从而颠覆了理性主义的人性论，建立了情本体论。他认为，情的力量是主宰一切的，不仅能可以"役耳目，易神理，忘晦明，废饥寒，穷九州，越八荒，穿金石，动天地，率百物"，而且可以使"生可以生，死可以死，死可以生，生可以死，死又可以不死，生又可以忘生"。"如是以为情，而情可以止矣！如是之情以为歌咏、声音，而歌咏、声音止矣！"② 这已经把情感作为人的本性，而且把情看作艺术的本质。王夫之提出了"白情以其文"的主张，认为诗文就是把自己的思想感情无保留地表达出来，这就意味着情突破了理的限制，并且获得了解放。袁枚把审美情感与六经之理相区别，认为审美情感是真情，说"性情得其真"（《寄程鱼门》），"情似真而愈笃"（《答尹相国》）；"味欲其鲜，趣欲其真。人必如此，而后可与论诗"（《随园诗话》卷一）。刘熙载论陶渊明诗和杜甫诗，强

---

① 徐渭：《徐渭集·补编》，北京：中华书局，1983 年。
② 张琦：《情痴寤言》，叶朗主编：《历代美学文库》明代卷（下），北京：高等教育出版社，2003 年，第 218 页。

调了真情:

> 可数年不作，不可一作不真。陶渊明自庚子距丙辰十七年间，作诗九首，其诗之真，更须问耶？彼无岁无诗，乃至无日无诗者，意欲何明？（《诗概》）
>
> 杜诗云："畏人嫌我真。"又云："直取真性情。"一自咏，一赠人，皆于论诗无与，然其诗之所尚可知。（《诗概》）

金圣叹对于戏曲小说等叙事文学也以真情论之。他赞颂才子佳人为有真情者："佳人有必至之情""彼才子有必至之情"（《琴心总评》）。王国维认为艺术体现的情感，不同于日常情感，而是"真情感"，这个真情感就是审美情感。王国维讲意境（境界），就说要有"真景物""真情感"，其实就是真实的人生体验，而这个真实的人生体验就包括审美情感，审美也总是表达了真情感。

（四）审美直觉——妙悟

审美意识属于非自觉意识，非自觉意识不仅包括情感意志，还包括直觉想象。审美直觉就是通过审美意象沟通物我、直接把握本质的功能。西方直至近代哲学才承认了直觉可以把握本质，如本格森、胡塞尔等。中华美学认为审美意识具有直观性，可以不假概念直寻对象的本质。道家重视直觉，提出了"观"的概念，认为可以不通过语言概念而以"象"来把握事物。象可以打通主体和世界的隔离，因此象具有非概念的直观性，不仅可以"立象以尽意"，而且可以"观物取象"。老子说道不可以用语言表达，"道可道，非常道"，但道可以用恍惚的"象"来表达，可以通过直觉而领会，即"涤除玄览"（《道德经》）。庄子讲述象罔取玄珠的寓言，表达了意象具有直观性的哲学思想。中华美学认为，概念（言）虽然是表意的工具，但由于其抽象性，并不能"尽意"，对意识有所遗漏和遮蔽，因此需要"象"来充分表达。象既是语言的内涵，又可以超越语言，直接传达主体思想情感，这就是所谓的"立象以尽意"。审美作为意象活动，不使用概念，直接连接了意识和对象，并且呈现了对象的本质。宗炳把意象的直观性提升到"观道"的高度。他认为，首先要"澄怀味象"（《画山水序》），即摒除经验意识而把握意象，这是继承老子的"涤除玄览"思想。象为道之显现，因此就可以进一步"澄怀观道"，即达到心灵的虚静（澄怀），于是道就呈现于目前。刘勰提出"神思"概念，主要是指审美想象，但也涵盖了审美直觉，"神与物游""物无隐貌"就涉及审美直觉对事物本质的呈现。

禅宗也排除理性思维，提出了悟的概念，认为可以不经概念而直接领会佛法，这一思想也渗透到中华美学中去。严羽以禅喻诗，以"妙悟"来说明审美的直观性。妙悟概念来自佛教，指不假概念、不经思量而开悟。严羽对妙悟概念加以改造，用于审美，指称审美意识的直觉性。虽然审美与参禅并非一事，前者动情、后者无情，但他抓住了"妙悟"与审美之间的一致之处：非自觉性、直观性，因此有其合理之处。

妙悟与"兴趣"相关，而兴趣来自"兴象"，兴象即意象。妙悟"不涉理路，不落言荃"，即不使用语言、概念，而使用意象，也就是现代所说的"形象思维"。妙悟不是感性的直观，而是"观道"。佛家思想对中华美学的影响，还产生了如"直寻"、"即目"（钟嵘）、"现量"（王夫之）等概念，这些都是对审美意识（意象）的直观性的说明。

如前面所述，中华美学的直觉概念与情感相合，是情感的功能，而不仅仅是一个认识论的概念，儒家美学尤其如此。虽然道家美学的直观不带情感，但它从自然天性出发，也潜在地包含着情感，所以儒道合流后情感统合了直观。

总之，审美意识可以直接把握道，因此艺术绝非感性活动，而具有了审美的超越性和直观性，因此才能"观道"，即对于道的直观。

二、审美意识的存在形式——意象

审美意识是作为意象而存在的，西方这一现代才开始出现的思想在中华美学中很早已经形成，这就是中华美学的意象论。西方美学把审美对象作为表象，它与主体分离，而中华美学则认为审美意象是物我合一的，既是审美对象，又是审美意识。此外，西方美学强调审美对象（作为艺术形象）是感性认识的产物，而中华美学则认为审美意象具有情感的内容。

（一）象的原初意义

人类的认识历史，是从原始时代的意象思维到文明时代的符号化思维。但在文明时代，意象思维作为非自觉意识层次而存在（情感欲望和直觉想象），而符号思维是其反思形式，它作为自觉意识层次而存在。两者的关系是，自觉意识者支配非自觉意识，非自觉意识丧失了独立性，不能充分实现。中华文明保留着意象思维的传统，意识没有充分地符号化，这就是所谓象思维。意象概念源自象。象最早的意义是道象，即道的显现。《老子》在论述道的时候，说道无形、无名，如何把握和表达呢？他说："道之为物，惟恍惟惚。惚兮恍兮，其中有象；恍兮惚兮。其中有物；窈兮冥兮，其中有精。"这里的象，就是道象。道象不是一般的物象（表象），而是一种超概念的、形而上的意象。《庄子》沿用了老子的观念，也认为道是不能凭借概念来把握的。只能以象来领会："道不可闻，闻而非也；道不可见，见而非也；道不可言，言而非也。知形形之不形乎！道不当名。"（《庄子·知北游》）他还讲述了"象罔"索"离珠"的寓言，象罔是象的人格化，而离珠则是道的形象化，此寓言意味着只有象才能把握道，此象乃是道象。《易经》中也讲象，这是卦象，指的是某种具有象征意义的事物形象，用来解释卦的含义。它说："圣人有以见天下之赜，而拟诸其形容，象其物宜，是故谓之象。"（《易·系辞上》）卦象通过具象符号来表达卦所揭示的某种抽象观念，具有象征性，还不是意象。后来,象又用来指示、象征某种抽象事物,如《荀子乐论》提到乐:"故其清明象天,其广大象地";王充讲"礼贵意象""立意于象"。(《论衡·乱龙篇》)总之,象不是表象或具体的物象,而具有超感性的意义,或者是形而上的道,或者是抽象观念的象征。

中华文化之初,以象而不是以概念来作为哲学思维的工具,这在一方面说明其逻辑思维尚不发达,哲学概念、范畴还没有脱离具象;另一方面也说明其意象思维的发达,而后者则通向现象学,也通向美学。但象的概念仍然存在着具象与抽象的矛盾,即具体的象如何充分表达抽象的思想。这就导致象进入美学领域,转化为具体而又抽象的"意象",从而既具体可感,又可以把握道。

(二)意象概念的形成

意象作为非自觉意识的基本单位,在感性、知性水平上并不能独立运作,而是被符号(表象、概念)所覆盖和支配。因此,要使意象脱离感性、知性水平,摆脱现实符号的制约,才能把握事物的本质,才能体道,也才能成为审美意识的存在形式。在中华美学的概念体系中,象被引入审美领域,形成了"意象"概念。最早把象引入艺术领域的是西晋的挚虞,他说:"古之作诗者,发乎情,止乎礼义。情之发,因辞以形之;礼义之旨,须事以明之。故有赋焉,所以假象尽辞,敷陈其志。"(《文章流别论》)"假象尽辞",赋作为象充分表达了语言的意义。后来陆机进一步考察了"物""意""文"之间的关系,为意象概念的提出做了前奏。刘勰正式在美学领域提出了意象概念:"玄解之宰,寻声律而定墨;独照之匠,窥意象而运斤。"(《文心雕龙·神思》)刘勰还对意(神)与象(物)之间的关系进行了考察,提出"神用象通""神与物游"的命题,从而深化了意象概念。而后,意象逐渐成为重要的美学概念。有些概念是从意象概念衍生出来的,如"兴象""兴趣"等。"象"发展到"意象",最突出的一点就是由抽象化的道象和象征性的卦象演变为具体鲜明的形象。具体鲜明的意象,正是艺术的真实呈现,从而解决了艺术的存在方式问题,也解决了现象学的本质直观问题。

中华美学对艺术的定位,本质在道、在情感,但道和情感如何显现?春秋以来,认为文是道和情感的表现,但在中华美学的语境中,文又是一个笼统而混乱的概念,如刘勰讲天地之文和人文,又讲形文、声文和情文,几乎包罗一切自然、社会现象。意象概念的确立,一方面使艺术和审美具有了区别于一般事物("文")的特性,同时也把物象与心象同一起来,解决了主客对立的问题。西方美学从实体观念和认识论出发,把审美当作感性认识,把审美对象当作表象,割裂了审美主体与审美对象。而审美意象消除了主体与客体之间的对立,达成了同一。因此,意象概念就成为中华美学的基本概念,它不但指称审美对象,也指称审美意识。所以胡应麟在《诗薮》中说:"古诗之妙,专求意象。"

（三）意象的生成

意象属于非自觉意识（意象思维）层面，与其反思形式自觉意识（符号思维）相对立。同时，意象又必须脱离感性和知性水平，达到超越性的水平，才能获得独立，从而转化为审美意识。这就是说，意象的生成过程就是由表象转化为审美意象（艺术形象）。中华美学认为意象不是主体固有的心象，也不是客体固有的物象，而是在审美体验中生成的。中华美学与西方美学不同，不是把审美看作感性认识，而是看作情感的升华。这就是说，审美意识或审美意象是通过情感体验的方式发生的，这个过程称为"感兴"。感兴指人与物之间的情感互动，打破了物我分隔，并且超越了现实，恢复了天人合一，产生了审美意象，因此，意象又称"兴象"。

审美意象的发生是灵感的创造。对于灵感，西方美学以天才的创造来解释，而中华美学则以天人之间的感应来解释。陆机《文赋》描绘了灵感的发生："若夫应感之会，通塞之际，来不可遏，去不可止。藏若景灭，行犹响起。方天机之骏利，夫何纷而不理。思风发于胸臆，言泉流于唇齿。……""应感之会，通塞之际"指灵感冲破理智的禁锢，意象从潜意识中喷发而出的情形。刘勰也说："神用象通，情变所孕。物以貌求，心以理应。"讲的就是灵感状态下审美意象的发生。

从认识论的角度出发，西方美学的艺术形象概念是对现实事物的模仿，故讲真实性、典型性，而中华美学从价值论出发确立了意象概念，强调意象的情感性，审美意象是审美情感的表现。中华美学认为象是表意的，但这个意偏重于情，所以象也偏重于情。这与刘勰的"情文"概念相一致。为了突出意象的情感特性，在意象之外，中华美学又提出了"兴象"概念作为补充。兴象概念与意象概念相近，但强调了象与兴的关系，而兴是情感的发生。因此，兴象就把审美意象与情感联系在一起。中华美学认为，审美意象或兴象的发生，不是主体对客体的认知，而是一种情感的发生。审美主体与审美对象之间产生了情感的交流，即所谓"气之动物，物之感人，故摇荡性情，形诸舞咏"。（《诗品·序》）于是就有《文赋》所说的"情瞳昽而弥鲜，物昭晰而互进"，审美意象得以发生。这是一种情感主体间性的活动，于是主体内心的情感（情或神）与对象的形式（文或形）结合在一起，审美意象发生。由于意象的情感内涵，因此中华美学把审美定位于情感活动，而不是认知活动，这是与西方不同的美学观。

【作者简介】

杨春时，厦门大学人文学院教授、博士生导师。

《史记》在俄罗斯的收藏与翻译*

柳若梅

中国古代最重要的典籍之一《史记》不仅为中国历代史家提供了典范，也被世界各民族广泛关注。早在魏晋南北朝时期，《史记》已流传到高丽王国；在当代韩国，自1960 年代中期至 1999 年已出版韩文《史记》翻译本（包括全译本和节译本）共 20 余种。① 公元 7 世纪，《史记》随第一批遣隋使被带入日本。日译《史记》方面，自 15 世纪桃源瑞仙的"国字解"《史记》至今，《史记》的全译本和选译本达上百种之多。② 19 世纪末，《史记》英文摘译首先出现在《皇家亚洲文会会刊》上，此后 20 世纪美国杂志上发表过《史记》的多种摘译本，20 世纪 50 年代和 80 年代分别有两次大规模翻译《史记》的高潮。③ 20 世纪 70 年代英国汉学家摘译过《史记·列传》中的内容；1994 年牛津大学出版社出版了英国汉学家雷蒙·道森（Raymond Dawson）的《史记》选译本。④《史记》的德文本最早见于 19 世纪中期，20 世纪 50 年代《史记》多种德文摘译相继出现。最早最大规模翻译《史记》的法国汉学家沙畹（Édouard Chavannes）在 1895—1905 年间出版了《史记》卷一至四十七的法文译注本。1960 年代，法译本又补充了《史记》卷四十八至卷五十二。⑤《史记》早在俄罗斯汉学起步的 18 世纪就传入俄境，俄文全译注释本《史记》是世界上唯一一种欧洲语言的全文译注本，《史记》自18 世纪进入俄国直至 21 世纪被全文俄译注释的过程，折射了中国文化在俄罗斯传播的历史轨迹。

---

* 本文原载于《广东社会科学》2014 年第 3 期。

① 诸海星：《〈史记〉在韩国的流传及影响——以翻译介绍与研究现状为中心》，《汉学研究通讯》2004 年第 4 期。

② 覃启勋：《论〈史记〉东渐扶桑的史学影响》，《湖北社会科学》1988 年第 11 期。

③ 吴原元：《略述〈史记〉在美国的两次译介及影响》，《兰州学刊》2011 年第 1 期。

④ 李秀英：《〈史记〉在西方：译介与研究》，《外语教学与研究》2006 年第 4 期。

⑤ 李秀英：《〈史记〉在西方：译介与研究》，《外语教学与研究》2006 年第 4 期。

一、《史记》在俄罗斯的收藏

17 世纪起俄国有了关于中国的确切描述。18 世纪在彼得一世引领的俄国启蒙运动中，俄国同西欧在科学文化方面的密切接触，将人文主义、纯理性主义思潮传入俄国知识界。欧洲热衷于从东方、中国寻找推动欧洲发展的有利因素，这直接影响着俄国对中国文化的态度。在彼得一世倡议下于 1714 年建立起来的珍宝馆中国藏书丰富。1724 年彼得堡科学院成立后，珍宝馆的藏书构成了科学院图书馆。但 1747 年的火灾使这些藏书毁于一旦。1753 年，俄国向中国派出了履行恰克图条约的第六批商队，科学院派出医生叶拉契奇（Ф. Л. Елачич）随商队为科学院图书馆在中国补充购买书籍。由俄国东正教驻北京使团回国的科学院翻译罗索欣为叶拉契奇拟定了采购书目。此行叶拉契奇在中国滞留了 3 年，依书目收集到中国书籍 42 种，其中包括《广域记》《大明一统志》《史记》《资治通鉴》《资治通鉴纲目》《汉书》《北史》《南史》等。[①] 18 世纪科学院几次为馆藏中国图书编目，18 世纪末正式出版的布塞（科学院图书馆管理员）书目显示，当时科学院藏中国书籍计 238 种，分为哲学、国家、军队类（如《书经》《诗经》《易经》《礼记》《老子》《大清律例》等），历史地理类（如《春秋》《史记》《汉书》《明史》《大清一统志》等），天文和地理类，医学类，小说类（《金瓶梅》《水浒传》等），启蒙类（《千字文》等），等等。叶拉契奇的中国购书之行是科学院首次有目的地前往中国采购图书。18 世纪时期彼得堡的中国藏书量为欧洲之巨，《史记》已在其列。

19 世纪俄国向中国派出的东正教使团开创了俄罗斯汉学蓬勃发展的局面。1818 年，俄国沙皇亚历山大一世批准向使团颁发工作指南，要求为使团图书馆收集图书。[②] 1850 年，俄国东正教驻北京使团在驻地专辟存放图书用地，此后东正教使团成员和俄国驻华外交公使馆人员都着力于图书收集，后来俄国政府又专门拨款为东正教驻北京使团图书馆官费购书。1877 年，初具规模的图书馆形成。到 1889 年，俄国东正教驻北京使团已拥有中文图书近八百册，其中虽无《史记》全本，却藏有明代凌迪知摘录《史记》字句、按类编次而辑成的《太史华句》。[③]

俄国东正教驻北京使团成员的藏书并非全部留在北京，这些书成为日后使团图书馆的馆藏内容。在使团设立图书馆之前，使团成员的个人藏书，大都在他们归国时带回俄国，形成了目前俄罗斯各地各类图书馆中文善本的重要来源。如 1821 年回国的第九届

---

① 柳若梅等：《沟通中俄文化的桥梁——俄罗斯汉学史上的院士汉学家》，北京：外语教学与研究出版社，2010 年，第 17 页。

② ［俄］斯卡奇科夫著，柳若梅译：《俄罗斯汉学史》，北京：社会科学文献出版社，2011 年，第 181 页。

③ *Китайская библиотека и ученые труды членов императорской росийско йдуховной и дипломатической миси в г Пекине…*, СПб., 1889. Стр. 8.

使团团长比丘林"带回了12箱汉文和满文书籍：5部汉语字典，2部满语字典，中国历史著作（43册，2箱），汉文和满文的满族历史书，四书，十三经，清、辽、元历史方面的书籍"①。1830年回国的第十届使团团长加缅斯基也"将大量中文和满文书籍运往俄国，其中有一百多本都送给了伊尔库茨克的学校，在彼得堡公共图书馆、莫斯科大学图书馆、彼得堡神学院图书馆和亚洲司都有加缅斯基购回的图书"②。由喀山大学派出随第十二届东正教使团入华（1840年到达北京）的瓦西里耶夫回国时也带回不少中国书籍。③ 瓦西里耶夫在圣彼得堡大学东方系编写的讲义《中国文献史资料》④ 中介绍中国典籍，并展现他为自己的562种藏书所编的书目，其中"史部"第一种便是《史记》，为司马迁《史记》与裴骃的《史记集解》、司马贞的《史记索隐》和张守节的《史记正义》的合订本⑤，遗憾的是，书中对其《史记》并未有详细著录信息。2012年，圣彼得堡大学孔子学院资助出版的瓦西里耶夫中文藏书目录⑥中，与《史记》相关的书籍有两种——《史记菁华录》和《史记》。《史记菁华录》为清代钱塘人姚祖恩从篇幅长达57万字的《史记》中抽挹精华，选取约10万字篇幅并加以点评，是《史记》选评本中的优秀之作，自康熙六十年（1721）梓行以来，常被作为学史的入门书籍，后又作教材使用。1897年成立的上海商务印书馆创办之初，教科书出版为其主业，特别是史学教科书，《史记菁华录》应在此列。该书目中圣彼得堡大学东方系图书馆所藏《史记菁华录》，未必曾是瓦西里耶夫的私人藏书。因为瓦氏最后一次来华是在1890年前往伊犁。现在这部书目中所著录的《史记菁华录》，既然为上海商务印书馆的石印本，刊印时间应该不会早于1897年，因而不是瓦西里耶夫1840年至1850年间随俄国东正教驻北京使团驻扎北京期间所得。瓦西里耶夫回国后先后在喀山大学和圣彼得堡大

① ［俄］斯卡奇科夫著，柳若梅译：《俄罗斯汉学史》，北京：社会科学文献出版社，2011年，第130页。

② ［俄］斯卡奇科夫著，柳若梅译：《俄罗斯汉学史》，北京：社会科学文献出版社，2011年，第185页。

③ ［俄］斯卡奇科夫著，柳若梅译：《俄罗斯汉学史》，北京：社会科学文献出版社，2011年，第320页。

④ Материалы Истори Китайской литературы. Лекци, читаныя заслуженымъ професоромъ С. –Петербургскаго Императорскаго Университата В. П. Васильевымъ Лит. Иконикова, П Рыбацк ул Д. №8. Съ разрешением проф Васильева скрепилъ В. Ловяшинъ. 该书为石印本。

⑤ Материалы Истори Китайской литературы. Лекци, читаныя заслуженымъ професоромъ С. –Петербургскаго Императорскаго Университата В. П. Васильевымъ Лит. Иконикова, П Рыбацк ул Д. №8. Съ разрешением проф Васильева скрепилъ В. Ловяшинъ. 该书为石印本。第24页。

⑥ 圣彼得堡国立大学孔子学院、叶可嘉、马懿德：《圣彼得堡大学东方系图书馆收藏王西里院士中国书籍目录》，Институт Конфуция в Санкт –Петербургском государственом университете，Завидовская Е. А.，Маяцкий Д. И.，*Описание собрания китайских книг академика В. П. Васильева в фондах Восточного отдела научной библиотеки Санкт –Петербургского государственого университета.* Санкт –Петербург，2012.

学主持汉语和满语教学，1890 年为看望在维尔内（今阿拉木图）的女儿而顺路前往伊犁，未见期间有购书记录。1900 年瓦氏去世。因而这部 1897 年之后刊印的、常用作教材的《史记菁华录》，应该是后来专门为圣彼得堡大学东方系的教学而购，或来自由中国返回俄国的外交人员，如 1902 年由俄驻华公使馆回国后进入圣彼得堡大学东方系执教的波波夫等。圣彼得堡大学东方系图书馆收藏王西里院士中国书籍目录中的《史记》，附牌记图片，言"同治五年首夏金陵书局校刊九年仲春毕工"，说明该书为清代校刊的金陵书局本《史记》。局本《史记》是唐仁寿、张文虎校勘《史记集解索隐正义》的合刻本，共一百三十卷，同治五年开始刊刻，历时四年，于同治九年完成，是明清《史记》刻本中的一流善本。①《目录》中称该书为"上海扫叶山房石印"。"扫叶山房"明代后期洞庭席家弟子与人合伙初创于松江、苏州，取古人"校书如扫落叶"之意命名，在康熙及乾嘉年间经历了几代辉煌，至咸丰年间，清兵与太平军在苏松一带激战，殃及席氏书坊在战乱中损失颇大。迫于形势，扫叶山房迁于上海，先在县城设立分号，此为后来的上海扫叶山房南号，光绪年间的 1888 年又在棋盘街设立北号。扫叶山房在中国印刷史上较早采用石印技术，光绪年间以后，其石印本始流传坊间。② 扫叶山房存在的时间与瓦西里耶夫在华时间地点不符，故该书也非来自瓦西里耶夫早年的个人藏书，应属后进入圣彼得堡大学图书馆的藏书。扫叶山房石印书籍在俄罗斯收藏完整，1912 年阿列克谢耶夫进入亚洲博物馆工作以后，通过在华外交官和俄国东正教使团人员与扫叶山房、二酉堂等印书楼建立了联系，购买了两家印书楼刊印的全部图书。③ 亚洲博物馆图书后来构成俄罗斯科学院东方文献研究所图书馆。

1974 年，苏联科学院"科学"出版社东方文学总编室出版了《斯卡奇科夫中文写本和地图目录》④，收入斯卡奇科夫相关收藏 333 种。斯卡奇科夫（К. А. Скачкова）（中文名"孔气""孔琪""孔琪庭"）是第十三届东正教使团（1850 年到达北京）随团学生，1860 年使团期满归国后又继续担任俄国驻中国塔城领事，1867 年至 1879 年间又相继担任俄国驻天津领事和俄国驻华各开放港口的领事，在华生活时间较长。斯卡奇科夫在中国期间，曾利用一切机会买书，"我仔细检视了伦敦、巴黎、柏林、维也纳各

① 该本的特点是不主一本、择善而从。在《史记》原本方面，以明末毛氏汲古阁《史记集解》一百三十卷为底本，参校了钱泰古、汪远孙、吴春照所校宋刊残卷，另参以明代王延吉本、游明本、柯维熊本、凌稚隆评林本及清代武英殿本等，考证各本之异同，择善而从。对于三家注文，同样不主一本。《集解》用毛氏汲古阁本，《索隐》用毛氏汲古阁覆北宋大字本的《索隐》单行本，《正义》用明刻前参以明柯本、凌林、清殿本。汇而校之。见董焱：《清代〈史记〉的研究成就》，《社会科学论坛》2007 年第 4 期。

② 关于扫叶山房，见马学强：《江南席家与扫叶山房》，《史林》2009 年第 6 期。

③ *Азиатский музей—Ленинградское отделение института востоковедения АН СССР.* Издательство 《Наука》, Главная редакция восточной литературы М., 1972. С. 86.

④ А. И. Мелналкснис, *Описание китайских рукописных книг и карт из собрания К. А. Скачкова.* Главная редакция восточной литературы. М., 1974.

图书馆、彼得堡亚洲博物馆及公共图书馆内的汉文藏书后，给自己制定了一个方针，即在中国主要只购买上述各馆所没有的善本书籍"①。目前斯卡奇科夫藏书的中文写本和刻本分藏于俄罗斯国家图书馆（莫斯科）手稿部和东方部。其中写本约900种，包括司马迁《史记》之《天官书》②。该书应是斯卡奇科夫于1848年至1859年间在北京生活期间收藏，是他了解和研究中国天文学的重要资料之一。在这段时间里，适逢俄国东正教驻北京使团筹建天文观测站。曾受过天文学教育的斯卡奇科夫受命筹建和管理使团天文观象台③，坚持每日进行天文观测。斯卡奇科夫"研究过《五礼通考》，编制过星宿名录，附有译名并指出其在天河系中的位置"④。斯氏后来于1874年在彼得堡《国民教育部杂志》上发表的《中国天文学的命运》⑤一文，应是在北京长期生活期间主持天文观测站工作所得。

俄国东正教驻北京使团成员由北京带回俄国的中文和满文书籍，其中受委托订购书籍大都藏于彼得堡科学院、大学图书馆或个人，使团成员在京的个人藏书则在回国后卖给了俄国一些机构。因此，这些藏书去向不一，目前俄罗斯国家图书馆（圣彼得堡）、俄罗斯科学院东方文献研究所图书馆是两处主要的收藏地点。

在圣彼得堡俄罗斯国家图书馆中文写本和善本书目⑥中，据1941年登册记载，该馆藏有《史记》⑦一函，共8册，为第1～17卷，来源于彼得堡科学院院士布罗塞⑧的收

---

① 前引书第9页。

② №206（667）评林会星辰传（Пин линьх уй син чэнь чжуань）Описание небесных тел с комментариями. Раздел 天官书 Тянь Гуань шу из 史记《Ши цзи》со сводными комментариями. А. И. Мелналкснис, *Описание китайских рукописных книг и карт из собрания К. А. Скачкова*. М., 1974. С. 142.

③ ［俄］斯卡奇科夫著，柳若梅译：《俄罗斯汉学史》，北京：社会科学文献出版社，2011年，第220页。

④ 《与众不同的俄罗斯汉学研究与收藏家斯卡奇科夫》，《斯卡奇科夫所藏汉籍写本和地图题录》，中译本序页3页。

⑤ Судьба астрономии Китая. -《*Журнал Министерства народного просвещения*》，1874，5，С. 1 - 31.

⑥ Российская Национальная Библиотека, *Китайские рукописи и ксилографы Публичной библиотеки. Сис - тематический каталог.* Санкт - Петербург, 1993.

⑦ 史记 Записки историка Ксил Неполный экз. В наличи 1 тао, 8 б., содержащие 1 - 17цз. (из 130 - ти). 15, 5×24, 5; 14, 5×19, 6. Авт. Сыма Цянь 司马迁/145 - 85до н. э., комент. Пэй Инь 裴骃（династия Сун），Сыма Чжэнь 司马贞，Чжан Шоуцзу 张守节（династия Тан）Издатели Чэнь Цзылун 陈子龙. 2 - е имя Воцзы 卧子，Сюй Фуюань 徐孚远，2 - е имя Аньгун 阍公. Выгравировано в издательстве Сувэй - тан 素位堂. Предисл обоих издателей. Первое предисл. датировано годом Чун - чжэнь гэн - чэнь（1640）. На тао и обл. Б. 1 нумерующий штамп 元 первый（из первых）и штам 2，2×2，2 с текстом：文锦堂藏书 Книга хранящаяся в изд - ве Вэньцзинь - тан. - Российская Национальная Библиотека, *Китайские рукописи и ксилографы Публичной библиотеки. Систематический каталог.* Санкт - Петербург, 1993. С. 46.

⑧ 布罗塞（М. И Бросе），彼得堡科学院法裔院士，东方学家（格鲁吉亚、亚美尼亚研究）。

藏。著录内容为："刻本，非全本，存 1 函，8 册（1 ~ 17 卷），原为 130 卷。作者司马迁（公元前 145—前 85 年），注释者裴骃（宋）、司马贞、张守节（唐）。刊印者为陈子龙（字卧子）和徐孚远（字闇公），素位堂版。附两刊印者所做的序，第一篇序言的时间为崇祯庚辰年（即崇祯十三年）（1640）。函套及第一册封面上盖印'元'和'文锦堂藏书'。目录中明确著录其《史记》非全本，只存一函 8 册 17 卷，该书其余卷册藏于俄罗斯科学院东方文献研究所图书馆。"① 据此在俄罗斯科学院东方文献研究所 1973 年出版的中文善本书目② 中查找，其中《史记》③ 刻本与圣彼得堡国家图书馆藏《史记》可以相呼应。两相对比，圣彼得堡国家图书馆藏《史记》，只存包含 1 ~ 17 卷的第一函计 8 册，而此处存 3 函 24 册计 113 卷，非全本是由于缺少第 1 ~ 17 卷。两者均明确著录为含《史记》三家注并徐、陈《史记测议》本。由是观之两者合二为一可成一套完整《史记》百三十卷全本。但两者间也存在矛盾之处，圣彼得堡国家图书馆藏《史记》明确著录为"素位堂"刻本，且第一函和第一册的封面都盖有"文锦堂藏书"的印章；而俄罗斯科学院东方文献研究所图书馆藏本却著录为"同人堂梓行，1806 年新镌"；此外，两处藏本开本略有差异。此相合与相异之处需待比对原本方能辨析明了。"素位堂"和"同人堂"均为明清时期中国刻书重镇苏州的刻书坊家。而关于"文锦堂"，在李文藻的《琉璃厂书肆记》中提到，"文锦堂"是乾隆年间北京琉璃厂三十家书肆之一。在 1864 年俄国驻华公使馆设立之前，在华俄人除商人外，大都以北京为主要居留地点。因此，布罗塞收藏的《史记》应为俄国东正教驻北京使团相关人员为其在北京购得。国内出版的古籍善本书目中，上海古籍出版社的《中国古籍善本书目·史部·上》④ 中著录有《史记》三家注与徐陈测议合刻本 3 种：一种只标明"明崇祯刻本"；一种同为明崇祯刻本，附有清吴熙载跋；一种为"明末素位堂刻本、清朱骏声批校"。《中国古籍善本总目·史部》⑤ 中与俄藏《史记》版本接近的也是这 3 种。在俄罗斯科学院东方文献研究所图书馆，另藏有两种《史记》残本。其一为前述藏本的副本，但只有 18 册 120 卷，缺 47 ~ 57 卷。其二为《史记》三家注本，只存 1 函 8 册 58 卷，缺 47 ~ 104 卷。除《史记》外，该馆还藏有广雅书局 1887 年版梁玉绳的《史记志疑》⑥全本（计 24 册 36 卷）和民国版（1924）崔适的《史记探源》⑦。

---

① Росийская Национальная Библиотека, *Китайские рукописи и ксилографы Публичной библиотеки Систематический – каталог.* Санкт – Петербург，1993. Стр. 46.

② Б. Б. Вахтин，И. С. Гуревич，Ю. Л. Кроль，Э. С. Стулова，А. А. Торопов. *Каталог фонда китайских ксилографов института востоковедения АН СССР*，Т. 1. М.：Главная редакция восточной литературы. 1973. С. 177.

③ 司马迁：《史记》，同人堂，1806 年。

④ 《中国古籍善本书目·史部·上》，上海：上海古籍出版社，1998 年，第 18 页。

⑤ 翁连溪编校：《中国古籍善本总目·史部》，北京：线装书局，2005 年，第 211 页。

⑥ *Каталог фонда китайских ксилографов института востоковедения АН СССР*，Т. 1. С. 179.

⑦ *Каталог фонда китайских ксилографов института востоковедения АН СССР*，Т. 1. С. 178.

二、《史记》在俄罗斯的翻译

(一)俄译《史记》的历史

俄国关于《史记》的最早翻译见于 18 世纪。18 世纪初叶,俄皇彼得一世为引俄入欧而在俄国的政治、经济、军事及文化等各个领域推大规模改革,改革的推进需要一大批视野开阔、头脑深刻、知识丰富的人才。为此,俄罗斯在国内大举兴办教育的同时将大量贵族子弟派往国外学习,成就了一批有益于国家发展的有识之士。他们回国后,利用俄国国内报刊出版的繁荣,大规模地向俄国民众传播欧洲的先进技术和思想文化,并由此拉开了俄国启蒙运动的序幕。此后在叶卡捷琳娜二世统治下的 18 世纪后半叶,欧洲启蒙思想在俄国大行其道,以法国为中心的中国热甚至也随之被裹挟入俄,回应着俄国因独享俄中陆路贸易在国际市场上为俄国带来高额利润而引起的俄国对中国日益浓厚的兴趣。正是在这股来自欧洲中国热的风潮中,司马迁的生平与著作被介绍给了俄国知识界,见于俄国著名知识分子、宫廷翻译家维廖夫金①在 1786 至 1788 年间在彼得堡摘译出版的法国耶稣会士钱德明的 15 卷本《关于中国历史、科学、艺术、风俗、道德、习惯之记录》。俄译本为六卷本。② 第一卷为中国历史,第二卷为《大学》和《中庸》的译本,第三卷为历史年表,第四卷为论埃及人与中国人、蚕、棉花植物,第五卷为中国的重要人物,第六卷为伟人和植物。在第五卷中介绍了司马迁的生平以及《史记》一书。在华早期耶稣会士百余年深入研究中国史籍的认识,极大地丰富了俄国关于中国的知识。

自 1715 年入京的俄国东正教驻北京使团被称为"俄罗斯汉学家的摇篮",是俄国关于中国知识的主要来源。俄国与中国西北部和北部相邻,在俄国认识中国的过程中,俄罗斯人首先关注的是与之打交道的清朝的现状和历史,并由此推衍至满族与中国北部和西北部各民族的关系、中国北部和西北部各民族历史等。19 世纪之前的俄国,汉学处

---

① 维廖夫金(М. И. Веревкин,1732—1795),18 世纪俄国知识界的重要人物,翻译家、文学家。曾为莫斯科大学、喀山中学等教育机构的负责人,1763 年起受女皇委托专门翻译西欧书籍。

② М. Веревкин(пер.). *Записки, надлежащие до истори, наук, художеств, нравов, обчаев и проч китайцев, сочиненые проповедниками веры христианской в Пекине.* Изданы в Париже с воли и одобрения короля в 1776 г., на росийский же язык переложены в 1785 г., губерни Московской, Клинской округи, в сельце Михалеве Т. 1 – 6. М., униве Тип. У Н. Новикова, 1786—1788. Т. 1, 1786, 5 +364 с(История). Т. 2, 1786, 267 + 10 с Прил + (1)с(*Буквы китайцев:* 《Та - гио, Тион - уонг》, т е 《Дасюэ иЧжунъюн》)Т. 3, 1786, 318 с.(*Древности китайцев, доказаные памятниками Объяснение рисунков и таблиц*)Т. 4, 1787, 345 с.(*Розыски об египтянах и китайцах, шелковичные черви, хлопочатобмажные растения*)Т. 5, 1788, 3 + 272 с.(*Великие мужи народа Китайского*)Т. 6, 1788, 252 с., 1 портр(《*Великие мужи, растения и кусты*》).

于酝酿的萌芽阶段。1807 年入华的俄国东正教第九届使团团长比丘林在华近 14 年，被后世誉为"俄罗斯汉学的奠基人"。比丘林在北京期间勤奋阅读翻译中国典籍，《史记》《御批通鉴纲目》《前汉书》《后汉书》《金史》《魏史》《北史》《隋史》《全唐书》等都在他涉猎的范围之内。① 回国后以在京积累的资料为基础展开学术研究，5 次获得当时俄国奖励人文科学的最高奖杰米多夫奖。在 1851 年出版的三卷本的《古代中亚各民族资料》② 中的第二卷，其翻译使用了司马迁《史记》卷一一○"匈奴列传"和卷一二三"大宛列传"。该书中，比丘林向俄国介绍中国这个俄人知之甚少的国家：中国古代和中世纪的历史说明，中国与其相邻和相距较远的东南亚和中亚各民族之间曾有着密切的联系，一度推行扩张政策。在此，比丘林还运用《资治通鉴纲目》和《史记》中相关资料展开论述。

苏联时期，俄译《史记》一直是 1930 年成立的苏联科学院东方学研究所的工作计划内容。在科学院院士阿列克谢耶夫负责的中国室，中国史研究便是从翻译《史记》开始。1934 年阿列克谢耶夫（В. М. Алексев）带领其弟子舒茨基（Ю. К. Щуцкий）、瓦西里耶夫（Б. А. Васильев）、杜曼（Л. И. Думан）、彼得罗夫（А. А. Петров）、戈尔巴乔娃（З. И. Горбачева）、西蒙诺夫斯卡娅（Л. В. Симоновская）组成《史记》翻译小组，但政治波折和战争使翻译计划未能落实，只留下了阿列克谢耶夫翻译的散篇手稿。"二战"爆发后，东方学研究所被疏散。1943 年主持汉蒙研究所工作的阿列克谢耶夫和龙果夫共同为研究所制订的汉学研究工作计划中包括"继续并完成司马迁《史记》的翻译"一项。阿列克谢耶夫节译的《史记》后来多次出版。阿氏《史记》译稿共十七篇，大都为《史记》各篇总括性内容的部分，涉及五帝本纪、项羽本纪、秦楚之际月表、高祖功臣侯者年表、孔子世家、外戚世家、萧相国世家、伯夷列传、管婴列传、平原君虞卿列传、范雎蔡泽列传、屈原贾生列传、酷吏列传、游侠列传、滑稽列传、货殖列传、太史公自序。

阿列克谢耶夫俄译《史记》的计划虽然未能实现，但营造了苏联汉学界研究中国历史的气氛和学术基础。在中国历史研究中，注重不同时期生产力与生产关系的性质，研究在漫长的历史变迁过程中中国社会意识形态的变迁，并由此关注不同时期的农民起义和变法运动，逐渐形成了苏联汉学史上的一个重要的研究方向。研究陈胜吴广起义的

---

① Л. И. Думан, О труде Н. Я. Бичурина 《Собрание сведений о народах, обитавших в средней Ази в древние времена》, – И. Я. Бичурни и его вклад в руское востоковедение. М., 1977. Ч. 2, С. 21.

② Н. Я. Бичурин, Собрание сведений о народах, обитавших в Средней Ази в древние времена. В трех частях, с картой на трех больших листах. – СПб., тип. Воено – учеб. Зав., 1851. 当代的俄罗斯汉学家为该书重新撰写序言并作注释，于 1950—1953 年间在莫斯科和列宁格勒推出再版的三卷本：Собрание сведений о народах, обитавших в Средней Ази в древние времена. Ред. текста, вступ. статьи, коментар. А. Н. Бернштама и Н. В. Кюнера, т. I – III. – М. – Л., изд. АН СССР, 1950—1953. (ин – т этнографи им. Н. Н. Миклухо – Маклая).

汉学家佩列洛莫夫（Л. С. Переломов），在完成关于陈胜吴广起义的学位论文后，于 1958 年翻译发表了《史记·陈涉世家》。[1]

"二战"之后，特别是 1949 年起，汉学研究在苏联东方学领域的位置更加重要，迎来了关于中国文学作品俄译的高潮。1956 年，翻译家帕纳秀克翻译出版了节译本《史记》[2]，包括"列传"部分之十七种：管晏列传、老子韩非列传、司马穰苴列传、孙子吴起列传、伍子胥列传、苏秦列传、张仪列传、乐毅列传、廉颇蔺相如列传、屈原贾生列传、吕不韦列传、刺客列传、李斯列传、黥布列传、淮阴侯列传、韩信卢绾列传、司马相如列传。

也是在 20 世纪 50 年代中期，苏联科学院中国学研究所副所长越特金（Р. В. Вяткин）酝酿全文俄译并注释《史记》。1957 年，在德国马堡召开的第十届青年汉学家国际研讨会上，越特金就司马迁在史学史上的作用问题发言的同时，公布了苏联科学院中国学研究所即将全译《史记》的计划。[3] 在原本选用上，越特金选用了最早的《史记》三家注合刻本即黄善夫本，并结合 1959 年中华书局以金陵局本为底本的顾颉刚注《史记》为蓝本进行翻译。翻译过程中译者与中国史学界保持密切的学术沟通，与顾颉刚等中国学者通信，并利用访学中国的机会与中国学者交流，同时把中国史学研究状况介绍给苏联同行。与欧美学者的通信也开阔了越特金的视野，如美国汉学家顾立雅（G. Kril）、费正清、拉铁摩尔（O. Lattimor）、卜德（D. Bodde）、倪豪士（U. H. Ninhauzer），英国汉学家特维切特（D. Tvitchet）和里耶维（M. Lievi），德国汉学家弗兰格（G. Franke），捷克汉学家波柯拉（T. Pokora）等。在中国学研究所，越特金与本所古文功底过硬的同事塔斯金（В. С. Таскин）合作，于 1972 年推出新版俄译注释本《史记》的第一卷（含《史记》卷一至四，即《五帝本纪》《夏本纪》《殷本纪》和《周本纪》），1975 年推出第二卷（含《史记》卷五至十二，即《秦本纪》《秦始皇本纪》《项羽本纪》《高祖本纪》《吕太后本纪》《孝文本纪》《孝景本纪》《孝武本纪》）。此后越特金独立翻译《史记》其他部分的内容。在 1995 年去世前，越特金出版了《史记》俄译注释本至第六卷（至此共俄译出版《史记》至卷六十）。越特金去世后，其后人在莫斯科大学亚非学院汉语教研室主任高辟天（А. М. Карапетьянц）的帮助下，先后于 1996 年和 2002 年推出了《史记》俄译注释本的第七卷和第八卷，《史记》前 110 篇俄译得以问世。2010 年越特金诞辰百年之际，俄译注释本《史记》第九卷问世，从而宣告世界上第一个欧洲语言全译注释本《史记》诞生。在俄译注释本《史记》推出的过程中，俄罗斯学者一直保持精益求精的学术态度，2001 年俄罗斯《史记》研究的

① Сыма Цянь о Чэнь Шэне, 《Советское китаеведение》, 1958, №4, С. 192 – 205.

② Сыма Цянь, Избранное, М.: Гослитиздат. 1956.

③ В. Н. Никифоров, Заметки о конференции молодых китаеведов, 《Советское китаеведение》, 1958, №1, С. 231.

重要学者——莫斯科大学的高辟天、俄罗斯科学院东方学研究所圣彼得堡分所的克罗尔（Ю. Л. Кроль）和尼基季娜（М. И. Никитина）修订第一卷和第二卷《史记》俄译注释本，于 2001 年和 2003 年出版了越特金和塔斯金合作翻译的《史记》俄文译注本前两卷的修订版，修订内容包括《史记》俄文译注本的前十二篇。

（二）不同时期俄译《史记》的特点

俄罗斯翻译《史记》的百余年历程折射了俄国学术文化和俄罗斯汉学的发展历程，同时也反映了俄罗斯标准语的变迁，反映了俄罗斯汉学家和史学界对"翻译"理解的变迁。

18 世纪下半叶是俄罗斯民族文化发展成长的突变期，出现了钱德明关于司马迁及其《史记》介绍的俄译，《史记》在丰富俄国关于外部世界的国家、民族及伟人的知识的同时，为俄国自身的文化发展提供了参照。

19 世纪 30 年代起，比丘林出版的关于中国的大量书籍，为俄国进一步认识和了解中国提供了依据。比丘林著作中大量关于中国的信息虽按当时的学术规范较少注明出处，但仔细比对可以明确地查索到其渊源。由于"匈奴列传""大宛列传"在比丘林著作中作为介绍中国边疆民族被转述借用，因而这里的翻译与当今的逐字逐句翻译差别很大。另外，在阿列克谢耶夫看来，"比丘林的翻译常常比较随意、不准确、存在漏译，使用的是半教会斯拉夫语的风格"[①]。这是当代苏联学者比较认可的一种看法。苏联汉学家杜曼有如下较为典型的对比：

公卿皆曰：单于新破月氏，乘胜不可击。

比丘林译为：Государственые чины были того мнения，что с торжествующим неприятелем，недавно побудившим юучжы，трудно воевать.

塔斯金译为：Всес ановники сказали：Шаньюй только что разгромил юэчжи，нельзя（сейчас）нападать на одержавшего победу.

两种译本的不同既反映了对原文理解的差异，也反映了不同时期俄语语言面貌的差异。

苏联 20 世纪汉学领袖阿列克谢耶夫对于俄译中国典籍有着独到的见解。首先在原本的选取上，早期欧洲传教士入华使得不少中国思想文化典籍的欧洲语言译本较早地传入欧洲，也推动了现代欧洲汉学对中国文化典籍的接受和再译。由于俄语与欧洲语言在语言特点上的亲属关系，因而对于俄罗斯学者来说，阅读欧洲语言文本相比于阅读中文原本，难度大大降低。不过，阿列克谢耶夫认为，尽管很多中国典籍都存在欧洲语言译

---

① *Шедевры китайской классической прозы в переводах академика В. М. Алексеева：в 2 кн.* М.：Восточного wmepamypa 2006. С. 152.

本，但为准确向俄罗斯介绍中国文化，俄译中国典籍应从中文原本直接翻译，而不是从欧洲语言译本间接翻译。翻译时不能漏译，同时又必须克服逐字逐句"死译"弊端。在准确理解中文典籍的前提下，选用与原文相配的语言风格和表达手段，在综合理解的同时运用流畅的语言进行俄文翻译。下面是阿列克谢耶夫翻译的《滑稽列传》中的语句：

> 孔子曰："六艺于治一也。《礼》以节人，《乐》以发和，《书》以道事，《诗》以达意，《易》以神化，《春秋》以义。"太史公曰：天道恢恢，岂不大哉！谈言微中，亦可以解纷。

> Конфуций говорит: 《Шесть знаний для правительственного дела—одно. "Устав поведенья ученых" —он создан, чтоб дать распорядок людям. "Канон музыкальный и древний" —он создан, чтоб вызвать гармонию в жизнь их. "Писанья античных времен" — они для того, чтобы дать руководство в делах. "Кантаты, стихи и гимны" —они созданы для того, чтобы мыслям дать жизнь. "Канон мировых пермен" —он создан, чтоб дать изменение жизни в богов. "Канон Весен – осеней" создан, чтоб нам говорить о чести нашей и долге》. Граф величайший астролог тут скажет так: Путь Неба велик и велик, и разве же он не громаден? В простых разговорах, в совсем незначительных фразах ведь встретиться может такое, что разрешит и сложную задачу.

这一段译文中可以看出阿列克谢耶夫翻译时特别注意翻译语言的工整，"子曰"中的 6 个句式工整的语句，译文中也以结构相同的语句相对，头两句都使用了…создан，чтоб…的结构，第三句起考虑到了俄语语句风格不致于单调，自"《诗》以达意"起，在结构上略有调整，使用了…для того，чтоб…，两句之后再次使用…создан，чтоб…与前两句相呼应。而"谈言微中，亦可以解纷"一句，阿列克谢耶夫理解为"在简单、不经意的语句中也会遇到能够解决复杂问题的内容"：В простых разговорах，в совсем незначительных фразах ведь встретиться может такое，что разрешит и сложную задачу 俄文处理得灵活流畅而不失准确。

阿列克谢耶夫译本中，"太史公"都被译为"Граф величайший астролог"，体现了译者力求准确扣紧原文的翻译态度。

阿列克谢耶夫与《史记》的不解之缘，与苏联时期的汉学发展史密切相关，因苏联的政治风暴而归于悲剧命运。起因是阿列克谢耶夫 1916 年应邀在法兰西学院和吉美博物馆举办的六次关于中国文学的讲座于 1937 年在巴黎被结集出版。① 此时正值苏联大清洗运动进行得最为严酷之时，法国出书一事被解读为背叛苏维埃国家，阿列克谢耶夫被禁止从事字典和语法研究之外其他任何问题研究。阿列克谢耶夫追随先师沙畹展开《史记》的学术翻译，现存并出版的阿列克谢耶夫《史记》译稿只相当于阿列克谢耶夫准备组织《史记》翻译的译前案头工作。

中华人民共和国成立后，苏联文艺学思想在中国广泛传播，中国文学理论界关于现实主义问题的论争及其后关于现实主义与浪漫主义相结合的文学思想的确立，都与苏联文论形成了直接的交流与回应。中国文学就是随着这样的直接交流的洪流而进入俄人视野。继 1954 年《三国演义》俄译本问世后，大量中国古典文学作品被俄译出版。一批翻译家脱颖而出，阿列克谢耶夫和帕纳秀克（В. А. Панасюк）俄译的《史记·列传》也随之出版。阿列克谢耶夫和帕纳秀克的译本着意于作为中国纪传体文学的开端的《史记》，翻译风格上也属于不作史学注释的文学翻译：面向一般读者、注重再现作品的艺术价值、不拘泥于原文的文字、进行了适当的改编。

1960 年，苏联科学院院士康拉德建议越特金在《史记》的翻译中应注重司马迁对于历史进程的理解，注重司马迁在描述历史现象时流露的出其不意的创造性见解，关注司马迁的历史观。康拉德认为，尽管西方史学史上，塔希陀、希罗多德、修昔底德等古典史家构成了西方史学的基础，司马迁的《史记》可以丰富古典史学的内涵，并可能随着《史记》的翻译而形成具有世界意义的古典史学观。② 越特金完全接受这一见解，在俄译《史记》时作详细注释，为俄语读者再现作者司马迁所处的历史语境，形成与法国汉学家沙畹翻译《史记》的方式相一致的服务于研究的学术翻译。翻译手法严谨、细致，试比较《史记·屈原贾生列传》中"屈原"部分的越特金译本和阿列克谢耶夫译本：

标题：

中文：《屈原贾生列传》第二十四

阿译本：Отдельное повестовование о Цюй Юане③

越译本：Цюй Юань, Цзя - шэн ле чжуань——Жизнеописание Цюй Юаня и Учителя Цзя④

正文第一段：

屈原名平，楚之同姓也。为楚怀王左徒。博闻强志，明于治乱，娴于辞

① La Littérature Chinoise: Six conférences au Collège de France et au Musée Guimet（Novembre 1926）par Basile Alexéiev. *Annales du Musée Guimet. Bibliothèque de Vulgarisation*, 1937, T. 52.

② Н. И. Конрад. *Неопубликованные работы, письма.* М.: Росспэн 1996, С. 5.

③ *Шедевры китайской классической прозы в переводах академика В. М. Алексеева.* М.: восточной Истература, 2006. Т. I, С. 131.

④ Сыма Цянь, *Ши цзи（Исторические записки）, Избранное.* Т. II. М.: восточной Истература, 2006. Стр. 186.

令。入则与王图议国事，以出号令；出则接遇宾客，应对诸侯。王甚任之。

阿译本：

ЦюйЮань—ему имя было Пин Он был сородичем Чуского дома，служил у Чуского князя Хуая приближеным《левым докладчиком》．Обладал обширною наслышаностью и начитаностью，память у него была мощная．Он ясно разбирался в вопросах，касающихся госудаственого благоустройства．Был искусный оратор．Во дворце он с князем обсуждал государственые дела，издавал приказы и куазы，а за пределами дворца имел поручение по приему гостей и беседам с приезжавшими удельными князьями．

越译本：

Цюй Юань по имени Пин（此处加了注释）происходил из рода правителей царства Чу и являлся одним из приближеных чуского Хуай－вана（此处加了注释）．Цюй Юань был весьма начитан，обладал сильной волей，хорошо разбирался в делах управления и в том，что касалось всяческих смут，а также был искусен в составлени различных указаов．В дворце он обсуждал с ваном государственые дела и намечал планы，готовил распоряжения и указы；вне княжеских покоев встречал и принимал гостей и беседовал с чжухоу．Ван очень доверял ему．

作为文学翻译的阿译本改编了原文，译成俄文意为"屈原的故事"，且这里只取关于屈原的内容，而舍弃了关于贾谊的内容。而作为学术翻译的越译本，则先是以对音的方法逐字将原文中汉字注音来进行音译，之后再进行回译，回译为"屈原和贾先生的生平"（此处"先生"意指"老师"）。从译者的角度来看，阿译本注重译本的交际功能——面向普通读者故取平易的风格，越译本立足于译本为学术研究服务，注重原文的文化表现形式，注重源语文化，在力求使读者明确源语作者意欲表达的含义的同时，还以加注的方法，以洋洋八百余字介绍屈原和中国先秦诗歌，介绍诗歌中所体现的中国古代思想——老子、庄子思想，以及苏联汉学家波兹涅耶娃论屈原的观点，接着还介绍了《史记·屈原贾生列传》已有的俄文阿译本和帕译本、各类英译本、法译本、德译本、日译本以及中国的白话译本，并进一步介绍了关于《史记·屈原贾生列传》的研究成果，介绍了屈原诗歌遗产的俄译本和俄译译者。大量地补充背景知识，向作为学者的读者传递了充足的信息，从而充分保证了语际交际的成功。

正文中阿译本作为故事性文学作品，采用了简单直白的语言和口头叙述的风格，使用了短小的句式。而越译本则语言严谨，层次分明，译文紧扣原文，并加入了介绍中国古代文化背景的注释。

自欧洲人进入中国起，《史记》就被看成是了解中国和中国人的重要文献。俄罗斯人利用与中国直接接壤的便利，近三百年间积累下各种不同版本的《史记》，这些版本的甄别有待于中国学者的进一步挖掘。同时，俄罗斯人收藏《史记》的历史，间接折射了中俄文化交流的历史，为我们打开了了解俄藏中文善本典籍、了解俄罗斯人认识中国和中国人的角度的窗口。而俄罗斯翻译《史记》的历史，反映了俄罗斯人接受中国文化的历史轨迹。通过《史记》俄译本挖掘其中所体现的中外史观差异、中俄文化差异，《史记》俄译本为我们展开比较史学研究、跨文化研究、翻译学研究乃至中国文化"走出去"研究提供了难得的、重要的研究范本。

【作者简介】

柳若梅，北京外国语大学中国海外汉学研究中心教授、博士生导师。

我国文学研究的新收获和前瞻*

张 炯

自改革开放以来，在中西文化又一次大规模对撞下，由于提倡解放思想、实事求是，加之学术团体活跃，学术交流频繁，国家大力扶植人文社会科学的研究，30多年来我国文学研究有很大的发展，近几年的收获更是可观。主要表现在如下几个方面：

一、在多元发展中深化和创新文学理论体系建设

文艺理论在文学研究中是个带头的学科，没有文艺理论的新发展，其他领域的文学研究都必然要受到一定的制约和影响。百年来我国文艺理论建设一直在借鉴西方，中华人民共和国成立后尤着力于以马克思主义为指导的文艺理论的建构。近30多年，文学理论首先是拨乱反正，开展了对极左文艺路线及其理论的批判，对马克思主义文艺理论进行正本清源。出版了包括《马克思、恩格斯全集》和《文集》的德文新译本，还有《毛泽东思想全书》《邓小平思想全书》以及对毛泽东文艺思想和邓小平文艺理论研究的著作，使人们对马克思主义经典作家的思想有全面和正确的理解。陆梅林、龚依群和吕德申主编的《马克思主义文艺学大辞典》则首次将马克思主义文艺学有关的词语、概念、观点、学说、人物、著作、思潮、流派、社团组织以及马克思主义文艺理论发展史等都以词条的形式加以表述和阐释，为马克思主义文艺理论的正本清源和研究提供了重要的工具书。

同时，对文艺的本质特征、形象思维、现实主义和典型、文艺与政治、人性和人道主义、文艺的主体性、新人文精神、古典文论的现代转化等问题，文艺理论界也开展了广泛的讨论，并取得一定的成果。其中，确认文学艺术既是社会意识形态，也是审美意识形态，不再提文艺从属于政治；在马克思主义的能动反映论的基础上承认作家、艺术

---

* 本文原载于《广东社会科学》2013年第2期。

家的主体性在创作过程的重要作用，承认文学应以人为描写中心并对人的共性与个性、人性的不同侧面和深度做全面的描写，这些理论成果对创作尤有重大而深远的影响。

之后，引进西方20世纪文论，开展了对文艺理论的多元探讨。包括弗洛伊德学说、存在主义、新批评、解构主义、原型批评、符号学以及西方马克思主义和巴赫金等的文艺理论著作的引进，使我国文艺理论界的学术视野比过去更为开阔，促进了多元的探索，出现了畅广元的主体论文艺学、林兴宅的象征论文艺学、朱日复的反映论文艺学、何国瑞的生产论文艺学、鲁枢元的生态论文艺学、萧君和的意象论文艺学等多种视角的专著，并对文艺心理学、文艺社会学、文艺语言学也开展了必要的研究，出版了大量相应的著作。

仅文艺心理学就有金开诚、刘煊、彭定安、陆一帆和鲁枢元、钱谷融合作的等十多家新著。以马克思主义为指导的文艺学著作，也有钱中文的《文学原理·发展论》、杜书瀛的《文学原理：创作论》、王向峰主编的《文艺学新编》、王元骧主编的《文学原理》、童庆炳的《文艺学教程》、陆贵山的《马列文论》、张炯的《社会主义文学艺术论》等数十本书出版。

最近几年，文艺理论界对文学本质论、本体论、方法论及理论新形态等领域开展新的探讨，总体上显得更加开放和多元。如钱中文等的审美意识形态研究、陆贵山等宏观文艺学研究、童庆炳等的文化诗学研究、胡经之等的古典文艺学研究、周宪等的现代性研究、曾繁仁等的生态文艺学和生态美学研究、朱立元等的实践存在本体论美学研究、赵宪章等的形式美学研究、陶东风等的"日常生活审美化"研究、金元浦等的文化产业研究、欧阳友权等的网络文学研究，都取得了明显的实绩，产生了相当广泛的影响。中共中央马克思主义研究与建设工程实施中也有《文学理论》一书，经过数年七易其稿后，也于去年出版，以进一步征求意见。此书除对文学本质规律的探讨外，对文学的功能与价值、文学的创作与接受、文学的批评与鉴赏、文学的历史发展、文学与市场经济、文学与网络等新科技，均有较新的阐述。

新时期还出版了许多研究中国文学理论批评史的新著。如蔡钟翔等的《中国文学理论史》五卷和侯敏泽著的《中国文学理论批评史》上下卷以及黄曼君主编的《中国近百年文学理论批评史》等。而王运熙、顾易生主编的七卷本《中国文学批评通史》，更从先秦写到近代，兼具论列详备、重点突出的优点。有些专著还在传统文论观念与今天更好接轨的方面作出新的努力，如王向峰的《中国古典文艺理论范畴通论》和王元化、曹道衡等对《文心雕龙》的研究、张光年对《文心雕龙》的白话新译。除对儒家文艺思想的研究外，某些著作还对道家和佛家的文艺思想有新的探讨，如对道藏与佛禅的美学意义的研究。同时期还涌现了许多研究文体理论的著作。如傅修延的《文体学》、叶朗与吴功正分别撰著的《小说美学》和李洁非、南帆对小说文体的剖析；谭霈生、朱栋霖对戏剧理论的探索。杨义的《中国叙事学》更如有的学者所说："从理论上揭示了不同于西方、对于西方学者甚为陌生的中国叙事学世界，初步建立了我国自己的叙事学原理。"李元洛的《诗歌美学》、吴思敬的《诗歌基本原理》、杨匡汉的《中国新诗学》、陈良运的《中国诗学体系论》等则属这时期诗学研究的代表作。①

美学是与文艺理论密切相邻的学科。近30年是我国美学和文艺美学大发展的时期，《朱光潜美学文集》4卷、宗白华的《美学散步》、王朝闻的《审美谈》、李泽厚的《美的历程》、蒋孔阳的《美学新论》等美学论著都出版于这时期。坚持美的客观性的蔡仪学派在这时期除推出蔡仪主编的《美学原理》和他个人撰著的《新美学》3卷外，还出版了许明的《美的认知结构》、严昭柱的《自然美论》、涂途的《技术美学》、王善忠的《体育美学》等。而胡经之和杜书瀛等分别撰写的《文艺美学》，把文艺美学从美学和文艺理论中分离出来，初步建立了比较完整、系统的理论体系。敏泽的《中国古代美学思想史》（三卷）、张少康的《古典文艺美学论稿》等，对我国古代文艺美学思想进行了较为深入的研究与清理。蒋孔阳、朱立元主编的《西方美学史》，陈炎主编的《中国审美文化史》和许明主编的《华夏审美风尚史》均以多卷本的丰厚篇幅或梳理西方美学的发展脉络，或从文化的视角为文艺美学的研究提供民族的历史背景和参照。黄海澄、杨春时等有关论著更把系统论、信息论、控制论以及阐释学、接受美学等引进文艺美学的研究，扩展了研究范围和范式、方法。工具书方面，王向峰主编的《文艺美学辞典》，上溯中外文艺美学源流，涉及美学广泛知识，努力涵盖和介绍文艺美学的基本理论、历史及其代表人物、论著、观点与流派，收录条目相当丰富。凡此种种，都体现了30年来我国学者从更广泛的文化和艺术视野去研究美学和文艺美学的学术成绩和走向。②

瞻望未来，加强古典文论的现代转化，加强与中国文艺实践的紧密联系，加强对基础理论的创新探索，并继续借鉴国外有价值的文论，以求建构更加完善的中国化的文艺理论和美学体系，恐怕是未来发展的必然。21世纪最重要的任务应是整合各方面的资源，加强基础理论的研究和突破，致力于建立有中国特色的当代马克思主义文论的新体系，并积极开展文艺政治学、文艺经济学和文艺文化学等方面的研究，以更深入地揭示文艺的历史生态，揭示其中的规律以应对新的历史条件下我国面临国内外复杂的政治、经济及文化环境，如何促进文艺，包括文艺产业的繁荣和发展。此外，如散文美学、影视美学以及儿童美学等薄弱环节也期待有更深见地的著作。鉴于以往介绍西方文论多，今后对东方文论如印度文论、阿拉伯文论和拉丁美洲的现代文论尤须加强译介。文艺美学作为美学和文学理论的中介学科，其学术生长点还可扩到文化美学的探索，包括语言美学、伦理美学、风俗美学、饮食美学、服饰美学及建筑美学等，以求在此基础上去发现和归纳文化美学的普遍规律。

---

① 张炯：《文学研究大跨越的时期——改革开放30年中国文学研究的回顾与前瞻》，《甘肃社会科学》2009年第2期。

② 张炯：《文学研究大跨越的时期——改革开放30年中国文学研究的回顾与前瞻》，《甘肃社会科学》2009年第2期。

二、在多层次探讨中不断重写和拓展各种门类的文学史著作

文学史研究的任务在于客观地叙述文学发展的史实，恰当地评价作家作品，并依据史实尽可能揭示文学发展的规律。文学史的重写，本来因时代思想观念、认识水平及审美趣味的不同而不断在进行。新时期我国思想文化背景深刻的变化，自然使文学史的重新编写提到历史日程上来。

30 多年来，文学史研究规模空前，所获成果也空前。其进展和成绩主要表现在：第一，断代史研究全面铺开和深入。如中国社会科学院文学研究所主持的从先秦到清代的断代史系列，收入大量过去未被史家注意的作家作品，并在资料翔实和艺术分析方面均比前人有所超越。聂石樵主编的《先秦两汉文学史稿》和郭延礼编著的《中国近代文学史》（共 3 卷）、严家炎等分别编著的《20 世纪中国文学史》等也是如此。当代文学史著作方面，前期以郭志刚、陆士清分别主持的多校合作的史稿为拓先之作，后期以王庆生、陈思和、洪子诚、张炯及金汉编著的史著各见特色。第二，文体史研究有新的开拓和收获。像张松如主编的《中国古代诗歌史论》，张庚、郭汉城的《中国戏曲通史》，俞元桂、郭预衡分别主编的《中国散文史》，还有葛晓音的《八代诗史》，陶尔夫、刘敬圻的《宋词史》，杨义的《中国现代小说史》（3 卷）和陈白尘、董健主编的《中国现代戏剧史稿》，俞元桂、范培松、林非先后编著的 3 种《中国现代散文史》等都是这时期较有代表性的著作。还有姚春树、袁勇麟的《20 世纪中国杂文史》、韩兆琦的《中国传记文学史》、郑宪春的《中国笔记文史》等，对以往少于研究的文体历史流变也作出宏观和深致的考察。第三，文学史研究的空白被大力填补。例如北朝十六国的文学、五代十国的文学、辽金两国文学，过去都较少研究。而这时期，上述方面的研究涌现许多论文，其成果多被吸收进新编的文学史，如张晶的《辽金诗史》等。现代文学史中的解放区文学和沦陷区文学的研究也获进展，如刘增杰的《中国解放区文学史》。地方性文学史研究更卓有成绩，如陈伯海主编的《上海文学通史》，彭放主编的《黑龙江文学史》，吴海主编的《江西文学史》，陈书良主编的《湖南文学史》和冯健男的《晋察冀文艺史》，文天行、吴野的《大后方文学史》以及刘登翰等主编的《台湾文学史》（上、下卷）和《香港文学史》，古继堂、古远清分别撰写的有关台湾诗歌、小说和理论批评等史著，尽管资料未必皆详备，但是都属前人未有的著作。丁帆主编的《中国现代西部文学史》堪称地域文学史研究的重要收获。第四，文学思潮史的研究受到更多重视。如陈伯海《中国四百年文学思潮史》、叶易的《中国近代文艺思潮史》均脉络清楚，论证扎实；马良春、张大明等的《中国现代文学思潮史》和张大明编著的《西方文学思潮在现代中国的传播史》对现代迭次涌现的方方面面的文学思潮，结合理论与创作，作了恺切的评介；朱寨主编的《中国当代文学思潮史》对历次的文艺批判运动的经过及其前因后果，作了尤为详尽的叙述与分析。第五，中国文学通史研究在这

时期也有新的著作，如袁行霈主编的《中国文学史》四卷，章培恒主编的《中国文学史》三卷和张炯主编的《中华文学发展史》三卷，均属这方面的新成果。而中国社会科学院推出的《中华文学通史》10 卷和修订版《中国文学通史》12 卷，共有百多位专家学者参加撰写，首次涵盖古今和各少数民族文学及中国台港澳文学，规模宏大、内容丰富，曾被钟敬文、马学良等先生誉为"实现前辈学者心愿的集大成的开拓之作"。第六，中国文学编年史成果卓著。如赵逵夫主编的《先秦文学编年史》，曹道衡、刘跃进著的《南北朝文学编年史》，傅璇琮主编的《唐五代文学编年史》，卓如等编的《中国现当代文学编年史》等断代编年史先后出版。近年陈文新主编的《中国文学编年史》18 卷，更属纵贯古今的巨著。这些著作都因史料翔实丰富，重历史背景与人物、事件的叙述，别具学术的价值。第七，文学学术史硕果累累。像张燕瑾、吕薇芬主编的《20世纪中国文学研究》分 12 卷分别论述了我国学者对历代文学的研究发展；董乃斌等主编的《中国文学史学史》和黄修己的《中国现代文学史学史》对历史上的文学史著作和理论作出梳理与总结，都属资料充实、思虑严谨的收获。袁良骏著《鲁迅研究史》、张梦阳著《中国鲁迅学通史》，皆属多年潜心研究之力作。第八，少数民族文学史全面开花。这时期首次出版有蒙古族、维吾尔族、藏族、壮族、白族、羌族、纳西族、东乡族、鄂伦春族、侗族、布依族、毛南族和赫哲族等 20 余个民族的文学史。① 第九，文学史研究新视野的开拓。如周发祥、李岫著《中外文学交流史》，郭延礼著《近代文学翻译史》，杨义主编的《20 世纪中国翻译文学史》；查明建、谢天振撰写的《中国 20 世纪外国文学翻译史》，赵山林《中国戏曲传播接受史》以及这时期出版的多种儿童文学史和女性文学史、宗教文学史等，均为前人所未有之专著。而文学史专题研究更有著作数以千计，无法加以细述。其中，或从新发现的先秦、两汉简帛等文献资料，引起对古籍的证伪辨正；或从文化视角切入，对文学发展的时代背景做新的阐释；或研究文学与政治、经济的互动，探讨文学发展的规律，或研究文学与家族、考试制度等的关系，对特定文学现象给予更合理的解读等，对于文学史研究的深化皆不乏新贡献。

这时期文学史研究中虽不忽视文学与政治、经济和文化的关系，但将文学史与政治史、经济史和文化史相区别，不以人废文，不以民族产生歧视，对有文学成就的各民族和各种倾向的作家都给予相应的恰当评价，这应是一个重要进步。如现代文学中对胡适、周作人、徐志摩、沈从文、张爱玲及张恨水等过去被有意遮蔽或贬低的作家重新给予评价，对老舍、端木蕻良及李準等过去未注明民族身份的作家分别注明其满族和蒙古族身份，并对许多少数民族作家的创作成就都给予应有的评价。文学史著作也更为重视对不同流派作家的文学成就与艺术贡献作更充分的分析与比较，同样应是这时期文学史著作有所超越的表现。

① 张炯：《文学研究大跨越的时期——改革开放 30 年中国文学研究的回顾与前瞻》，《甘肃社会科学》2009 年第 2 期。

内地文学史研究中加强史学的理论探讨，继续多层次的开拓，加强学术空白的填补，应该是未来的趋势。没有文学史学的突破，就很难有文学史研究的大的突破。中国文学史各段的研究仍需要充分继承已有的研究成果并更翔实地占有文献资料，更实事求是地去描述和评价历史与作家作品，以期在更扎实的微观研究的基础上，以更科学的文学史观去实现新的宏观综合，力求对中国文学的发展规律作出突破性的探讨，对各种重要文学现象，包括作家作品和文学流派、文学运动的浮沉盛衰等的因果关系，作出更深刻的科学阐释。历代重要作家作品、重要文学流派和区域作家群的研究和不同文体的研究，都有待进一步加强，以更扎实的微观研究来促进文学史的宏观研究；同时应将文学史研究扩展到文学的传播和接受方面，认真研究这方面的历史；还需要研究文学语言与形式发展史、文学题材和主题的演变史。考古发掘的新发现引起的有关文学史实的研究，包括文本的真伪、产生的年代和作者等的考订，仍会随着新发现的简帛而出现更多的努力。

三、在多代评论家努力下建构文学评论与创作的良性互动

文学评论是促进文学健康发展和繁荣的重要手段，也是架设读者与作家间的心灵桥梁。它既能帮助读者更好地解读作品，并能成为帮助作家更多了解读者反馈意见的重要媒介。文学评论还是文学理论的重要生长点，并为文学史研究提供重要的资料积累和评价参考。首先，近30年内地文学批评的重要成绩表现在为过去受到不公正对待的作家作品平反昭雪，或根据具体情况给予比较公正的评价。如对胡风和"七月派"作家、反右派中被扩大化的作家以及他们的作品的重评；还有如上所述对"五四"以来的胡适、周作人、沈从文、徐志摩和张爱玲等的重评等。其次，表现在对作家的深入研究方面，新写了大量现当代作家的评传。如陈涌主编的《中国现代文学作家评传丛书》和徐乃翔主编的《中国现代作家评传》等系列论著。像胡明著《胡适传论》、董健著《田汉传》、凌宇著《沈从文传》、周良沛著《丁玲传》等都属资料丰富翔实之作。由谢有顺主编的《当代作家评传丛书》也出版了第一批贺绍俊著的《铁凝评传》，李星、孙见喜的《贾平凹评传》，洪治纲著的《余华评传》和孔庆东著的《金庸评传》等均能比较全面地评论有关作家的生平和创作。最后，文学批评更重要的是紧密追踪当前文学的发展，对30年来新涌现的作家作品给予恰当的评价，对表现一定倾向性的重要文学现象和思潮给予必要的剖析。许多评论家都出版过多本评论集，如荒煤的《探索与创新》、冯牧的《十年风雨路》、陈涌的《在新时期面前》等。冯牧、荒煤、洁泯、张炯、杨匡汉等都主编过各有十多本的评论家选集丛书。这时期宏观性批评有显著开展。如阎纲的《文学八年》、张炯的《新时期文学格局》等专著。至于评论文学现象与流派的论著更多。王先霈、范明华的《文学评论教程》，潘凯雄、贺绍俊的《文学批评学》等更试图建立有关的理论体系。在评论队伍的更新换代中，属于前辈的周扬、胡风、林默涵、张

光年、陈荒煤、冯牧、胡采、秦兆阳、罗荪、洁泯、王元化及朱寨等先后去世；而陈涌、李希凡、陈丹晨、阎纲、顾骧、刘锡诚、谢冕及晓雪等活跃于 20 世纪 80 年代的评论家因年事渐高，也陆续淡出评坛，写作渐稀；80 年代至 90 年代成为评坛主力的评论家，如雷达、曾镇南、何镇邦、张同吾、吴思敬、童道明、仲呈祥、樊发稼、李炳银、吴秉杰、朱向前、张志忠、吴亮、蔡翔、许子东、陈思和、王晓明、南帆、李洁非、于可训及张陵等至今仍在写作，还涌现了像刘思谦、陈美兰、盛英、金燕玉、王菲、戴锦华、董之林、林丹娅、谭湘、荒林及李美皆等老中青的女性评论家群。

20 世纪五六十年代出生的批评家如今已成为评坛的生力军。他们的评论文章覆盖了评论报刊的主要版面。[①] 作家出版社 2009 年出版的《中国当代文学研究与批评书系》则收有老中青三代 16 位评论家的集子，有谢冕的《回望百年》、张炯的《文学多维度》、何西来的《纪实之美》、雷达的《当前文学症候分析》、孟繁华的《游牧的文学时代》、白烨的《演变与挑战》、陈晓明的《审美的激变》、阎晶明的《我愿小说气势如虹》、李敬泽的《为文学申辩》、吴义勤的《彼岸的诱惑》、谢有顺的《文学的常道》、梁红鹰的《守望文学的天空》、胡平的《理论之树常青》、何向阳的《立虹为记》等，代表他们 21 世纪的成果。

当今内地评坛基本分为三块：一是媒体批评，发表在各种报纸上，文章比较短小，但能迅速反映文坛动向，其炒作、宣传作用一般大于学理作用，对广大群众影响大；二是学刊批评，也称学院批评，多发表于期刊和高校学报，文章较长，具有较深的学理性，而影响往往限于学界本身；三是群众性网络批评，即发表于互联网上，长短不一，能对作品做出最迅速的反应，但评论质量往往良莠不齐。三种评论中都存在价值观念、批评标准和审美趣味不一的问题。

评论多而有权威影响的少，既存在广告式的吹捧，也存在棒杀式的批评。但评论的主流仍然努力激浊而扬清。媒体批评和学院批评，各有长短。总体而论，评论仍受到作家和读者的重视，与文学创作起着良性互动的作用。

文学评论的深化和建立权威的评论，把宏观评论和微观评论更好结合起来使评论更具科学性和战斗性，尚需评论界的共同努力。内地文学评论界已经意识到，未来需要继续加强对年度文学、地区文学和不同文体文学的宏观批评，同时要更多开展对于具体作家作品的微观批评，特别是对于具有思潮代表性的重要作家作品的批评。需要紧紧抓住两头：即最优秀的作家作品和最成问题的作家作品的批评，不断加强这些方面的批评力度，尤应加强带有倾向性的问题和特定文艺思潮的研究和批评，包括对当下文学粗鄙化的研究和批评，还需要更多关注通俗文学和大众文化的批评，坚持鲁迅所说的"有好说好，有坏说坏"，继续完善和深化文艺批评学的理论建设。

---

① 张炯：《文学研究大跨越的时期——改革开放 30 年中国文学研究的回顾与前瞻》，《甘肃社会科学》2009 年第 2 期。

四、在跨学科研究中创建和完善新的边缘学科和学术生长点

文学研究的跨学科发展，是近 30 年来我国学坛的新现象。首先是比较文学学科的重建，产生了大批平行研究、影响研究和跨学科研究的著作，乐黛云的《比较文学原理》，郁龙余的《中国印度文学比较》、范伯群、朱栋霖的《1898—1949 中外比较文学史》，田本相主编的《中国现代比较戏剧史》等，堪称重要成果。而钱锺书的《管锥编》更属多年研究积累的硕果，引用著作逾四千种，其稽考钩沉和详审比较的工夫与识见，令人佩服！此外如黄药眠、童庆炳主编的《中西比较诗学体系》和曹顺庆的《中西比较诗学》、饶芃子等的《中西比较文艺学》等，在所论范围均有独到的阐发。利用不同学科的知识进行比较、参照、借鉴及移植的跨学科研究，这时期也有一定开展。如季羡林的《比较文学和民间文学》以及刘再复当年主持的《文学新学科建设丛书》中的《符号学文论》和《文艺探索书系》中的《科学与缪斯》等著作。严家炎主编的《20 世纪中国文学与区域文化丛书》和《20 世纪中国文学研究丛书》则是以浩繁的卷帙从文化视角对文学进行跨学科研究的丰硕成果。① 比较文学未来研究的重点似应放在有益于认识不同国家、民族的文学共同规律与特殊规律的比较上，放在有助于新学科和边缘学科发展的跨学科研究上，放在中国特色的理论建设和学术成果的催生上。应会加强对中国古今文论与西方古今文论的比较研究，弄清彼此长短以树立我国特色文论建设的自信心和自豪感；还会加强对东亚文化圈各国文学、亚洲各国文学以及我国各民族文学的比较研究，进一步弄清我国文学与世界各国文学的相互影响和平行发展的关系，增进中华各民族文学相互关系的了解。

在近年文学跨学科和新的学术生长点方面，女性文学与海外华文文学研究扮演了重要的角色。女性文学研究热潮兴起于 20 世纪 80 年代。它与国际女性学的兴起和妇女解放运动的发展分不开，至今已产生多部女性文学史和女性文学理论方面的著作，专题研究的成果也发表不少。近五年研究的势头仍未减，并逐渐形成独立的学科。许多高校不仅开设这方面的课程，还培养出一批专门研究女性文学的硕士和博士。近年出版的新编教科书便有乔以钢、林丹娅主编的《女性文学教程》，赵树勤著《女性学》。而戴锦华的《涉渡之舟：新时期中国女性写作与女性文化》、刘思谦的《娜拉言说：中国现代女作家心路历程》一版再版，已成女性文学研究的翘楚之作；女性文学研究还延伸到古代，出现了田恩阳的《汉乐府女性题材审美论》和赵雪沛的《明末清初女词人研究》这样的著作。更有刘洁的《中国女性写作文化思维嬗变史论》探讨了我国古今 300 多位女性作家的创作思维特点及其文化背景。荒林主编的《女性主义研究》、王红旗主编的

---

① 张炯：《文学研究大跨越的时期——改革开放 30 年中国文学研究的回顾与前瞻》，《甘肃社会科学》2009 年第 2 期。

《中国女性文化》等学刊，以广阔的视野收纳论著，也为发展女性文学跨学科研究作出可贵的贡献。《中国近代女性文学大系》目前正在推动编辑和出版，相信必将促进对内地女性文学研究的进一步开展。当代女性作家越来越多，在文坛上已占半壁江山。大学文科中目前培养的女性硕士和博士数量均已超过男性，因而可以预期未来女性文学研究将有更大发展。在性别研究的基础上提倡男女平等、平权又有别，会成为女性文学研究的主导思想。中国当代文学研究会女性文学委员会的成立和今后的活动，将会更广泛地促进女性文学研究向多层面多视角的开展。

海外华文文学的大规模研究也始于近30年。中国世界华文文学学会每年都举办国际性学术研讨会，除内地学者外，还有来自中国台港澳和东南亚、北美、西欧等地区的学者和作家参加。除了中国台港澳文学研究外，东南亚华文文学的研究继续被重视。五年内，厦门大学已召开了两次东南亚华文文学研讨会，对东南亚各国的华文文学新发展和新问题广泛交换意见。北美新移民中产生了大批新的文学创作，许多新移民作家如严歌苓、张翎、哈金、施雨、刘荒田、吕红、少君、王性初及曾铭等都发表不少有影响的作品，有些还获得多种奖项。因而，近年北美华文文学研究已在内地渐成新的热点。近年间海外华文文学研究著作出版不下数十部。如刘登翰《跨越的建构》、杨匡汉《中华文化母题与海外华文文学》、朱双一《台湾文学与中华地域文化》、李国春主编《本土与母土——东南亚华文诗歌研究》等均涉及跨学科。内地在完成初步的海外华文文学史和国别文学史、地区文学史及某些理论准备后，新的五年应会继续重视理论的建设，重视对华文文学的整合研究和文化研究，还会重视北美、南美、欧洲、非洲和大洋洲新移民作家作品和新生代作家作品的研究。中国台港澳地区、东南亚地区和日本、越南、韩国的汉学研究的成就和这些地区华文文学发展的新特征、新趋势、新问题，以及海外重要华文作家作品的研究和地区性文学社团、流派都会获得关注，以期综合出更为全面和详尽的世界华文文学史。此外，对世界华人文学的研究也会被重视，特别是华人的非华文写作，如林语堂的英文写作、盛成的法文写作；还有非华人的华文文学写作，如赛珍珠、韩素音等的华文文学写作等。

儿童文学研究也成为这时期跨学科研究的一个重要领域。从社会学、文化学和儿童心理学的角度广泛介入儿童文学研究是近年研究的一个重要特点。王泉根主编《儿童文学教程》、吴岩主编《科幻文学理论和学科体系建设》等对儿童文学理论探索作出新的贡献。高洪波主编的《改革开放30年的中国儿童文学》，王泉根主编的《中国儿童文学60年（1949—2009）》，蒋风、樊发稼主编的《中国著名儿童文学作家评传丛书》，张永健主编的《20世纪中国儿童文学史》等都是近年儿童文学研究的有影响之作。全国有三亿以上的儿童，儿童文学及其研究从总体上必须考虑到他们的成长如何在智力和文化道德素养上适应世界未来的发展。未来内地儿童文学的研究仍会以当代为重点，适当加强中国儿童文学与世界各国儿童文学的比较研究，更深入地从儿童心理学、儿童伦理学切入，以促进我国儿童心理和道德的健康成长。在世界进入高科技时代，更要鼓励放开想象和幻想的作品，特别是科学幻想的作品，以培育少年儿童这方面的智力，促进未来一代具有更为旺盛的科学发明的创造力。

在民间民族文学研究方面除了出版诸多文学史著作外，史诗、神话和重要作家作品研究在跨学科视野中也涌现可观的新成绩。斯钦孟和《〈格斯尔〉全书》、斯钦巴图《蒙古史诗：从程式到隐喻》、阿地力·朱玛吐尔地《〈玛纳斯〉史诗歌手研究》、黄中祥《哈萨克英雄史诗与草原文化》、杨恩洪《人在旅途——藏族〈格萨尔〉说唱艺人寻访散记》、角巴东主《雪域高原的史诗文化：〈格萨尔〉与青海》等都把文化研究作为重要的视角；刘亚虎《神话与诗的演述——南方民族叙事艺术》、汪立珍《鄂温克族神话研究》、江城哲《中韩太阳神话比较研究》、覃乃昌等《盘古国与盘古神话》、叶舒宪《熊图腾：中华祖先神话探源》、王宪昭《中国各民族人类起源神话母题概览》、扎拉嘎《展开 4 000 年折叠的历史——共工神话与良渚文化平行研究》、那木吉拉《狼图腾：阿尔泰（语系民族）兽祖神话探源》等在材料收集、研究视角和见解方面均有新的开拓，多从文化人类学的视角切入。各民族文学关系的研究近年受到重视，已完成的成果有《各民族文学关系研究》上下二卷（郎樱扎拉嘎主编）、《20 世纪各民族关系研究》（关纪新主编），都受到学界的好评。《民族文学研究》于 2004 年 11 月创建了"中华多民族文学史观"专栏，大大促进了中华多民族文学史观的建立。此外，民族文学史论方面，《20 世纪中国少数民族编年史》（梁庭望、李云忠、赵志忠编）、《20 世纪中国少数民族文学百家评传》（赵志忠主编）和李鸿然著《中国当代少数民族文学史论》等都因内容丰富，资料翔实，见解允当，受到广泛赞扬。此外，还有伦珠旺姆编著的《西北民族民间文学概论》，以及集体编著的《维吾尔民间文学大典》（维文）、《维吾尔文学史》（维文）、《哈萨克民间文学大典》（哈文）与浩斯力汗著《中国当代哈萨克文学》、夏冠洲等主编的《新疆多民族文学史》也皆有比较好的影响。未来这方面的研究将会充分利用 20 世纪对中国民间歌谣、谚语、故事传说和史诗等已完成的收集、整理和出版的各种资料，包括全国 2 000 个县市所出版的本地民间文学作品的集成和各少数民族民间英雄史诗，来展开文化人类学和审美人类学等新的多视角研究，深化有关理论建设，大力加强民族文字写成的重要作家作品的翻译和研究，特别是古代史诗和现代长篇小说的翻译和研究。对藏蒙史诗《格萨尔》的整理、翻译和出版，在已有基础上将会努力去完成。民间文学和少数民族文学的口传部分的抢救工作仍不应放松，这些方面都会形成未来的新的学术生长点。

五、重视文学研究资料的收集、编纂和综合利用

资料工作是一切研究工作的基础。这时期文学各学科对资料的收集、整理和出版均十分重视。首先是历代文本和名家文本的新印或重印，如《全上古三代秦汉三国六朝文》《全唐文》《全宋文》《全元文》和《先秦汉魏晋南北朝诗》《全唐诗》《全宋诗》

《全宋词》《全金元词》《全元散曲》《全明诗》《全清词》等历代诗文总集的编辑、校注和出版；还有始于20世纪50年代的《古本戏曲丛刊》《古本小说丛刊》的继续编辑与刊印，而历代名家文学作品的出版更多；对现代、当代作家的生平和创作还编辑出版了上亿字的《研究资料丛书》和《新文学大系》《新文艺大系》《中国解放区文学书系》《东北现代文学大系》等卷帙众多的具有代表性的系列选集；民间文学方面全国各县、市都收集、整理和出版了歌谣、传说和故事的集成多达两千余种。民族英雄史诗的收集、整理，更投入了大量的人力与物力。仅藏、蒙英雄史诗《格萨（斯）尔》便有说唱艺人的录音9 000多盘，还整理出版了部分范本。国家还专门成立了古籍整理领导小组，投入巨资，领导规划、编辑和出版古籍，包括文学方面的重要古籍；学界也专门建立了群众性的团体——中华文学史料学会，以促进文学史料的收集整理工作。为利于资料的使用，还通过电脑网络和光盘储藏以传输资料，大大提高了资料查阅、转载和研究的效率。资料建设属于文化基础工程，不仅为研究工作的开展所必需，也为民族文化的积累所必需。[①]

总之，改革开放的30多年来，我国文学研究得到全方位的大力发展，其成就可以说超过我国历史上的任何时期。我们相信在我国特色社会主义现代化的建设中，在我国建成全面小康社会的过程中，随着我国经济、政治、文化、社会和生态文明的发展，文学研究也一定会有更宏阔的开局，也一定会在中华民族文化的伟大复兴中作出自己更大的贡献。

参考文献

［1］李玉平：《多元文化时代的文学经典理论》，天津：南开大学出版社，2010年。

［2］陈思和、杨庆祥：《知识分子精神与"重写文学史"——陈思和访谈录》，《当代文坛》2009年第5期。

［3］王喜绒等：《20世纪中国文学的跨学科研究》，北京：中国社会科学出版社，2004年。

【作者简介】

张炯，中国社会科学院文学所研究员、博士生导师。

---

① 张炯：《文学研究大跨越的时期——改革开放30年中国文学研究的回顾与前瞻》，《甘肃社会科学》2009年第2期。

全球化语境中的雅俗文学*

饶芃子

雅文学与俗文学的关系，是一个老话题。但我们在这里要讨论的不是传统的雅俗文学的关系，而是经济全球化背景下的纯文学与俗文学的关系，这是一个面对当下社会，极具现实性的新问题。

中国文学有三千多年的悠久传统。一是雅文学的传统，一是俗文学的传统。从最古老的《诗经》开始，文学就有雅俗之分。《诗经》分《风》《雅》《颂》三部分，除《小雅》有六篇有目无辞外，共 305 篇，《风》160 篇，《雅》5 篇，《颂》40 篇。《风》中有许多是原来流传于民间的歌谣，《雅》是典范的音乐，《颂》是宗庙祭祀的音乐。《风》重娱乐，《雅》《颂》重教化，这两种不同的文学，形成了中国文学发展中的雅、俗传统。

传统的"俗文学"，一般是指流传于民间，为大众所嗜好、所喜悦的文学，有别于学士大夫创作的正统文学。郑振铎在《中国俗文学史》中说："'俗文学'就是通俗的文学，就是民间的文学，也就是大众文学。"还说："中国的'俗文学'，包括的范围很广。因为正统的文学范围太狭小了，于是'俗文学'的地盘便愈显其大。差不多除诗与散文之外，凡重要的文体，像小说、诗歌、戏曲、变文、弹词之类，都要归到'俗文学'的范围去。"① 但传统上这种雅俗文学的区分，也并不是一成不变，而是动态的，不断发展变化的。从文学史上考察，它们不是井水不犯河水两种毫不相干的文学，而是经常"对话"，互相渗透和影响，有不少原来是"俗文学"的作品，经历史沉淀过程，演化为经典文学作品，如《三国演义》《水浒传》等。

我们现在所说的纯文学，已不是传统意义上的雅文学，应是指那些有人文关怀，对

---

* 本文原载于《广东社会科学》2002 年第 1 期。

① 郑振铎：《中国俗文学史》（第一章），北京：作家出版社，1954 年。

人类美好情感有所发现，能艺术地追问和表现社会、历史及人生诸问题的文学作品。它有别于那些追求大众的娱乐性、趣味性的通俗作品。就文学本身而言，这两种作品并不互相排斥，也不是对立的。现在，纯文学与俗文学的关系问题之所以凸显出来，成为大家要探究、讨论的问题，是因为在新的经济全球化的大背景下，由于社会的经济结构、文化环境、大众心理及传播媒介等的变化、影响，消费社会的发展，大众文化膨胀，通俗文学崛起，读者在诸多文化消费中自觉不自觉脱离那种文学的深度享受和审美体验，精英意识在淡化。纯文学写作与读者疏离、脱节，有边缘化倾向，一部分作家放弃深度思考与审美写作，一部分作家则因失去对现实读者的把握而感到困扰，凸显出生存的压力和心理的焦虑；而大量的通俗文学却在满足大众消费的商品经济的背景下涌现，它们缺乏或者不愿意介入一种道德批判和约束之中，商品本性的力量在与人的道德约束力量的较量中往往占了上风。

这是社会转型中出现的一种新的文学态势，当中有许多需要清理和探究的问题，我们必须去面对。如何解决这个问题？

首先，对文学来说是调整自身的视角和立场，纯文学要在不失品味的前提下，寻求与读者相通的途径。

文学作品的价值在于读者阅读之中。通俗文学之所以成为当前文学的消费热点，原因很多，但其中的重要一点，就是它们与大众同乐，拥有广大读者。纯文学应该从这一点得到启发：重视读者。文学创作，就是要提供给别人看阅的文本，读者越多越好。一种文学如果只局限于少数的读者，缺少广大的群众基础，是不可能有大的影响的。好的纯文学作品，应是读者愿意阅读和能够理解的。所以，对纯文学来说，调整自己的视角，改变自己高高在上的眼光，加强大众意识，以自己有审美层次的作品，介入读者的文学活动之中，是十分必要的。

其次，是革新文学观念，给当代通俗文学重新定位，从人文精神层面上给予导向，提倡纯文学与俗文学互补、互促、共进和共荣。

21 世纪是开放、多元的世纪。多元共生、多元选择。文学的态势也如此。在这一大的文化背景下，各种各样的文学创作，作品的深度或浅度的意义，在读者中的影响和接受，都只能通过话语方式实现。

当今，大众文化空前膨胀，通俗文学崛起，是与经济和科技的发展、文学进入市场密切相关，正如有的学者所说，这是时代的产物。其受到大众的欢迎，也是客观存在。问题是，对于我国这样一个刚刚进入一种商品繁荣和发展阶段的社会来说，文学的这种商品本性的力量显得过于强大，其中有许多本身就不具有文化意味，因而令人担忧和困惑，极需引导。这种引导是多方面的，最主要是人文精神的引导。读者是多种多样，文学消费也是多种多样，多元化、多样性是今天的文化现象。通俗文学反映了大众的阅读趣味、娱乐爱好和审美追求，体现了大众的多元的阅读心理和价值取向。但通俗文学作家也不应该没有自己的文化立场和思考，通俗写作同样需要思想，需要立场，需要情感，也应该是一种富有个性和启发意义、充满智慧和感性的写作。金庸的武侠小说，之所以受大众欢迎，并且能登堂入殿，进入文学研究的视野，既是广大读者阅读促成的，也同它自身蕴含的中华文化意义和审美价值有关。金庸的作品不仅给大众以审美的愉悦，也有人生意义的启迪，只不过这种内涵是从他所创造的武侠故事中自然地流露出来，而不是纯哲学意义上的思想。新近获奥斯卡奖的流行影片《卧虎藏龙》，也是一部能给人以审美快乐和美德启迪的作品。同那些滥情、暴力表演，让禁忌与敬畏都迷失在"快乐"中的作品不一样。

我所说的人文精神，其核心是人生意义的沉思与探索。具体说来，就是人的生活目的与价值问题，即人生意义的规范。而这方面，现在的许多通俗作品是很缺少的，问题也是相当多的。所以在重估通俗文学在当今地位的同时，也要看到其所存在的问题在社会上的负面影响。

最后，是文艺批评家要对大众保持理性。

现在，通俗文学的膨胀，同大众传播媒体的介入有密切关系。特别是影视业的崛起，许多通俗文学作品被改编成电影和电视连续剧，在黄金时段播出，极大地扩大了这些作品的影响。在这种现象面前，应有批评家"在场"，如何鉴别、判断、分析和阐释，仍是批评家的任务。

无论是面对纯文学的困境，还是俗文学的膨胀，都有一个读者的价值心理分析和研究问题。如纯文学读者对人生意义的追问：人是什么？人活着是为什么？人与他人、社会的关系，深沉的历史、政治或人文关怀等。又如对俗文学读者心理愉悦、认知愿望、浪漫情怀与精神刺激等的寻求，都要有所了解和探究，敢于去面对和回应。在回应中就有意向，这一过程，批评家的责任、理性和情感，应是三位一体。

近 20 年，文学批评的知识性、学术性及学理性已大大加强，但是随着市场经济和世俗化时代的到来，国内社会文化语境的变化，文学的多元化向文学批评提出了诸多挑战，文学批评在回应现实方面还不够有效，不够有力，如何调整和寻找更有效的切入中国文学的角度和方法，是文学界一个备受关注的问题。正如一些批评家所说，我们确实存在"阐释中国的焦虑"①。特别是在大众文化膨胀的情况下，媒体批评兴起，并且发展迅速，带有明显的时尚性、商业性特点，面对新的文本和文化现象，如何回应批评？从批评家所处的语境和历史的实际看，有两个方面是值得注意的：一是要防止历史和理论的成见，以免对新的文本和文学发展进程中出现的新问题"误读""误解"；二是要在大众化的文学活动中显示自己的作用，要在热热闹闹、世俗化的文学活动中开始自己

---

① 王光明等：《批判：自我反思与学理寻求——关于 90 年代文学批评的对话》，《新华文摘》2001 年第 1 期。

的思考，建立自己的理性言说空间，既与现实保持有机联系，又不被"媒体化"，避免在某些文学的商业化"炒作"中，成为变相的商业广告，失去了批判性。诚然，在现代多元化的文化、文学活动中，文学批评不可能都去回应，但在面对大众时保持自己的独立性，通过对文学品格的关怀来关怀人们的精神生活，是完全应该的。

【作者简介】

饶芃子，暨南大学中文系教授、博士生导师。

第一次文代会与中国当代文学的发生*

王本朝

一、第一次文代会：当代文学的起点

学术界关于当代文学的发生一直存有争议。文学史一般把 1949 年 7 月召开的中华全国文学艺术工作者代表大会看作当代文学发生的标志，但在 20 世纪 80 年代以后，又有将 1942 年以后的延安文学作为当代文学的起点。不同的时间有着不同的文学观念和文学体制，这里牵涉如何理解当代文学体制的建构问题。相对而言，当代文学有了更多的规范和限制，文学体制发挥着更大的规范力量，在文学被当代社会建构为一套政治文化的过程中，文学的体制结构发挥了不可忽视的作用，它为文学预设了诸多的前提和条件，自然也就呈现出不同的差异。当然，在变化的背后也有意义的承接，1949 年以后的当代文学显然承续了 20 世纪 40 年代延安文学的知识生产方式和文学体制构型以及 20 世纪二三十年代左翼文学的想象。本来在 20 世纪 40 年代，中国的文学存在着多种可能性，如延安的工农兵文艺，国统区的民主主义和自由主义文艺，还有上海都市的现代主义文艺，它们都隐含着不同的文学张力，但延安建立了一套相对成熟的文学体制，受其影响，在 20 世纪 40 年代后期的国统区，以郭沫若的《斥反动文艺》和邵荃麟的《对于当前文艺运动的意见》为代表，也积极开始对文学秩序的整理和规范，但真正开始当代文学的设计则是 1949 年 7 月召开的第一次中华全国文学艺术工作者代表大会。

在当代中国，几乎所有的重大变化都是通过开会发生的。会议不但凝聚着社会的观念和情绪，还重新塑造理解社会变化的叙述眼光和意义结构。在一定程度上，它帮助并代替人们对世界的认识，尤其是在一个相对封闭的社会环境里，主流意识形态借助于会议不断改变着人们的思想观念和认知方式，发挥了无可比拟的作用。当人们完全按照会

* 本文原载于《广东社会科学》2008 年第 4 期。

议所描述的认知方式和精神结构去理解社会现实的时候，社会变成了会议设计的社会，现实也成了虚拟而狭窄的现实，一种被意识形态化的现实。由于会议本身具有的政治仪式性质，它所建立的是文学共同遵守的规则和规范，在学习、批评、斗争和实践的互动过程中，整合了文学资源，建立了文学共同体。

会议的召开都有一定的社会历史背景，它是不能随便召开，也是不得不开的。但就具体的会议而言，则有一定的"导演"设计性质。1949 年 7 月，第一次文代会的召开，目的是调和矛盾，整合利益，规划未来，建立社会主义文学新秩序。1949 年前后，国内政治局势发生了巨大的变化，中国作家出现了"南下"与"北上"的独特景观。胡适、梁实秋、苏雪林、张爱玲、徐訏、纪弦、曹聚仁和林海音等人先后南下，前往殖民统治下的中国香港或国民党统治下的中国台湾，而更多的作家则怀着对新政权的信任和对新社会的向往，纷纷"北上"，云集已被确定为未来首都的北平。于是，文学界就有了各种期望，也有了不同的利益和矛盾，隐含着多种可能性，尤其是解放区文学需要建立自己的领导地位，而来自国统区、沦陷区的文学工作者又需要建立意识形态的认知框架。政治利益需要将他们所信奉的个人主义、自由主义文学观消融在人民的、集体的文学利益之中，而当时的文学还是一个没有共同文学观的"文学界"——没有共同的文学眼光，没有一致的文学利益，也没有统一的文学秩序。社会主义革命和建设的一大特点不是"适应"世界，而是超前建构和主动去改造世界，充满着理性的先验设计。卡尔·波普尔也认为："我们社会环境的结构在一定意义上是人造的；其制度既不是上帝的作品，也不是自然的作品，而是人的行为和决策的结果，是能够由人的行为和决策改变的。但是这并不意味着，它们全都是有意识地设计出来的，是可以依照需求、希望或动机来解释的。相反，甚至是那些作为自觉的和有意识的人类行动的结果出现的东西，作为一条规则，也都是这种行为的间接的、无意识的和经常不必要的副产品。"① 这又表明，只有很少一部分制度是有意识设计出来的，大部分制度是人类行为的无须设计的结果所生成的，即使被设计出来的制度也有着无意识的参与，如传统习惯与社会风俗、包括意识形态都带有无意识的特点。第一次文代会对文学体制的建构则是人为的、有意识的行为。

第一次文代会是国家政权建制的一部分。随着战争的胜利、民族的解放，一个新的国家政治体制破茧而出。1949 年 3 月召开的中国共产党第七届中央委员会第二次会议，为国家的建立奠定了基础，同时政治协商会议也在紧锣密鼓地筹备。1949 年 2 月北平的解放，迎来了一大批来自不同区域和政治倾向的作家和艺术家。如何组织管理好这批文艺工作者就成了一个亟待解决的问题。所以，当郭沫若在同年的 3 月 22 日由华北文化艺术工作委员会和华北"文协"在北平的茶话会上提议：发起召开中华全国文学艺

---

① ［奥地利］卡尔·波普尔：《开放社会及其敌人》（第 2 卷），北京：中国社会科学出版社，1999 年，第 158 页。

术工作者代表大会以成立新的全国性的文学文艺界的组织，"全体到会文艺工作者都表示赞成"①。接着，就由原全国"文协"在北平的理事、监事和华北"文协"理事联席产生了由郭沫若、茅盾、周扬、叶圣陶及郑振铎等42人组成的筹备委员会，经过3个月的筹备工作，研究、确立了大会方针与任务，认为这次大会是"富有历史意义的空前盛大的会议"，拟邀请代表753人，实际上最后出席会议的是824人，代表的资格是"反对帝国主义，反对封建主义，反对官僚资本主义"的文学艺术工作者，虽然这些代表过去被"分隔在两个根本不同的地区里"，但解放区的文学艺术工作者"在毛主席的文艺方针的指导下，在和工农兵群众相结合的基础上创造了许多范例"，大会的目的就是总结"彼此的经验"，交换"彼此的意见"，接受"彼此的批评"，砥砺"彼此的学习"，"共同确定今后全国文艺工作的方针与任务"。② 筹备委员会还拟订了代表产生办法，起草了章程及报告、专题发言，还为大会期间的作品评选、展览和演出做了准备工作。为了及时报道大会筹备工作的情况，成立大会宣传处，编辑出版了《文艺报》（周刊）。该刊后来成为全国文联的机关刊物，也是当代文学史上历史最长、影响最大的理论刊物《文艺报》的前身。1949年7月2日会议开幕，7月19日会议在"全体代表高呼'全国文艺工作者团结起来为工农兵服务''中国共产党万岁''毛主席万岁'的口号声和雄壮的奏乐声里胜利闭幕"③。

第一次文代会并不是文学界的内部会议，而是一次文学的政治会议。会议的组织、议程和会议报告都经过了精心筹备和安排，带有浓厚的官方色彩和政治形态。在会议开幕前一天，中国共产党中央委员会向大会发来贺电。大会揭幕时，朱德代表党中央到会致贺词，周恩来作了长篇"政治报告"。会议期间，毛泽东亲临大会并致意说："你们人民的文学家、人民的艺术家，或者是人民的文学艺术工作的组织者"，"你们开的这样的大会是很好的大会，是革命需要的大会，是全国人民所希望的大会"。并一再表示："我们欢迎你们。"④ 陆定一也在开幕式上讲话，认为解放区的文艺工作者"在毛主席的直接指导同教育下"做了许多工作，产生了不少优秀作品，应该给以"很高的评价"，国统区的文艺也"起了作用"，但"到群众中去的路"被国民党堵死了，"妨碍了他们同工农的结合"。⑤ 7月9日，陈伯达也去发表了讲话。会议结束以后，大会还给毛泽东和朱德等复电感谢，新华社还专门发表了《我们的希望》的长篇社论。

① 《中华全国文学艺术工作者代表大会纪念文集》，北京：新华书店，1950年，第125页。
② 《中华全国文学艺术工作者代表大会纪念文集》，北京：新华书店，1950年，第126页。
③ 《中华全国文学艺术工作者代表大会纪念文集》，北京：新华书店，1950年，第137页。
④ 《中华全国文学艺术工作者代表大会纪念文集》，北京：新华书店，1950年，第3页。
⑤ 《中华全国文学艺术工作者代表大会纪念文集》，北京：新华书店，1950年，第12页。

二、会议报告：文学史的政策叙事

文学会议的"报告"和"讲话"是文艺的政策性表述，也是文学史的一种叙述方式，它往往是中央领导人或权威人士代表政党意志，向与会人员和社会传送的一种意识形态，是代表国家实施对文学的规范和控制的重要措施和方法。它不是由个人起草，因而具有集体性质，更不可能全是报告人个人意志的表达，而是政治权威话语的公开宣布，其权威性和威慑力不容置疑，不可抗拒。第一次文代会的精神主要反映在周恩来、郭沫若、茅盾和周扬等人的几个报告上，他们围绕如何统一文学发展方向，建立文学新秩序，既描述新民主主义和新文学的历史，又规划着文学的方向和未来。周恩来的"政治报告"分析了三年来人民解放战争发展的形势，强调创造历史功绩的主体是工农兵，是中国共产党的正确领导。他希望文艺工作者要"努力认识中国共产党，因为中国共产党已经与中国人民的生活和斗争形成了不可分离的关系，不认识中国共产党，也就不能够正确地认识和表现今天的中国人民的生活的斗争的主要部分"，"我们的文艺作家的任务之一，就是要向全国人民传布这个真理"。① 这实际上是对文艺工作者提出新的历史课题，它让文艺工作者明确了自己在社会变革中的恰当位置，明确了文学写作应有的立意与选材。同时他还阐述了文艺团结、为人民服务、改造旧文艺、普及与提高、全局观念和组织领导等问题。他认为文艺团结的政治基础是"新民主主义"，文艺基础是"毛主席新文艺方向"；他主张"文艺为工农兵服务，当然不是说文艺作品只能写工农兵"。② 他没有将工农兵看作是唯一的，而是与其他人物和题材作了主次的划分。事实上，在当代文学中的工农兵方向并非一个写作题材和对象的问题，而是关系到作家的思想改造问题。何其芳就说得很准确："工农兵方向并不仅仅是一个写工农兵的问题，而是整个改造文学艺术、改造文学艺术队伍的问题，也就是文学艺术的群众化和文学艺术工作者的无产阶级化问题。"③ 可不可以只写或者说是如何写工农兵都不是一个问题，问题在它的背后，写与不写，写得怎样被看作是作家的思想问题，工农兵问题被看作是作家思想的检测器，从作品看作家，从题材看作品主题，显然陷入了题材决定论和作家恐惧论的思维怪圈。

周恩来的"政治报告"继承与发扬了毛泽东的延安"讲话"，并明确提出把毛泽东文艺思想当作文艺方针。郭沫若的报告强调了文艺统一战线，茅盾的报告则带有检讨性质，虽总结了国统区文艺创作和文艺理论的"显著的成就"，更多的却是在检讨国统区

① 《中华全国文学艺术工作者代表大会纪念文集》，北京：新华书店，1950 年，第 26 页。
② 《中华全国文学艺术工作者代表大会纪念文集》，北京：新华书店，1950 年，第 28 页。
③ 何其芳：《毛泽东文艺思想是中国革命文艺运动的指南》，《何其芳文集》（第 6 卷），北京：人民文学出版社，1983 年，第 241 页。

文艺运动存在的问题和缺点，并分析其根源，如在创作上的主要缺点是"不能反映出当时社会中的主要矛盾与主要斗争"，取材多限于"小资产阶级知识分子"，且多"爱惜和原谅"，工农题材也多停留在表面，在"意识情绪，则仍然是小资产阶级知识分子"。在文学理论上存在着立场、观点和态度问题，没有真正摆脱小资产阶级思想和立场。从"大会纪要"里也没有发现会议期间是否有人对报告发表了不同意见，事后也似乎没有人去对报告发表自己的看法。这说明"报告"已经隐含有不可商量的地方，尤其是在当时的特定气候背景之下，报告就等同于决议。

周扬关于解放区文学运动的报告《新的人民的文艺》有着特别重要的意义。该报告对当代文学产生了深远影响，且不说它对以后文学史观的制约，最为重要的是他把解放区文学看作一个文学时代的"开始"，并具有强大的合法性，那就是"毛主席的《在延安文艺座谈论会上的讲话》规定了新中国的文艺的方向，解放区文艺工作者自觉地、坚决地实践了这个方向，并以自己的全部经验证明了这个方向的完全正确，深信除此之外再没有第二个方向了，如果有，那就是错误的方向"①。它对以后的中国当代文学创作、文学批评和文学斗争都产生了不可估量的影响力。为了说明解放区文艺是"真正的新的人民的文艺"，周扬以"新的主题，新的人物，新的语言、形式"为题分别介绍解放区文艺的成就，总结创作经验。他还要求文艺工作者"学习政治"，学习"各种基本政策"，并宣传"政策"。这对以后的文学创作产生了很大的影响，也成为当代文学创作的一套政策。

把毛泽东的《在延安文艺座谈会上的讲话》以及它指导之下的解放区文艺创作作为今后文学创作的指导方针和实践典范，基本上照搬了解放区文艺工作的政策和具体做法，并将它们推广到全国范围，却忽略了中华人民共和国成立后文艺发展的新形势和新情况，也让解放区文艺和文艺工作者获得了先机，占有了话语权，而让国统区的进步文艺作了陪衬，否定了本不应该否定的实践经验和理论价值，严重忽视了它本应有的文学史地位。所以，当茅盾谈到国统区文学也应以延安"讲话"作为指导原则，进行具体的"反省与检讨"，并且说有了解放区的文艺运动的范例，"国统区内的文艺思想也就渐渐地有了向前进行的正确轨迹了"②。采取解放区的文学尺度去评价国统区文学，自然就很容易发现国统区文学的缺陷，否定它的艺术成就。以文艺配合政治斗争，宣传党的政策是解放区文艺的特点，它同时也成为 1949 年以后的文学实践原则。这对国统区作家而言就有可能出现不适应症，乃至无法言说的种种矛盾。第一次文代会虽有相互交流经验的初衷，但实际上主要是介绍解放区的文艺经验，虽说是思想和行为的大团结，但也隐含着某种思想的冲突和情感的伤害。会议期间，代表们观看的戏剧、音乐和舞蹈主要是来自解放区、部队和民间曲调，如戏剧节目《红旗歌》《兄妹开荒》《二毛立功》

---

① 《中华全国文学艺术工作者代表大会纪念文集》，北京：新华书店，1950 年，第 70 页。
② 《中华全国文学艺术工作者代表大会纪念文集》，北京：新华书店，1950 年，第 58 页。

和《女英雄刘胡兰》等；音乐节目《新战士进行曲》《好地方》《人民解放军进行曲》《走向胜利》《有吃有穿》《中共颂》《胜利进军》《推小车》《歌颂领袖毛泽东》等；它们自然也强化了解放区文艺的典范意识。

郭沫若在《大会结束报告》中总结大会的重大"收获"和"意义"：一是"加强了文艺界的团结，生长了更大的信心和力量"；二是"相互交流了许多重要的经验，观摩了许多重要的作品，使我们更充分地认识了毛泽东的为人民服务的文艺方针，以及由于实践这一方针而获得的重大的成就。我们从各方面，尤其从解放区，证明了与人民结合的群众路线是唯一正确的文艺方针"；三是"建立了全国文学艺术界的统一机构"，并预测以后的文学艺术"工作纲领将更加集中，工作内容将更加丰富，工作步骤将更加整齐了"。① 新华社还发表了社论《我们的希望》，认为大会产生的文学团体和组织是"实现方针任务的必不可少的工具"，有了广泛的团结，有了正确的方向，还需要"坚强有力的领导"，在毛泽东文艺思想的方针性领导之外，还需要有"经常的正确的组织执行的具体领导"。

三、机构与个人：文学体制的形成

这次文代会完成了文艺界的大团结和全国文艺工作者团结起来为工农兵服务的使命，建立了统一的文学组织结构。借助文学组织来完成对文学的领导以实现郭沫若所说的"工作纲领将更加集中，工作内容将更加丰富，工作步骤将更加整齐了"的目标。周扬也曾说过："我们不能容许文学的发展带有自发的性质"②，可以说从延安"讲话"开始就不断防范文学的自由主义和个人主义，"不容许文学的发展带有自发的性质"而不断采取各种方式来规范文艺，让它走向统一和集中。文学方针的引导和文学组织的规约是影响中国当代文学发展的两股重要的力量，文学方针是文学的纲领和方向，文学组织是实施方针的手段。这次文代会成立了"中华全国文学艺术界联合会"（简称"全国文联"）以及各分会，如"中华全国文学工作者协会"（简称"全国作协"）。"全国文联"的宗旨是团结爱国和民主的文艺工作者为彻底打倒帝国主义、封建主义和官僚资本主义，建设中华人民民主共和国和新民主主义的人民文学艺术而奋斗，他规定了六项活动和工作，如发扬文学艺术的教育功能、批判传统及指导地方文艺活动等。它实行团体会员制，会员权利包括"对本会的一切工作，有讨论、批评及建议的权利""选举和被选举权""有享受本会举办的各种福利设施"的权利。经费问题由团体按会员数目缴纳会费，必要时可向会员和社会募捐，"或请求政府补助"。"全国文联"和"全国作协"

---

① 《中华全国文学艺术工作者代表大会纪念文集》，北京：新华书店，1950 年，第 117 页。

② 周扬：《新的现实与文学上的新的任务》，《周扬文集》（第 1 卷），北京：人民文学出版社，1984 年，第 256 页。

的主要负责人都是知名作家和理论家，郭沫若担任文联主席，茅盾和周扬担任副主席；茅盾担任作协的主席，丁玲和柯仲平担任副主席；夏衍、田汉及阳翰笙等是"全国文联"常委。它的领导人既是文艺界的最高掌权者又是著名的文艺理论家和作家，他们属于中共中央宣传部甚至受毛主席的直接领导，他们的一举一动牵引着文艺界的每一根神经。尤其是在 20 世纪五六十年代，在经过历次文学运动之后，他们把自己塑造为毛泽东文艺思想最正确的阐释者和最忠诚的贯彻者形象。这个文艺界领导集体也存在各种矛盾，在这样一个有着相似的政治诉求和文学理想的群体里，成员之间的结构组成和来源并非完全一致。大致说来，他们主要由两大部分组成，一是紧随毛泽东，从延安或别的解放区来的周扬、丁玲等，另一部分则是从"左联"开始，长期在国统区坚持文艺领导和文艺斗争而发展壮大起来的郭沫若、茅盾等。表面上看，中华人民共和国成立后，这两大部分的文艺工作者已经取得了"联合"，都被统一在毛泽东文艺思想的旗帜之下，开始了新的文艺征程。但实际上，由于他们以往所处文学环境、政治资历和学识背景的差异，他们在文艺界的地位和实际作用并不相等，情形是非常复杂的。周扬晚年曾说："解放区来的和国统区来的同志，在生活上，习惯上，情感上都不一样。新中国成立后，就存在这个问题。具体的事实，我也说不出来，大概是不协调吧。我在北京就感受到，这也不是哪个人，哪个地区的问题，整个国统区和解放区来的文艺工作者之间就存在这个矛盾。"① "当时的延安有两派，一派以'鲁艺'为代表，包括何其芳，当然是以我为首。一派以'文抗'为代表，以丁玲为首，这两派本来在上海就有点闹宗派主义。大体上是这样：我们'鲁艺'这一派人主张歌颂光明，虽然不能和工农兵结合，和他们打成一片，但还是主张歌颂光明。而'文抗'这一派主张暴露黑暗。"② 这种微妙的关系和矛盾在第一次文代会上就已经初露端倪，由此也就埋下了在文艺内部发生矛盾和冲突的宗派隐患，时间久了自然就会爆发出来。

在第一次文代会前后，作家们还纷纷发表了各种感言，有祝贺式的表态，也有经验式的介绍，还有自我的反思和觉悟。郭沫若发表了《向军事战线看齐》，肯定延安"讲话"的经典性，是对文学的"指示"，是文学的"规矩准绳"。叶圣陶发表《祝文代会》，把文代会理解为"以文会友"，是"手执另一种武器的解放军"的大检阅；郑振铎也发表《文代大会的前瞻》，认为文代会是"又一次的文艺革命，是又一次的文艺的新生"。他从"五四"文学革命说起，简单地描述了现代革命文艺的进程，为文代会提供历史的合法性。他老实与真诚的学术态度让人肃然起敬，如果联想历史的变化也会产生某种人生的吊诡感。巴金明确宣布参加会议，不是发言，而是"来学习的"，并发自肺腑地说得到不少东西，如"把艺术与生活揉在一块儿，把文字和血汗调和在一块儿创造出来一些美丽、健康而且有力量的作品"，并感觉到有些人不但用笔，还"用行动，

---

① 周扬：《周扬谈彭柏山》，《新文学史料》1984 年第 3 期，第 25 页。
② 赵浩生：《周扬笑谈历史功过》，《新文学史料》1979 年第 2 期，第 25 页。

用血，用生命完成他们的作品"。同时还感受到了"友爱的温暖"①。我相信巴金没有故作姿态，而是绝对真诚的，因为这些话与他的人生追求是完全一致的。冯至也发表《写于文代会开会前》，他认为这次大会是"毛泽东文艺思想给号召起来的"，所以每一个参会者都在内心里发出"感谢的深情"，"向解放军、向中国人民的引导者毛泽东，表示敬意"。并积极肯定文艺机构的作用，最后有这样的表达："我个人，一个大会的参加者，这时感到一种深切的责任感：此后写出来的每一个字都要对整个的新社会负责，有如每一块砖瓦都要对整个的建筑负责。这时认明一种严肃性：在广大的人民面前呀洗刷掉一切知识分子狭窄的习性。这时听到一个响亮的呼声，'人民的需要！'如果需要的是水，我们就把自己当作极小的一滴，投入水里；如果需要的是火，就把自己当作一片木屑，投入火里。"② 我们不能随便怀疑冯至的真诚，也能理解他表态的用意。为了"需要"，他把自己比作一滴水和一片木屑完全投入水里和火中，这是二十世纪五六十年代流行的典型的表态语言，但作为现代主义诗人的冯至却能快速而熟练地使用这套话语，不能不说是一种大转变，在转变的背后也容易让人生疑。有意思的是胡风，他在文代会上被同时被选为"全国文联"和"全国作协"的委员，在会议前他发表了《团结起来，更前进——代祝词》，整篇文章都围绕团结发表看法，从"为了什么而团结"，"凭了什么而团结"，到追问"通过这个团结大会"而得到"信心""勇气""决心"。③是不是他已经预感到有不团结的可能，所以在这里他特别表达了对团结的强烈愿望。文章中没有提到延安"讲话"，也没有提及工农兵，在说到团结的理由时，用了这样的语句，"为了从物质灾难里面解放出来了的劳动人民，也更快地从精神蒙蔽下面解放出来，真正成为新的祖国的主人"。这完全是典型的胡风式的话语方式，也就有其十分特别的地方。曹禺也为大会提出了既要团结又要斗争的"意见"，他的独特之处是认为大家都各有所长，也各有所短，"大家可能都有些缺点，却绝对地都有些长处"，所以需要"互相学习，互相教育，一面是诲人不倦，一面是学而不厌。时时刻刻检查自己，勉励别人，来保证全体的进步，解决客观现实的文艺要求"。④ 这样的说法既非常公允又符合实际情况，却没有引起人们的重视。

在需要"交流经验"的氛围之下，来自解放区的赵树理在《也算经验》里谈起自己的创作"经验"。他这样开头："近几年来，过分推崇我的朋友们，要我谈谈写作的经验，可是我一次也没有谈。一个并非专门写作的人，写了几个小册子，即使有点经验，也不过是些生活和其他工作中的经验，作为'写作经验'来谈，我总觉得不好意思。现在又有几位朋要我谈，他们有人说；那些'经验'也可以谈谈。大家既然要

① 《中华全国文学艺术工作者代表大会纪念文集》，北京：新华书店，1950 年，第 540 页。
② 《中华全国文学艺术工作者代表大会纪念文集》，北京：新华书店，1950 年，第 392 页。
③ 《中华全国文学艺术工作者代表大会纪念文集》，北京：新华书店，1950 年，第 398 页。
④ 《中华全国文学艺术工作者代表大会纪念文集》，北京：新华书店，1950 年，第 401 页。

你谈，你要太固执，人家就要误会你是摆架子。好！谈就谈谈吧！"。① 这显然是一个老实人说的老实话，一个被推为"赵树理方向"的赵树理却不愿意谈创作经验，还有着"不好意思"的羞怯，这其中是否另有含意？为什么他不愿意谈自己的经验？是不是他没有经验呢？显然不是，那是不是他已经预感到自己的经验不符合时代的需要？这值得认真揣摩。虽然他自己说由于不是专门的写作者也就没有经验，显然是他自谦的说法，又说即使有经验也是有关生活和工作上的经验，这确实是他的一种文学观。在他看来，文学写作不需要外在于生活和工作的经验，经验是理性的知识，而写作就是生活本身，进而言之，文学写作也就不需要理论和政策的规范，只需要实实在在的生活体验。这样，他就与那些需要总结"经验"的"朋友"们有了不同的文学观，也就没有办法谈出他们需要的经验甚至是理论来。但出于盛情难却，他还是对小说写作的取材、选题和语言等方面谈出一些十分真实而可贵的创作感受和体会。

但是，在创作成就和文学影响上都比不上赵树理的陈学昭却有很多经验，尤其是"关于写作思想的转变"的经验，所谈的却是"讲话"以后自己思想的进步，"找到了新的写作的生命"。② 另外，草明谈到了工人给她的"启示"，杨朔谈到人民对他的"改造"，康濯也说到"在学习的路上"，孔厥也谈到了"下乡"的创作经验。不得不承认，在来自解放区的文艺作者群里面，赵树理无疑是取得文学成就最高的作家，照理说是最有经验的，但他没有多少经验，而其他作者的经验却是一套又一套的，这不免让人怀疑交流经验的会议目标是否真正能够实现。文代会成了一面镜子，它照出了不同作者的不同心理。它所建立的文学体制虽在外在形式上建立了一套统一控制的文学秩序，但对每个作家个体而言，就他们的思想和情感而论，仍是难以完全实现统一。即使有统一的表态，也不一定真正有一致的思想和心理。让作家们发表感受和体验，目的既是交流经验，也是为了统一思想。第一次文代会建立了统一的文学组织，又以各种报告和会议讨论的形式，以及组织作者发表感言来实现文学观念和思想的统一，多管齐下地完成文学秩序的整合，实现文学界的大团结与大和谐。但它的实际效果并不完全如其所愿，自此，来自秩序内部和外部的不同思想和观念力量对文学秩序本身造成了不少冲击，乃至于最高政治领导也对这样的文学秩序有了不少抱怨，以至流于"瘫痪"状态，并引发人们对它的不断反思和重建。

【作者简介】

王本朝，西南大学文学院教授、博士生导师。教育部"长江学者"特聘教授。

① 《中华全国文学艺术工作者代表大会纪念文集》，北京：新华书店，1950年，第411页。
② 《中华全国文学艺术工作者代表大会纪念文集》，北京：新华书店，1950年，第410页。

中国文学的中医叙事及其意义表征[*]

逄增玉

2015 年中国科学家屠呦呦获得诺贝尔生理与医学奖，是中国大陆科学家在诺贝尔科学奖方面的零的突破，意义自然重大。本文抽出近现代与当代中国大陆文学中有关中医题材的若干作品，就其塑造的中医形象与时代之关系及其涉猎的政治与意识等问题，放在各自语境中予以考察。

一、清末小说与匡时救世的"国医"隐喻

清末刘鹗的《老残游记》，是一部产生广泛影响的社会小说。刘鹗一生由书生而治河幕僚而杂学中西并两次东游日本，生平经历可谓丰富芜杂，但其基本思想受洋务派影响甚深且与之相近，主张开矿筑路，兴办实业，以此富国利民，曾被定为"汉奸"并几乎获"通洋"罪名。刘鹗倾向的洋务派和后起的维新派与革命派知识分子一样，都是在目睹中国的危机与失败后而主张向西方学习，并实际上部分地接受了西方的知识话语的知识分子，力图以船坚炮利、变法维新等"西学"救亡与强国，恢复中国以往的光荣与天下中心的地位，此之谓最早的中国梦。这样的思想诉求，使刘鹗在小说中塑造了主人公老残，其表面的身份是中医——彼时西医尚未传入中土，所以当作者需要人物具有医生身份时，只能把老残写成中医，且是一个民间走四方悬壶卖药、治病救人的游方郎中。但小说中的老残虽然是郎中大夫，其为病人诊疗治病的对象，既是具体的，更是寓言和象征性的。小说中写老残游走江湖天下时主要的治病行为，是来到山东为浑身溃烂，每年总要溃几个窟窿的大户黄瑞和治病。这个病人经过老残的诊治得以痊愈，但其实，这个人物更是一个社会病人和国家病症的象征，黄瑞和与"黄水河"谐音，即黄河，洪水泛滥导致的民生疾苦和社会动乱，是中国历代封建王朝都非常重视的大事，

---

* 本文原载于《广东社会科学》2016 年第 4 期。

是政治和国家治理的要务。老残到山东为黄瑞和治病看病，既是揭示他的郎中治病的使命和身份，更是一语双关地揭示老残的政治、社会和国家医生的"国医"身份和使命。

果然，在山东为黄瑞和治病期间，老残在梦中与朋友到蓬莱阁望海时，发现大海的洪波巨浪中有一只遇险的"挂着六扇旧帆，又有两只新桅，挂着一只簇新的帆，一扇半新不旧的帆"的八支桅帆船。这只船的东边三丈长短的地方已遭破坏灌进海水（喻东三省被日俄侵占），与此相连仍在东边的一块亦被海水渐渐浸入（喻山东）。在这遇险的船中，八个管帆的船员各人管各人的帆，彼此不相关照，水手在乱窜的男男女女队里搜干粮剥衣服，有人跳海逃命，有人借机演说骗钱，使别人"流血"。看到这一切的老残等人好心驾小船给迷失方向的遇险帆船送去指路校航的罗盘和纪限仪，却被当为"洋鬼子差遣来的汉奸"而触犯众怒被砸得翻船落水，几乎丧命。这幕场景是整个小说中最具象征意蕴的中心场景、中心意象和"元主题话语"，是一个含容着多重所指的"能指矩阵"。在这幕场景中，遇险帆船恰是中国的象征，它领土已被蚕食侵吞，掌舵当权人物又有新有旧各不相顾，下等水手（即中下级官僚）又趁机浑水摸鱼敲诈勒索，船上的所谓救船（救国）人物只是借机图私的空头演说家和假英雄，群众（船客）只会惊恐观望、毫无主见且糊涂盲目。这个遇难危险的"中国"（破船），这个险流险境中的中国的"病象"和"病因"，是被会治"黄水河"病症的民间游侠医生老残"看"到看出的。

问题在于，为何老残能看出危机遇难的中国及中国的病症呢？固然，小说中的老残不完全是西化人物，他相信大禹所传治河之术，怀抱古代侠肝义胆，遵奉古代士人"修身齐家治国平天下"的传统，一切行动都带有"中国风"和"古代风"，带有"游侠"意味，但为何古代游侠无人以如此的目光看中国并看出如此的中国，而偏偏是生于清末的老残能够如此呢？原因在于老残是所谓"现代"游侠，这"现代"恰恰是鸦片战争后西方侵入（进入）中国后所带来。老残欲自"外"携带西方洋仪器登船救船，这说明他和小说作者刘鹗本人一样，都是欲以西方技术救国的洋务派。而众所周知，洋务派是从局部、从"物质器物"层面接受和肯定西方现代性及其"话语"的官僚和知识分子，是一定程度上"洋化""西化"的人。正因为老残是接受了一定的西方现代性及其话语的"半西化"的民间知识分子和现代的游侠郎中，他才能以如此的立场目光，"看"出了古代游侠所看不出的如此"存在状态"的中国，"看"出了中国的病因病象，"看"出了西方传教士和其他西方人士所看出的中国所缺乏的"西方"的现代性本质：没有指引方向方位的"罗盘""纪限仪"等现代技术器物，缺少步伐一致行之有效的国家行政与权力管理体系和同心同德、廉洁为公的当权者、管理者（驾船者、官吏），人民群众（乘船者、国民）又临危自乱，愚昧无知。而看到了这一切的老残携带西洋仪器（技术）登船救护，却遭到联合抵制，陷入灭顶之灾，这寓示老残一类的洋务派技术救国行为的难以实施和必然性失败（与作者刘鹗的经历相同）。同时，在老残的目光中，中国是如此一幅"破船危船"景象，而在船中众人眼中，老残是"天主教"和

"洋人"派来的汉奸，是非我族类、其心必异的更具威胁性、危险性的存在，彼此视线的交叉互视中所呈现的视景差别竟是如此巨大，这也从正向和反向的对比中说明老残的几近"洋化"的身份角色。在他们接受的西方话语中，自然包括了西方的从基督教文明和"现代性"知识"观看"中国，并把看视的结果即有关中国的现状、病状和治疗的方法传达出来，他们在小说中即是直接的"在场"人物又隐含和担任叙述者的角色、完成叙述者的功能和完成小说的叙述目的。

简言之，清末的时代条件使《老残游记》中的老残，成为同为洋务派的作者刘鹗的理想化身，让他以民间中医游侠的身份行走中国南北大地，在实际诊看民间疾苦病魔之际，承担更大的诊看中国之病象、探究病因并欲施救之，成为政治化与社会化的"国医"，实现着中国传统的"上医治国"的理想化使命。骨子里是儒家的出仕为良相安邦治国、兼济天下，退则为良医悬壶治病、造化民生，民间谓之"不为良相即为良医"。清末西学虽传入中国渐成气候、但尚未完全成为主潮与主流、中医和国学国故等传统，尚未被摒弃和污名化与妖魔化，故此刘鹗笔下的老残尚能继续承担中医的"国医"使命。虽然老残的郎中中医技术只是皮毛而已，而晚清至民国时代，在来华的西方人士眼里，中国的中医特别是老残之类的民间郎中游医，是近乎"聪明的流氓"。"他们身穿一件长及脚踝依稀可见其原本色为白色的长袍，手举一面花哨地写满了因治愈疾病而获得各种美名的白色旗子"，"这些游医往往会选择一个人多显眼的地方，展示那些能在农民及乡巴佬身上创造奇迹的存药，围观的人们会带着好奇的眼神盯着这些千奇百怪的药品"。[①] 但是这只是西方人的观点，在诸如刘鹗这样强调"中学为体西学为用"的洋务运动支持者看来，不论坐堂的是正规中医还是游医，他们都是中学、国学和国术的组成部分，自有其不可替代的本体地位。因此，老残的游医身份不影响其"国医"的功能，自信能担起"治国"的重任。当然，不论是历史的实际状况还是小说中的老残，其实是难以完成"医国"救世的重任的，正像洋务运动虽然给中国带来了现代的官办工业，吹进来一缕现代化的文明新风，意义虽然重大，却难免失败一样，老残的知识、见识和能力，也使得他仅限于能诊看出国家与社会之病象，却无法也无力予以真实拯救——半吊子的游医和半吊子的改革家，也只能如此。

二、"五四"启蒙文学叙事与中医的"庸医"形象及其文化负累

"五四"思想启蒙和新文化运动，一度对中国传统文化大加挞伐与否定，虽然未必是全盘反传统和全盘西化，但在打倒孔家店、批判保守派和中西方文化优劣的争论中，对中国传统文化——包括物质、制度及精神文化，却有比较激烈的否定甚至全盘否定之

---

① 杨念群：《再造病人——中西医冲突下的空间政治（1832—1985）》，北京：中国人民大学出版社，2006 年，第 246、248－249、243－252 页。

论，最偏激者如钱玄同，一度主张连汉字、汉文都要取消，理由是压抑中国人个性与活力的伦理纲常等"腐朽"传统，是依凭文字承载传续的，所以要打倒尽除传统及封建主义思想文化，必须除掉文字。钱玄同留日时期，同学中被他动员参加新文化运动的鲁迅，也提出"我们目下的当务之急是：一要生存，二要温饱，三要发展。苟有阻碍这前途者，无论是古是今，是人是鬼，是《三坟》《五典》，百宋千元，天球河图，金人玉佛，祖传散丸，秘制膏丹，全都踏倒他"①。在鲁迅的这段被认为是对中国传统文化近于全面否定的话语中，"《三坟》《五典》"是失传的上古经典，代表中国文化的古老源头；"百宋千元"代表着宋版与元版的古代典籍，其主流是儒学，因为宋代是理学繁荣的时代，珍贵的宋版书定然多有儒学典籍，元版也如此；"天球河图"中的天球是一种产自陕西的玉石，河图则代表谶纬之学；"金人玉佛"代表着自汉代从印度传入中土的佛教；"秘制膏丹"则是指道教的炼丹之术泛指道家；而"祖传散丸"则显然指中医。鲁迅这些并列的话语不是随意为之，而是他精心挑选出来的且认为能代表中国传统文化精髓与特征的物事。一般人若以反传统的态度列举中国传统文化的表征性物事，可能不会把中医的祖传散丸当作代表，如胡适、陈独秀等人在"五四"时期倡导西学为主旨的新文化时，很少攻讦中医或把中医作为传统文化表征，而鲁迅这样做，则有其个人的与社会的原因。

在《父亲的病》和《呐喊·自序》及许寿裳写作的《亡友鲁迅印象记》等书中，鲁迅一再痛切地谈到自己父亲患肺气肿后被中医治疗的过程，不仅花费巨大以至周家从小康堕入困顿，自己到药房买药受尽歧视和屈辱，更着重写到了名中医看病的要价奇高和药方的怪异与诊疗过程的简单，那些原配蟋蟀、冬天的芦根和经霜三年的甘蔗等匪夷所思的药物，不仅医治无效，其荒诞性已经成为近现代中国人攻讦中医的典型例证，成为中医荒诞性、可笑性与无效性的近乎"共名"的物事。"我有四年多，曾经常常，——几乎是每天，出入于质铺和药店里，年纪可是忘却了，总之是药店的柜台正和我一样高，质铺的是比我高一倍，我从一倍高的柜台外送上衣服或者首饰去，在侮蔑里接了钱，再到一样高的柜台上给我久病的父亲去买药。回家之后，又须忙别的事了，因为开方的医生是最有名的，所以所用的药引也奇特：冬天的芦根，经霜三年的甘蔗，蟋蟀要原对的，结子的平地木——多不是容易办到的东西，然而我父亲的病终于日重一日的亡故了。"

在散文《父亲的病》中，鲁迅描述了家乡绍兴给父亲治病的两位中医的"故事"。第一位名医平时出诊一元四角，特拨十元，深夜加倍，出城又加倍。在清末时这样的诊治费已经是天价，非豪门巨富难以支付，这样奇高的诊治费和治疗过程与结果如何呢？鲁迅写道："城外的一户豪门的闺女生急病，已经阔绰的不耐烦的名医非一百元不去，病家只得答应。到了病家，他"却是草草地一看，说道'不要紧的'，开一张方，拿来

---

① 鲁迅：《忽然想到》，《鲁迅全集》（第3卷），北京：人民文学出版社，1981年，第45页。

一百元就走"。结果不但无效反而病情加重，病家只好再出高价第二天又把他请来，名医如此诊治。"引到房里，老妈子便将病人的手拉出帐外来。他一按，冷冰冰的，也没有脉，于是点点头道：'唔，这病我明白了。'从从容容走到桌前，取了药方纸，提笔写道：'凭票付英洋壹佰元正。'下面是署名，画押。'先生，这病看起来很不轻了，用药怕还得重一点罢。'主人在背后说。"

鲁迅父亲的病经这位名医诊治两年无效后，他推诿责任推荐了一位绍兴名医陈莲河（何廉臣的谐音和倒写），《呐喊·自序》里写的那些千奇百怪的药方就出自陈莲河。名中医看病的随意和敷衍、千篇一律把脉开药方的固定模式、"祖传秘方"的离奇性和无效性、由此带来的中医的"巫医"性即非科学性，是鲁迅上述文章的主要观点，由于父亲治病及其死亡和家庭由此的衰败，个人由父亲患病带来的屈辱感和家道中落（鲁迅一再地提到为父买药受到的歧视和侮蔑，可见对他心理刺激之深），萌生了鲁迅一生对中医的反感和毫不留情的批判否定，萌生了去学实业、学西医、学科学的志向。而在南京矿路学堂和留学日本期间，受晚清实业与科学救国时代精神的影响，因而立志学医。学成后，既可以平时为中国百姓治病，也可以战时当军医，为富国强兵服务。父亲的病与死与中医的关系，成为影响鲁迅人生事业选择和认识的重大事件。

因此，既受西学影响又受中医"害家"之苦的鲁迅，参加新文化与启蒙运动后，高举启蒙主义和科学主义大旗，质疑和抨击传统"国粹"的"阴暗性"与"负面性"之时，隶属于传统国粹范畴的中医自然成为抨击的对象之一，中医医生的庸医性、药方的荒诞性到治疗方式的随意性与主观性、治疗效果的无效性，都在鲁迅笔下作为被否定的负面形象而出现。不仅在杂文中以惯有的将批判对象形象化的手法对中医予以冷嘲热讽，还通过小说的叙事，继续对中医的伪医形象和草菅人命的治疗方式与效果进行批判，并与他的杂文构成了互文性与同构性。小说《明天》里，鲁迅描写了不幸哀苦的寡妇单四嫂子带着独子求治于名医何小仙的场面。何小仙伸开两个指头按脉，指甲足有四寸多长，单四嫂子暗地纳罕，心里计算：宝儿该有活命了……便局促地说："先生，——我家的宝儿什么病呀？""他中焦塞着。""不妨事吗？他……""先去吃两帖。""他喘不过气来，连鼻子都扇着呢。""这是火克金。"何小仙说了半句话，便闭上眼睛：单四嫂子也不好意思再问。

在这幕对话和治病的场景中，"名医"何小仙的奇怪的名字，四寸多长的指甲，冷漠的态度，不看具体对象和病情、可以在任何场合对所有人运用的模糊的语言，"程式化"和职业化因而令人云山雾罩、更令"粗笨"的单四嫂子不知所以的中医术语，其实对这位"名医"的身份和医术构成了拆解与"证伪"，而求诊后孩子的迅即死亡，也愈加有力地说明和印证了"名医"身份下"伪医"与"庸医"的实质。在另一篇小说《弟兄》里，鲁迅也描写了中医白问山虽然不像名医何小仙那样冷漠，但也同样是热情的庸医——把出疹子诊断成猩红热，与不懂医学的普通人一样。在小说《药》中，用人血馒头治疗肺痨的所谓中医偏方，却直接导致华小栓的死亡，反清革命者夏瑜的鲜血却成为他在政治上救治人民的荒诞药方，荒诞的治疗自然导致荒诞的效果。在这部主要解释革命者与人民之间颠倒的政治关系与治疗关系的悲剧中，中药和偏方成为刽子手敛财的手段，也成为害死愚昧民众及其后代的罪恶象征，成为陷华夏两家和整个中华民族于悲惨的不祥之物。小说叙事中出现的中医、偏方及其治疗，都是否定性的，中医不仅误人，难以治病救人，而且他们作为传统文化的构成部分，实质上在误国和害国——导致整个民族和国家的愚昧与落后，成为在弱肉强食、优胜劣汰的进化法则支配的世界上一再被动挨打的东亚病夫。这是鲁迅从对具体的中医治病场面和效果的"证伪"性描写，到杂文中对中医直接的批判，所追求的政治与文化的目的。简言之，否定中医是与批判传统文化的新文化运动宗旨一脉相承的，在这样的否定中，中医形象自然是负面的或近于妖魔化的。

值得提出的是，鲁迅在小说和杂文中塑造和提到的名中医何小仙或陈莲荷的原型何廉臣，虽然当年在诊治鲁迅父亲病症当中毫无效果并导致周家败落，但其名医的地位似乎没有受到撼动，1924 年还担任《绍兴医药月报》的副编辑，该刊物旨在通过中医宣传"国粹"，以对抗"五四"以后日甚一日的否定传统国粹的时代大潮。因此，坚守和捍卫"五四"新文化原则的鲁迅，对少年时自己曾经与之打交道且极其反感的何廉臣此时的行为，自然会从自己一贯的反对国粹批判传统的立场出发，对其从小说到杂文予以否定性、负面性描写，并会攻其一点不计其余，将中医彻底妖魔化。这样的偏激化批判有其"五四"启蒙诉求的时代合理性，但时代的大潮过去之后，沙滩上露出的并非都是金子，政治和启蒙的具有历史合理性的诉求中，也难免有非理性与非辩证的误读和"曲解"，比如鲁迅在杂文和小说中对中医"医者，意也"的随意性和巫医性，对原配蟋蟀、经霜三年的甘蔗和冬天的芦根等中医药的怪异性的批判性描写，是为了证明中医药的非科学与近于原始巫术的荒诞，这样的描写和批判自然达到了批判的效果。不过，当今获诺贝尔奖的屠呦呦在研制青蒿素的过程中，确实证明并非任何季节的青蒿素都具有药用价值，只有夏季新鲜的青蒿含有抗疟活性成分，同时，中国大江南北各地的青蒿蕴含的青蒿素比重是不一样的。虽然屠呦呦等人是用现代医学方法从青蒿中提取青蒿素，并非传统中医药物的经验性及非精确性所能比，但是借鉴传统中医学的经验和强调药用植物的季节性与地域性，也说明传统中医对药物的季节性的强调，有其来自经验和实践的相对合理性。而鲁迅对中医强调中药的地域性与季节性的反讽和否定，既有他亲身看到和经历的父亲治病事件引发的对中医药荒诞性、欺骗性的个人认识，也有鲁迅以启蒙主义立场出发的对中医非科学反科学的时代理性共鸣。包括鲁迅在内的"五四"新文化阵营，对中医近乎妖魔化的否定，其中的理性与非理性、科学与非科学性，都夹裹缠绕在一起。

作家刘恒写于 80 年代的中篇小说《白涡》，其中的主角周兆路是北京某中医研究院的中年研究员——一种特殊岗位和职业的医生，也是作品所要透视和"矮化"的中国知识分子的代表。这位特殊的医生在保持原有的"名医"身份的同时，在市场化、欲望化一起到来的时代，内心的色欲和权力欲就如潘多拉盒子里的魔鬼一样被释放出来。古希腊名医希波克拉底对医生提出的要求和誓言中有医生"不勾引异性"的戒律，因为医生如上帝，病人是被拯救治疗的羔羊，是无性别的存在。医生如果以淫心色欲对待病人，太邪恶和无耻，超出了医生的道德底线也会彻底败坏医生职业的神圣性。但功成名就的中医周兆路却将这一神圣的医生戒律和道德彻底背离与放弃，成了一个与自己的漂亮女下属偷偷摸摸行苟且之事的通奸者。在小说表层的叙事中，周的偷情是被动的，是被漂亮的"女妖"和蛇一样的女人引诱的结果。其实在心理层面，周渴望被引诱和堕落，"女妖"的作用不过是打开了他心中的潘多拉盒子而已。而这种医生和通奸者的双重身份和行为，正是对医生身份道德的亵渎、践踏，也由此构成了他具有多重人格面具的伪君子和极端自私自贱的小人形象。

当然，医生也是具有七情六欲的人，尤其是社会结构转型和商品市场社会到来的时代，社会存在本身的世俗性、消费性、欲望的大量生产和刺激的"物质性"，正在逐渐消解和抹去包括医生在内的身份和职业的神圣性，使医生也难免更多地成为一种含金量高的职业。马克思所说的资本主义"抹去了一切向来受人尊崇和令人敬畏的职业的灵光，它把医生、律师、教士、诗人和学者变成了它出钱招雇的雇佣劳动者"①，那自然与我们的社会不同，但市场经济和商业中心时代，不可避免地存在着某些超越社会制度的"共相"。因此，作为过去久受压抑乃至欲望泯灭的知识分子组成部分的医生，未尝不可合理地追求世俗快乐和欲望满足，不能对之作圣人化、天使化的求全责备——此前的《丹心谱》《人到中年》等医生医学题材类文学电影和《蒋筑英》等更多的知识分子题材作品，都有知识分子高大化、完美化及圣洁化的要求和描写，似乎知识分子除了为工作、为人民和为祖国谋利益外，不能有任何属于人的欲望的要求，如果有，就是非分的和不道德的。

但事物不能走向另一个极端，市场社会内含的契约性与规范性，却使这种知识分子也可以有世俗追求，存在着基本的道德底线，即不能损人利己和把自己的欲望实现建立在对他人欺诈作践的基础上。而《白涡》中的周兆路却远远越过了这样的底线：好父亲、好丈夫的身份掩饰的是他对家庭的欺骗；名医和"君子"的身份掩盖的是他对社会的作伪；对女性的始乱终弃是对他人的作践，特别是为了追求权欲而对"女妖"的弃之如履，暴露了其心理人格中隐含和内存的极端虚伪与自私，与传统士大夫牺牲子女玉帛以求功名利禄和全身自保的阴魂如出一辙。而这样的绝情和阴毒，暴露的是多重人格面具伪装下的中医的角色、职责和道德，已经被异化、恶化和扭曲到了无以复加的地步，医生的身份和形象已经成为藏污纳垢的"空壳"。著名中医周兆路玩弄女性之后又对其始乱终弃残酷无情的深因，是超过性欲的更大的权力欲望，这种欲望又对其产生了

---

① ［德］马克思：《共产党宣言》，《马克思恩格斯选集》（第1卷），北京：人民出版社，1995年，第271页。

更大诱惑。他为此进行了精心的策划和准备，如愿以偿地得到了院长的职务。在这一过程中，对包括其他几个积极图谋得到这一身份的人而言，医生的身份是得到官员身份与权利的筹码和阶梯。在医生与官员身份的利益天平上，他认为更有分量因而也更看重的是后者。这与 20 世纪 40 年代夏衍、陈白尘和曹禺笔下那些安于医生的身份、在时代大潮中既为民治病又为国分忧、承担崇高性使命的民族和国家医生形象，与 80 年代谌容笔下排除一切干扰、坚守医生身份和使命，并将其作为神圣性追求的天使和女神形象，形成了巨大的反差和对比。

自然，日趋严重的官本位社会现实，官职和权利带来的巨大的利益和欲望的满足感，是这些中医和医生追求身份"破型"转向官职和权利的重要原因。同时，也与这样的现实环境和氛围中医生身份的"落价"和贬值相关，与医生的职业意识和神圣性追求的自我贬低、自我轻视及自我放弃关联，更与整个时代各个行业部分伦理道德的崩塌密不可分。任何社会和时代都有各种欲望的引诱和刺激，但 20 世纪中国社会历史和环境的特殊性，医生的角色、职责、使命和社会形象的特殊性，使文学中罕有这种自我放弃身份职责的尊严和神圣，却"病变"为奸诈小人与官僚的医生形象。而由于在文化古老的中国，千百年来医生一直具有高尚良好的道德和社会形象，是类乎天使的职业，即便"五四"时代鲁迅等人的启蒙主义诉求使得他们笔下的中医形象被否定为负面价值和无价值的存在，但整体上百年中国文学中的中医都是承担既治病救人又救国匡危的"高大上"的人物，既是医学上的医生，也是国家政治与社会疾患的救治者和社会政治医生。但这一切却在 80 年代刘恒的小说中画上了句号和休止符，同样是中医研究院的屠呦呦在现实中不计名利、不顾危险地研制新药救治国人和世人，苏叔阳虚构的中医研究院的老中医方凌轩不怕打击研制新药"03"，旨在治病爱国，而刘恒虚构的中医研究院的名医周兆路，却堕落为玩弄女性的通奸者和为夺取权力不顾廉耻、无所不用其极的流氓化官员。

如此的中医形象的塑造和变形——对医生身份职责的背离和异化、"病变"与"恶变"的描写和叙事，既是对近现代文学中承担启蒙与救国强国大任、追求社会正义和良知、具有崇高神圣色彩的中医形象的彻底异化，其实也是借医言"政"和言世，中医形象仍然在这里是借以讽世的符号，符号里是作家对中国社会大变带来的人心不古、世风日下及道德崩溃，知识分子大面积学坏和恶变——与抗战时期曹禺写《蜕变》时医生的向上向善、从医学救人到为国担责的良性蜕变完全相反的世道社会，其借这些符号发出的超前的焦虑和忧思，是新的警世拍案惊奇。在 80 年代中国商品经济大潮尚未波澜壮阔，教师和医生等神圣性职业尚未被颠覆和低矮化，官员贪腐和玩弄女性的现象尚未大规模出现之际，刘恒就能以中医形象的蜕变表现中国社会将要出现的可怕的官德、民德、师德、医德和商德的败坏，并实际通过中医形象的恶变和癌变表达对社会的"索多玛"化的预感和警醒。如今看来,是十分准确和令人震惊的。^① 中医的形象恶变里包含如此之多的内涵,成为新的隐喻,这是中国文学的幸运,但也可能是社会的不幸。

百年中华,中医多灾多难,屡陷存废之争的漩涡,文学艺术中的中医形象,亦多有变化。在国医、庸医、天使与变坏的妖魔之间,中医无不承担着隐喻时代与政治的功能,成为内涵复杂的文学化的政治符号,被动卷入了国家与社会巨变时代是非善恶的价值漩涡中,作为能指的中医形象具有如此复合性、复杂性和多元性的所指意义,这从一个侧面映射出现当代中国文学与政治的复杂联系。一言难尽,值得思索。

【作者简介】
逢增玉,中国传媒大学文法学部教授、博士生导师。

---

① 让知识分子医生作家承担社会变化、无道德的市场经济时代社会道德崩塌的先坏起来的"坏人"角色,是大陆二十世纪八九十年代文学的共相,此后还有贾平凹的影响更大的将知识分子与西门庆角色混为一体的长篇小说《废都》,也是这种思路和模式。

澳门话剧百年演进的轨迹[*]

赖伯疆

澳门既是亚洲最早的东西方文化交融地之一，又是现实中欧、亚文化混合的外向型城市。作为西方舶来品的话剧，是澳门文化的一个组成部分。澳门的话剧活动与澳门当地和内地以至世界社会运动风云息息相关。在澳门话剧近百年的发展历程中，可以分为辛亥革命、抗日战争、抗战结束至 20 世纪 60 年代、70 年代至 90 年代等四个历史时期。从中可以发现澳门话剧活动的发展趋势是从依附外地而逐渐走向独立发展、从单一状态走向多元化的格局。

一、辛亥革命期间澳门话剧的萌芽

19 世纪初，我国的资产阶级维新派人士如郑观应、康有为和梁启超等人，以及以孙中山先生为首的中国同盟会、中华革命党人，都曾把清政府力所不逮的澳门作为进行革命活动的重要基地和进出国内外的通道。他们在澳门进行各种秘密的和公开的革命活动，并办起了《广时务报》（后改名《知新报》）和《镜海丛报》等报刊，宣传资产阶级民主革命思想。同时，革命党人还在外购买军火经澳门运回广州等地，支持国内的反清武装起义。

孙中山和革命党人，历来重视戏剧宣传革命思想、提高群众政治觉悟的独特功能和作用。曾在美洲和东南亚各国，或由革命党人组织新剧团宣传资产阶级民主革命思想和为革命活动筹款；或鼓励戏剧艺人以戏剧为工具宣传资产阶级民主革命思想，为反清革命大造舆论。1904 年前后，陆军学堂出身的程子仪与革命党人陈少白、李纪堂等人，曾在广州富商黎国廉等人的资助下，组织了一个新型的剧团，取名"天演公司"（后改名"采南歌班"），演出了《地府革命》《文天祥殉国》《侠男儿》《儿女英雄》等富有

---

[*] 本文原载于《广东社会科学》1999 年第 5 期。

革命思想的新剧目。该剧团虽属粤剧戏班，但演员多是富有新思想文化的革命志士，剧目和演出方式都深受话剧艺术的影响，该班曾到澳门演出。不久，香港各报社的进步记者黄鲁逸、黄轩胄、欧博明、卢骚魂、黄世仲、李孟哲及卢博郎等人又在澳门组织了一个新型的戏班"优天社"（后改名"优天影社"），演出粤剧《火烧大沙头》《黑狱红莲》《梦后钟》等。因为它们的思想内容是宣传反对封建主义和鼓吹资产阶级民主革命思想，艺术形式上接受了话剧的影响，与传统的粤剧有别，所以被称为"新剧"，起到了宣传移风易俗和抨击时弊的积极作用。[1]

1912年，香港教育界人士胡炳南、胡国英等人在广州成立了觉世钟全女班白话剧社，成员有徐杏林、宋竹卿、周惠明、叶仲仪、黄洁芳及梁志珍等30多人，编剧为报社记者胡飞准，该剧社曾到过澳门的清平戏院演出，所演的剧目有《侠女魂》《赌之害》《老千世界》等。1914年，同盟会会员陈少白、陈雁声、郑校云、黄世仲、黄汉生、谢盛之、胡津霖、郭式雄及陆魂霆等人，又在澳门组织了话剧团体民乐社，社长为陆魂霆，该社的宗旨与香港另一著名话剧社琳琅幻境一样，是借演戏讽世益时，宣传革命思想以及为革命活动筹款。该社演出的剧目有《自由女嫁堂官》《侠女》《宣统登位》《外江壮士》《暗室明灯》《李觉》《杀子报》《妻党》等。该社的一些剧目如《妻党》，后来还被粤剧戏班改编为粤剧《乖孙》演出。不久，该社从澳门迁回广州，曾到过汕头等地演出。在汕头演出时，因上演了揭露军阀龙济光所部暴行的剧目《外江壮士》而被当地驻军强行解散。[2]

辛亥革命后不久，驻扎在澳门附近的香山、钱山的军队中的部分青年军人，由于不满当时一些新贵人物争权夺利的行径，脱离军队后而在澳门南环四十号的革命机关旧址，组织起仁声剧社，继承以戏剧为革命宣传工具的优良传统，并曾到过广州的广舞台戏院演出过《金钱毒》《血泪》等反对封建压迫和鼓吹社会革命的话剧，当时《平民日报》的编辑王秋湄曾在报上发表评论文章，称赞他们所演的戏针砭时弊、鞭辟入里。1912年，潘达微（曾营葬广州起义七十二烈士于黄花岗）、王秋湄等人，又在澳门组织了仁风剧团，创作演出了话剧《声声泪》（作者署名"百罹影吾"），宣传婚姻自由，反对封建买卖婚姻制度。澳门的仁声、仁风剧社和广州、香港等地的话剧社一道，以自己的演出活动使当时的广东"戏剧之风为之一变"。

这个时期，在澳门成立的或到澳门演出的话剧团体所演的剧目多是针对性强、思想进步和形式新颖的，因而受到澳门广大观众的欢迎，特别是其中的《火烧大沙头》一剧，最先以戏剧形式揭露了清朝统治者残酷杀害女革命家秋瑾的罪行，引起社会的强烈

---

① 冯自由：《广东戏剧家与革命运动》，转引自广东省文化局戏曲工作室：《广东戏曲史料汇编》（第2辑），第6—7页。

② 黄德深：《广东话剧从辛亥革命至解放前的发展历程》，《广东话剧运动史料集》（第2集），中国剧协广东分会、广东话剧研究会编辑印刷，第4—5页。（内部发行）

反响，提高了广大人民群众推翻清朝黑暗统治的思想觉悟，紧密地配合了辛亥革命运动的开展。

二、抗日战争期间澳门话剧的日益活跃

20世纪30年代至40年代的10多年间，抗日战争的烽火蔓延，抗日救亡运动也如火如荼，澳门和内地一样，许多青年怀着激烈的爱国热情，走上抗日救国的道路，有的奔赴抗日前线，更多的是组织各种抗日的文化宣传团体，进行抗日救亡的宣传运动。因此这个时期澳门话剧运动的一个突出特点就是为抗日救国服务，出现了一批以抗日救亡为己任的话剧团体，如前锋剧社、晓钟剧社、绿光剧社、起来剧社、艺联剧团、南国剧社粤语组以及大众歌咏团等。其中的前锋剧社是30年代前期人才集中、规模较大、影响较广的剧团，在后期则是艺联剧团影响较大。

前锋剧社原是由濠江中学的鲍雁坡、杨岭梅等老师和周永珍、梁瑞云等十多个离校同学组成的焚苦读书社。1937年"七七"事变爆发前夕，该社陆续增加了许多新人，为了适应抗战形势和宣传工作的需要，遂扩展为前锋剧社。"七七"事变爆发后，全国开展了全面抗战，澳门的热血青年也踊跃地开展抗日救亡、反对日本帝国主义的宣传活动，如义卖、卖花、售旗、演出话剧、举行歌曲演唱会、下乡宣传和演出等。戏剧团体及其代表人物黄君烈、余巴和梁曼飞等人，积极地参加了由当地的《朝阳日报》《大众报》联合发动组织的"澳门四界"（学术界、音乐界、戏剧界和体育界）救灾会的文艺演出，前锋剧社联合晓钟剧社等团体在清平戏院举行游艺演出大会，前锋剧社演出了以抗日和反封建为内容的话剧《烙痕》《重逢》《布袋队》《兰芝与仲卿》等。前锋剧社还到过中山县（现中山市），与澳门乡村服务团联合演出了《重逢》《最后一计》《放下您的鞭子》《血洒卢沟桥》等话剧和活报剧。1938年10月，前锋、绿光和新生等话剧团还组织了近200人的演出队伍，联合下乡举行抗日宣传演出。前锋剧社的成员郑志碧和郑志康兄妹先后在抗日救亡演出中因过度疲劳而生病以至献出了自己年轻的生命。后来，前锋剧社有30多人回到内地，参加了各个抗日救亡服务团，直接投入了抗日战争前线。①

随着抗日战争的深入发展，澳门的抗战救亡戏剧活动也日趋活跃。1939年8月，著名戏剧家唐槐秋率领的"中国旅行剧团"也从上海经广州至香港，组织了"中国旅行剧团国语组"，不久又到澳门与张雪峰、关存英、梁寒淡等戏剧名家和话剧骨干人物结合组成"中国旅行剧团广东话组"，并在澳门的域多利戏院演出了两场历史剧《武则天》。同年，从广州迁至鹤山县城的培正中学转迁至澳门，该校师生向来有演话剧的传

---

① 文文：《前锋剧社及其他——30年代澳门抗日话剧史话》，《广东话剧运动史料集》（第2集），中国剧协广东分会、广东话剧研究会编辑印刷，第219—221页。

统，早在 1928 年已组织过"四·二六剧社""葵社""末名剧社""半角剧社"等剧团，上演过不少进步的话剧。30 年代初、中期，又组织过"暴风剧社"，先后演出过《三江好》《南归》《湖上的悲剧》《香稻米》以及苏联话剧《白茶》《蠢货》等。该校剧团在澳门期间仍保持了演出话剧的传统，组织了"莎易亚剧社"，学生们演出过《迷眼的沙子》和《吕克兰斯鲍夏》等名剧；老师们也演出过《未完成的杰作》等。同时，他们还经常组织学生戏剧比赛，鼓励话剧的创作和演出，提高学生和老师对话剧的兴趣，也配合开展抗日宣传。此外，该校还开设了每周两小时的"话剧训练"的课余活动项目，以增强学生对话剧的兴趣，培养话剧的基本常识和技巧。

进入 20 世纪 40 年代以后，澳门话剧活动的活跃势头不减，培正中学与培养中学合办的"培联剧团"先后演出过《雷雨》《野玫瑰》《重庆二十四小时》《心病者》《沉闷》，以及根据法国名著《悲惨世界》改编的《银烛台》等。其他学校如临时中学、教忠中学、崇实中学和广大附中等校都曾演出过《烙痕》《横山镇》《陆南夫》《凡尔赛的俘虏》等剧。华侨中学的学生，还出于对 1941 年皖南事变的义愤，在平安戏院演出了《明末遗恨》《葛嫩娘》等历史题材剧目，借古喻今，以表对国民党反动派迫害新四军的罪行的愤怒，在社会上产生了强烈的反响。[①] 原在广州剧坛的活跃分子卢敦、李晨回等人，在广州沦陷后，也转移到澳门成立了时代剧团，演出了《鬼夜哭》《大刀王五》等剧目。

职业戏剧团体"艺联"剧团成立后，其演出颇活跃，成绩也很突出。该团是由戏剧艺术的多面手张雪峰发起的。他以擅长舞台美术著称，又懂编、导和演。他的家人也多数从事话剧演出。该团是在华侨中学演出《明末遗恨》的布景服装道具等工作人员以及部分演员的基础上组成的。张雪峰任团长，兼任导演、演员及舞台装置等工作。该团主要成员有中学教师、大中学生、报社记者，还有张雪峰的家人。其骨干成员是张雪峰、邓竹筠、李亨、鲍洛夫及梁福和等人。其中李亨、鲍洛夫等都是在香港、澳门剧坛上较有演出经验和号召力的资深演员。该团以戏院为演出基地，每天演出两场，演出剧目主要有《明末遗恨》《郑成功》《茶花女》《春风秋雨》《塞上风云》《日出》《雷雨》《精忠报国》等。由于剧目思想进步，演员演出态度严谨，再加上张雪峰的舞台装置匠心独运、新颖美观，演出的效果良好，场场爆满，备受赞赏。1942 年该团开赴湛江演出了一年，由于张雪峰家人全部退团，艺联剧团濒于解体。后来几经调解，历尽曲折，该团辗转至柳州、韶关和桂林等地，并在桂林参加了有西南八省戏剧队伍参加的"西南剧展"，演出了《茶花女》和《水乡吟》等剧，受到热烈欢迎，大会组织的由田汉等戏剧名家组成的十人评议团，还写了剧评给予其鼓励。

留在澳门的话剧工作者也于 1943 年组成了"澳门中艺话剧团"（简称《中艺》），

① 李岳：《忆记太平洋战争期间澳门的戏剧活动》，《广东话剧运动史料集》（第 3 集），中国剧协广东分会、广东话剧研究会编辑印刷，第 211－212 页。

主要成员有鲍洛夫、李岳、金钟及梁曼飞等十多人,其在平安戏院演出了《日出》,连演7日,场场满座,颇获好评。之后,又继续演出了《都会小姐》《雷雨》《钦差大臣》等剧。但因澳门地小戏院少,同时又有几个澳门的和省港的粤剧团都集中在澳门演出,演出场地缺乏;又因排新戏需要一笔可观的经费支持,老板罗嗣高觉得无利可图便宣布退出剧团,于是中艺被迫于当年冬天解散。中艺剧团在澳门成立虽不到半年时间,但它的演出活动在澳门的话剧运动中所产生的影响却是不小的。①

在此时,澳门又成立了澳门中流话剧团,剧团的负责人兼导演是刘芳,剧团老板钱万里是一家商行的老板,团址就设在他的商行里。成员有刘芳、鲍洛夫、李岳以及离开澳门辗转到过内地演出的艺联剧团的部分成员。该团在平安戏院演出过《金玉满堂》《孔雀胆》《愁城记》等剧目,演出的社会效果也颇为轰动。1945年5月,该剧团也同样因演出场地有困难而无法演出,停止了活动。后来,虽有剧人黄凝霖、李大非和苏丹等人抵达澳门筹划演出,但也未能成功。第二次世界大战结束后,许多艺人或返香港或返广州而离开澳门,澳门剧坛也逐渐归于沉寂。②

从上述可见,在第二次世界大战期间,澳门的话剧运动是颇为活跃的,无论是学校的话剧活动还是职业剧团的演出都比较频密,并且起到配合抗日战争的作用。但同时,也暴露出澳门戏剧运动自身存在的缺陷,澳门话剧运动中的中坚团体和成员多是从外地临时流入的,很少能长期在舞台生根,本地培养出来和长期扎根的剧人很少。由于剧团成员的流动性大、剧团发展不稳定、剧场较少等,澳门的话剧运动不能持久、独立地发展下去。上演的剧目也多是内地、香港或外国的,很少是澳门本地剧人创作的,反映澳门本地生活题材的剧本也很少。

三、抗战胜利后至60年代澳门话剧的复兴

抗日战争胜利后,由于外地剧团及人员的撤离,当地剧人很少,澳门起初仍未有自己的独立的专业剧团。当时只有一个海燕舞台技术服务社,是一个为戏剧演出服务的社团。他们以"回到后台"为口号,专门为学校剧社和其他剧社演出时的后台工作服务,主要成员有赵健、黄新、钱拾粟及王强等人。1946年以后,该社才正式成立以演出为主的海燕剧艺社,但演出也是断断续续。经过两年的酝酿,该团在1948年才公演了《雷雨》、1949年又四度演出了《林冲夜奔》、1951年又演出了改编剧目《夜店》、1959年演出了《梁祝》、1956年演出了《搜书院》、1969年重演了《夜店》、1961年演出了

① 李岳:《忆记太平洋战争期间澳门的戏剧活动》,《广东话剧运动史料集》(第3集),中国剧协广东分会、广东话剧研究会编辑印刷,第211页。

② 李岳:《忆记太平洋战争期间澳门的戏剧活动》,《广东话剧运动史料集》(第3集),中国剧协广东分会、广东话剧研究会编辑印刷,第212页。

《屈原》中的一幕，这之后就停演了，可见该团在澳门演出之困难。海燕剧艺社在困境中演出虽不多，但在沉寂的澳门剧坛中是弥足珍贵的声音。当时的澳门剧坛还有一个工人文娱组织，创办人是陆昌、陈振华、李辉及郑虬等人。该组织是以演出粤剧和曲艺为主，也演出话剧，曾演出过反映失业工人穷苦生活的话剧《出路》[1]。

澳门的学校话剧活动向来比较活跃，在这个时期，许多学校的师生都演出过不少话剧，如 1949 年濠江中学演出过《七十二家房客》《十五贯》《河伯娶妻》《梁祝》等剧。1949 年组成的岭南中学侨联剧社、50 年代末成立的中华教育会康乐部剧组都开展过话剧活动。1956 年至 1957 年，"教师话剧"比较活跃，由梁寒淡、邱子维等几位教师演出的、改编自莫里哀名剧《迷眼的沙子》也轰动一时。澳门的天主教教会学校的剧团，如粤华中学剧团，由罗灿坤、甘恒等教师开设了戏剧训练班，招收了 60 多个学员，传授有关导演、表演、化妆、布景、编剧等方面的知识和技能。该团还演出了翻译的外国话剧《风雨归舟》《巴黎之幼童》、由《圣经》改编的《亡羊》、创作的话剧《路》《荆棘丛中的菩提》等剧目。该团还参加了从 1957 年起的"港澳公教学校校际戏剧联赛"，曾获两届冠军。除了用广州方言演出话剧外，1957 年还出现了英语歌剧《毋忘我》的演出，连演七八场，拥有不少观众，成为当时澳门剧坛别开生面的一道新景观。[2]

这个时期，由于抗战刚结束，澳门在"二战"期间虽未直接卷入战争旋涡，但也间接受到影响，本地的剧人不多，外地剧人在澳门聚散无常，澳门剧人自身创作的剧本更是凤毛麟角。据查只有笔名为"晶晶"的作者创作的一幕两场喜剧《归来燕》曾在 1945 年 9 月的澳门周刊杂志《迅雷》上发表。1949 年 10 月中华人民共和国成立以后，由于社会制度和意识形态的区别，澳门话剧活动多是业余演出，不甚活跃，只是处于逐步恢复的状态。

四、70 年代以后澳门话剧的逐渐独立发展

澳门的话剧受内地影响较多，创作和演出的本土性不是很强。由前述的工人文娱组发展成的工人剧团、中华教育会康乐部剧组、镜湖医院的职工剧团等，都开展了话剧演出活动，它们上演的剧目主要有《南海长城》《刘胡兰》《阿翠》《红梅花开》《第三颗手榴弹》《出航之前》《槟榔薯的秘密》《年轻的一代》以及由当时的"革命样板戏"改编的《红灯记》《沙家浜》《智取威虎山》等。从中可以看出此时期澳门话剧舞台与内地戏剧的密切性和依附性，这种情况在香港话剧舞台是极为罕见的。即使是澳门剧人自创的剧目，但在创作思想和创作方法甚至政治思想观点上也深受内地的影响，多是以

---

① 郑炜明：《澳门的戏剧活动和作品》，《戏剧艺术》，戏剧艺术社，1997 年，第 123 页。
② 郑炜明：《澳门的戏剧活动和作品》，《戏剧艺术》，戏剧艺术社，1997 年，第 124 页。

现实主义的创作方法反映当时澳门各阶层人民的社会生活和现实社会问题，如冬不拉的《咖啡与蛇》、而华的《"利是"的喜剧》、横眉的《拜山记》、楚竹的《车厢内》就是此类作品。澳门戏剧工会编写的活报剧《幸福的时刻》还描写了澳门戏院工人在准备放映中共九大会议的纪录片时的情景，表现了工人阶级热爱和歌颂毛主席和共产党的阶级感情。① 这与内地的一些戏剧几乎毫无二致。

70 年代以后，由于澳门内外环境的变化，澳门的话剧也逐渐发生了变化。从 1975 年起，新的剧团不断出现，有些老的剧团也恢复了活动，出现了晓角话剧研进社、艺苗戏剧社、教区话剧社、澳门剧社等新剧团。有较长历史和社会影响的海燕剧社也于 1978 年恢复了演出活动，演出了根据台湾剧本改编的《夜天堂》，反映了劳动人民的苦难生活遭际。中华教育会康乐部剧组也于同年恢复，后上演过《枫叶红了的时候》《克宫魔影》等政治性较强的话剧。此时期也上演了一些反映澳门本土生活的短剧，虽不是很成熟，但也是可喜的现象。

进入 70 年代末 80 年代初后，由于"亚洲四小龙"的经济腾飞、中国实行改革开放等，澳门的社会和剧坛也受到冲击发生新变、产生新气象。澳门的剧团组织变得比较稳定、演出活动也比较正常。除了原有的剧团外，80 年代后期又成立了澳门东亚大学（现已改名为澳门大学）剧社，但是演出活动还不够活跃。为了促进话剧的繁荣发展，澳门的四个影响较大的剧团曾在永乐戏院举行过话剧会演，参演剧目有《求婚二重奏》《法庭内的小故事》《杯中情》《死巷》等，这些剧目的创作和演出虽不是很成熟，但也显示了澳门话剧的本土性有所增强了。

80 年代中期以来，澳门的话剧创作和演出在艺术形式上有新的追求和探索。晓角话剧研进社曾演出象形剧《汤姆之死》、意念剧《戏剧路上》《受薪者》，以及追求电影感艺术效果的《虚名镇》《玻璃》《死巷》《裁决》等。东亚大学剧社也演出过一些前卫的剧目。这些演出标志着澳门话剧剧坛已由原来的专注于现实主义创作方法转向多种创作方法的追求和探索，也就是由单一的剧场艺术向多元化的剧场艺术的方向发展。

90 年代开始，澳门话剧的发展更为全面而活跃。由于澳门话剧界长期以来锲而不舍的辛勤耕耘、内地和香港剧坛新动向的影响以及澳门回归祖国为期不远，澳葡当局政策的调整改变，澳门话剧剧坛出现罕有的繁荣兴旺景象：

澳门的话剧团体有明显的增加：由 20 世纪 80 年代的 4 个比较稳定的话剧团猛增到 18 个剧团。除了华人剧团外，还成立了土生葡萄牙人的话剧团，成员来自多个国家，年龄参差不齐，显示了澳门话剧活动广泛的群众性。剧团增加派生出另一现象：就是本土剧作家人数的增多和本土题材剧目的增加。澳门话剧目前影响较大的作者有周树利、赵天亮、李宇梁、许国权、谭淑霞、虞耀华、李盘志、高焕剑、莫兆忠和余慧敏等。他们大多数人是青壮年，创作力和社会活动力都比较强。如比较年长的周树利，除了创作

① 郑炜明：《澳门的戏剧活动和作品》，《戏剧艺术》，戏剧艺术社，1997 年，第 124 页。

了剧作集《简陋剧场剧集》外，还自资办起了"澳门艺穗会招待所"，接待过香港和内地的戏剧工作者。莫兆忠是一个话剧界新秀，也是澳门"新校园戏剧"的突出代表人物。他年轻且多才多艺，能编、能导、能演，编有《阿毛我儿》《子君的手记》等，还编有《剧场月报》杂志以及建立起戏剧图书室①为剧作者和戏迷服务。

在演出形式上也是流派纷呈：有日常的舞台演出、校际戏剧比赛、新秀剧场、话剧会演、短剧会演、独角戏比赛和澳门艺术节等。80年代末至今，演出剧目据统计，共有141个，其中搬演名著有36个、改编剧目25个、创作剧目80个，平均每月上演剧目14个②，这个数目对澳门而言是为数不小的了。

目前，澳门即将回到祖国大家庭，澳门人民喜迎回归的情绪高涨，话剧活动也日益频繁，如举办了"中国澳门艺穗一九九九"，其以欧洲小剧场演出为主题，除当地剧团参加外，还邀请了内地和台、港地区的剧团参演。还有由艺穗会和澳门剧社主办的"短剧会演九九"演出活动，该活动于1999年3月21日举行，有20多个剧目报名参演③，由此可见澳门话剧创作和演出之活跃。

纵观澳门近百年话剧活动的历程，它的独立性逐渐取代了依附性，探索精神取代了守成思想，单一性演化为多元化，本土性由微弱变为浓烈。澳门回归之后，在中国话剧的大格局中，澳门的话剧在具有中国戏剧民族风格和气派的同时，还会以浓郁的地方和文化特色而独具风采！

【作者简介】

赖伯疆，广东省社会科学院文学所研究员。

---

① 穆欣欣：《九十年代澳门戏剧状况》，《戏剧艺术》，戏剧艺术社，1998年，第33页。
② 穆欣欣：《九十年代澳门戏剧状况》，《戏剧艺术》，戏剧艺术社，1998年，第38页。
③ 《澳门日报》，1999年2月28日。

海峡两岸暨香港、澳门新诗文体比较研究的缘由、意义及方法[*]

王　珂

体裁在文学流变中占有重要位置，体裁的稳定性保证了文学传统的客观存在，也为文学的现代化提供了基础。巴赫金认为："文学体裁就其本质来说，反映着较为稳定的、'经久不衰'的文学发展倾向。一种体裁总是保留着已在消亡的陈旧的因素。自然，这种陈旧的东西之所以能保存下来，就是靠不断地更新它，或者叫现代化。……在文学发展过程中，体裁是创造性记忆的代表。正因为如此，体裁才能保证文学发展的统一性和连续性。"① 中华儿女遍布世界，形成了丰富多彩的"华文文学"。"华文文学"与"华语语系文学"之争既证明巴赫金所言的"体裁才能保证文学发展的统一性和连续性"，也说明了不同政治文化生态下存在的体裁会有差异性。

"新诗"是"华文文学"的重要组成部分，主要分布在中国大陆、台湾、香港、澳门以及东南亚、北美等地区，其中海峡两岸暨香港、澳门，特别是大陆和台湾是最重要的地区。这种体裁的基本特征是用现代汉语写作，表现的是现代情感，具有现代精神和现代意识。可以用一个更科学的术语来取代"新诗"，那就是"现代汉诗"。正是现代汉语、现代情感及现代精神保证了华文文学中的这种抒情文体的相对统一性和连续性。但是新诗是富有政治性的先锋文体，也是一种社会运作体系，受到权力、知识和伦理的控制。

新诗革命是政治文化革命的急先锋，新诗在近30年的最大成就是促进了思想解放，推进了民主进程。台湾诗坛20世纪50年代和60年代的"现代派"运动和"民族化"运动以及大陆诗坛50年代的"新民歌"运动都有强烈的政治性。台湾的"海洋诗歌"、

---

　*　本文原载于《广东社会科学》2014年第1期。
　①　［俄］巴赫金著，白春仁、顾亚铃等译：《诗学与访谈》，石家庄：河北教育出版社，1998年，第140页。

香港的"都市诗歌"也带有强烈的政治倾向。对海峡两岸暨香港和澳门,特别是大陆和台湾的新诗文体进行比较研究,就如同巴赫金强调的"对话"、哈贝马斯重视的"交往",不仅具有重要的诗歌意义,还具有特殊的文化意义和政治意义。

一、诗歌生态导致新诗文体差异

一方水土养一方人,一种地域育一种文学。很早就有人意识到地域对文学的影响。史达尔认为:"我觉得有两种完全不同的文学存在着,一种来自南方,一种源出北方;前者以荷马为鼻祖,后者以莪相为渊源。……北方人喜爱的形象和南方人追忆的形象间存在着差别。气候当然是产生这些差别的主要原因之一。"① 地域对文学的影响也是有限的,特别是在现当代,现代交通工具大大缩短了地区之间的时空距离,现代通信技术结束了"家书抵万金"的思念时代,经济全球化狂潮加强了区域之间的文化联系。尽管没有出现"大同"世界,但是地区之间的纽带却越系越紧,文化交流越来越多,政治对话越来越频繁。政治上的互信不仅缩短了交往的心理距离,也改变了空间距离,如过去海峡两岸的"咫尺之隔,竟成海天之遥"的悲惨现象已成历史。由于地域文化、政治经济等,特别是政治原因,中国形成了诗歌生态颇异的大陆、台湾、香港和澳门四大新诗生产场。生态决定功能,功能决定文体,文体决定价值。尽管都用现代汉语写诗,新诗在四地的文体功能、文体形态甚至文体价值都有差异。

20世纪,华文世界政治运动风起云涌,新诗写作既具有个人性,更具有社会性和时代性。新诗生产是社会性极强的生产场,是特殊的社会运作系统,受到意识形态及社会权力的巨大影响,还受到通用知识和普遍伦理的控制。由于历史原因,海峡两岸暨香港、澳门形成了既同又异的知识、权力和伦理,它们对新诗文体的形成和流变也构成了较大威胁。即使是在同一地区,也如刘勰所说:"时运交移,质文代变。"② 更如金克木的结论:"功能决定文体,文体反映功能。"③ 海峡两岸暨香港、澳门,特别是大陆和台湾的新诗文体颇有差异。韦因斯坦说:"要想把在一定的历史—地理环境中牢固地扎了根的某种体裁移植于另一种历史—地理环境中是不可能的。另一方面,对这类不成功的移植实验的研究可以表明东西方的巨大差异,并解释造成这种差异的原因。"④ 如将叙事风格的散文诗移植到诗的国度——中国,自然转变成了偏重抒情风格的散文诗。仅以

---

① [法]史达尔:《论文学》,伍蠡甫:《西方文论选》(下卷),上海:上海译文出版社,1979年,第124 – 125页。

② 刘勰:《文心雕龙·时序》,周振甫:《文心雕龙今译》,北京:中华书局,1986年,第396页。

③ 金克木:《八股新论》,启功、张中行、金克木:《说八股》,北京:中华书局,1994年,第101页。

④ [美]韦斯坦因著,刘象愚译:《比较文学与文学理论》,沈阳:辽宁人民出版社,1987年,第104页。

散文诗为例，大陆有人主张它是诗，也有人主张它是散文，在台湾却少有这样的文体归宿争论，甚至用"分段诗"来指称这种文体。

不可否认新诗文体在海峡两岸暨香港、澳门之间有"横的移植"现象，如从内地"移植"到香港，不仅本土的香港诗人受到内地新诗的直接影响，从内地去的"移民诗人"也是在内地接受的新诗教育，如傅天虹，后来傅天虹又到了澳门。有的香港诗人早就是内地的著名诗人，如林子中年才移居香港。在 20 世纪 80 年代，流沙河等大陆诗人把台湾诗人诗作介绍到大陆，影响了很多大陆诗人，特别是青年诗人的创作。2013 年 9 月 28 日，在南京先锋书店主办的"漂泊的诗人"海峡两岸诗人座谈会上，大陆青年诗人朵渔告诉台湾老诗人洛夫，他在北京师范大学求学时读到的台湾现代诗给了他巨大影响，这也是一种"移植"现象。

"横的移植"并不能消除差异。用现代汉语写的这种诗歌文体在大陆的主要称谓是"新诗"，在台湾既称为"新诗"又称为"现代诗"或"现代新诗"。以几部重要的台湾新诗著作和诗选的书名为例，萧萧的《台湾新诗美学》、杨宗翰的《台湾现代诗史》、白灵的《新诗 30 家》、张默的《现代女诗人选集》。又如一些台湾学者把"散文诗"称为"分段诗"。罗青认为："散文诗，其名甚谬，驳之者众，然众说纷纭，至今尚未有一切实可用的新名称。因其形式有别于'分行诗'，故我建议不妨称之为'分段诗'。"① 大陆则统一称为"散文诗"。

新诗在台湾被称为现代诗，与新诗在新文化运动时期问世时受到西方现代诗歌运动影响有关，更与台湾一些诗人"横向移植"西方现代诗有关。白话诗运动出现了诗体"西洋化"甚至"全盘西化"。如梁实秋在 1930 年 12 月 12 日给徐志摩的信中说："我一向以为新文学运动的最大的成因，便是外国文学的影响；新诗，实际上就是中文写的外国诗。"② 台湾 20 世纪 50 年代出现了现代派诗歌运动，纪弦 1953 年创办了《现代诗》季刊，1956 年 1 月在台北召开了现代诗人第一届年会，正式宣布成立"现代派"，提出了"现代诗六大信条"。在同一时期，大陆更强调"纵的继承"。如冯雪峰在 1951 年 2 月 19 日在《我对于新诗的意见》一文中主张："我觉得将来新诗形式的建立，可以假定有如下的三类：一类是'自由诗'，即'散文诗'，无论分行或不分行，但语言必须比现在的更精炼、也更经济。第二类是从民歌蜕化出来的，就是说虽然与原来的民歌相比已经有变化，但是保持了有规律可循的格律。从这种蜕化来创造格律，当然是新的创造，并且是很要紧和有成效的创造。李季的《王贵与李香香》就已经给这种创造带来了好的消息，这个作品应该是这一类创造的一个起点。第三类是根据人民口语，创

---

① 罗青：《从徐志摩到余光中——白话诗研究》（第 1 册），台北：尔雅出版社，1978 年，第 248 页。

② 梁实秋：《新诗的格调及其他》，杨匡汉、刘福春：《中国现代诗论》（上编），广州：花城出版社，1985 年，第 141 页。

造完全新的各种格律。但这三类，都只有精通了人民语言，并且下了极大苦工才能够一步一步地实现。"① 由此可见，如果比较大陆和台湾在相同时段，特别是在两岸政治对立及军事对峙时期的现代汉语诗歌写作，不难发现有完全不同的诗歌生态和风格迥异的诗歌文体。

"血浓于水"，各地的新诗诗人都是中华儿女，祖先都生活在"诗的国度"，不少人受到中华文化、古代汉语诗歌传统和中国现代诗歌文体的影响，当代的新诗文体在海峡两岸暨香港、澳门也有"纵的继承"关系。如台湾很多诗人，特别是余光中、郑愁予、文晓村及张默等老一辈诗人都是因为战乱从大陆去往台湾的。以文晓村为代表的葡萄园诗人针对当时台湾现代诗的狂潮提出了"健康，明朗，中国"的方针，在以后的40多年中坚持走"民族化"的道路。

海峡两岸暨香港和澳门在诗歌教育和诗歌接受上也有差异。以"朦胧诗"为例，谢冕在发表于1980年5月7日的《光明日报》上的《在新的崛起面前》说："的确，有的诗写得很朦胧，有的诗有过多的哀愁（不仅是淡淡的），有的诗有不无偏颇的激愤，有的诗则让人不懂。"② 叶维廉却说："所谓'朦胧'，所谓'难懂'，对大陆以外一般的读者而言根本不存在。这些诗被批判的主要原因是：他们用了多重意义、多重指涉的意象和隐喻……在大陆，长久以来，作者、读者一再走向一种观察现实的方式，走向一种表达现实的方式。"③

朱迪士·威廉姆斯认为："任何价值系统都形成一种意识形态，很明显一种意识形态只能存在于通过转移而被重新构建的境况之中。"④ 在当代，海峡两岸暨香港、澳门的最大差异在意识形态，即政治文化上的不同。不同的意识形态造成了不同的新诗生态和新诗功能，导致了新诗文体的差异。即使在同一地区，意识形态也在发生剧烈变化。如近30年是中国改革开放、文化大转型时期，新诗生态复杂多变，导致新诗功能和文体巨变。如20世纪80年代流行集体化写作；90年代流行个人化写作；21世纪初流行私人化写作；近年又流行低层写作。大陆20世纪80年代有政治抒情诗和政治讽刺诗，90年代该类诗却销声匿迹。

甚至突发事件也会改变诗人的诗歌观念及诗歌的生态，导致新诗功能与文体变化。如大陆的"震灾诗写作"既有自发的写作，也有自觉的写作；诗人既有自然人的情感，更有社会人的情感。震灾诗强化了新诗的实用性、抒情性和严肃性，新诗诗人的介入意识及使命意识和新诗的写作伦理及入世价值受到高度重视，持续了十多年的个人化写作

---

① 冯雪峰：《我对于新诗的意见》，杨匡汉、刘福春：《中国现代诗论》（下编），广州：花城出版社，1986年，第8页。

② 谢冕：《在新的崛起面前》，杨匡汉、刘福春：《中国现代诗论》（下编），广州：花城出版社，1986年，第254—255页。

③ ［美］叶维廉：《中国诗学》，北京：生活·读书·新知三联书店，1992年，第273—274页。

④ Judith Williams, *Decoding Advertisements*, London：Marion Boyars Publishers, 1978, p. 43.

被削弱。针对校舍是豆腐渣工程导致学生受难的现象,多年未见的"愤怒出诗人"现象再现,一些诗人写起了针砭时弊的政治抒情诗。如在新华社供职的福州诗人谢宜兴以新闻记者的敏锐和诗人的敏感,在 2008 年 6 月 19 日凌晨写了《不该是你们——写给汶川大地震废墟下不再醒来的孩子们》。这首诗不仅有"悲伤",更有"悲愤"和"鞭挞"。但是"震灾诗"运动过后,政治抒情诗和政治讽刺诗又退出了大陆诗坛,个人化写作再次流行。

尽管台湾的"现代诗六大信条"也涉及政治,如第六条强调追求自由与民主,还卷入了"政党、体制之争",甚至现代汉语诗歌这种文体的称谓,也受到政治影响。如古远清所说:"对这些连自己都看不懂的怪诗和伪诗,纪弦十分恼火,乃至宣布'现代诗是邪恶的象征',要取消现代诗。正因为这个原因,'新诗'的名称在 1970 年代以后又再度流行起来。但'现代诗'的名称已经写进 1960 年代以来的诗史,成了取代过去流行的'新诗'术语,并以此作为和大陆诗区隔的一个标杆,谁要'取消'它也难。"①新诗术语命名的话语权特征显而易见。

余光中说:"和一切艺术家一样,每个诗人都有其所属的社会背景,甚至更代表了不同的意识或价值。"由于时局动荡,台湾在 20 世纪八九十年代出现"政治诗"。在世纪之交,诗人,特别是中年诗人更关注社会生活,甚至直面政治。简政珍是台湾著名的新诗学者,他追求诗的艺术性,但是从来不回避诗人的责任,他的一首诗的题目甚至是《流水的历史是云的责任》。他在诗中宣称:"我们要为失足的政客准备拐杖/我们更需要一口深井/去承载口水的回音。"他甚至还自信地说:"我们将以如下的言语作为生命的传承:/云的责任不是流水的历史。"台湾诗人,特别是中生代诗人对政治的强烈关注正是由台湾近年的政治生态决定的。简政珍的一首诗的题目正是"岛国风暴",这个题目可以用"台湾动荡政治"来取代。雪莱曾说诗人是栖息在黑暗中用美妙的声音来安慰自己寂寞的夜莺,荷尔德林写出了"人诗意地栖居"这样的诗句,古代汉诗有山水诗及田园诗,人类甚至出现过素朴的"牧歌"时代,即使在感伤的"浪漫时代"诗人仍然有"诗意"的生态。受到"岛国风暴"影响的简政珍,在诗中发出的不是深沉的"喟叹",而是愤怒的"质问":"看了政客们迷似的笑容/你怎么还能和花园里的小鸟对话?"诗歌生态及诗歌功能决定了诗歌文体,为了更好地采用诗来表现社会政治生活,如同当年黄遵宪用长诗体来记录中日战争等重大社会事件,具有强烈使命意识的简政珍放弃了短小的抒情诗,甚至还放弃了长诗,写起了"诗小说"。"简政珍于 2004 年 3 月 28 日完稿的'诗小说'——《放逐口水的年代》长诗(409 行)为台湾'现代长诗'确立了'文类越界'的体制。"②多位台湾诗人都认为小诗及抒情诗等抒情文体无法抒

---

① 古远清:《台湾当代新诗史》,台北:文津出版社,2008 年,第 92 页。

② 蒋美华:《新世纪台湾长诗美学的航向》,台北:《台湾诗学学刊》(第五号),2005 年,第 136 页。

写宏大沉重的题材，题材与体裁出现了前所未有的矛盾，"跨界"写作甚至"跨界"艺术获得很多诗人，尤其是鸿鸿等青年诗人的青睐。

在台湾中年诗人中，詹澈的人生具有传奇色彩。他 1978 年从军中退役后成了"为民代言"甚至"为民请命"的"农民诗人"。他坚决主张诗人应该有使命感："我不想只是成为一个'农民诗人'，而是作为一个'诗人'。"① "成为"诗人与"作为"诗人两种诗人的社会生活存在方式有质的差别，后者强调参与社会运动的主动性。他是介入社会生活最深入的台湾当代诗人之一，他不仅把诗当作行动的"号角与喇叭"，还是杰出的社会运动领袖。2002 年 11 月 23 日，他领导 12 万农、渔民大游行，是"与农共生"运动的总指挥。"一件艺术品，经常是情感的自发表现，即艺术家内心状况的征兆。如果它再现的是人，那么它或许就是某种面部表现的复制，示意着这些人应有的情感。也可以说它表现着情感赖以发生的社会生活，即表明了人们的习俗、衣着及行为，反映了社会的混乱与秩序，暴力与和平。此外，它无疑可以表现作者的无意识愿望和梦魇。"② 詹澈的诗抒发的通常是社会情感。"詹澈被誉为'目前最有潜力为中下层农民画像的新写实主义诗人'。（蒋韵语）其深受乡土文学派的思想启蒙，反对权威、反对专制，诗作具有浓厚的人道主义和理想主义的倾向。"③

古代汉诗极端重视格律诗的主要原因是受到统治者的倡导甚至高压。科举制度实行了 1 300 多年，试帖诗和八股文成为考试的两大文体。当代新诗的文体建设，特别是以自由诗和现代格律诗为代表的诗体建设也一直受到政治的影响。大陆 20 世纪 50 年代流行的新格律诗和新民歌分别由文化官员何其芳和国家领袖毛泽东倡导。1958 年 3 月 22 日毛泽东在成都会议讲话中指出中国诗的出路是民歌和古典，要求新诗的形式是民歌。后来由各地党委组织开展了一场全民性的"新民歌"运动，王老九等一些农村诗人纷纷登上了由政府主办的"赛诗台"。尽管这些农村诗人参加赛诗会的很多诗作都不是出自他们之手，而是由文人诗人当"枪手"，如王珂的伯父王北军就为四川合江的农民诗人王月村写过大量诗作，但是文人诗歌的特性，如精神的主体性和文体的自由性荡然无存，写出的完全是响应政府号召的"指令性"诗歌，如同科举考试要求写的"试帖诗"，内容与形式都被严格规范。所以只在"识字班"里被"扫盲"过的王月村能够顺利参加大队、公社、区、县、省甚至全国性的"农民赛诗会"。

台湾没有大陆诗坛那种声势浩大的"自由诗"与"格律诗"的争论，闻一多和徐志摩在 1926 年倡导的追求"节的匀称和句的均齐"的准定型诗体"新格律诗"远没有不定型诗体自由诗受欢迎。如纪弦 1961 年说："是的，直到今日，这还是一个自由诗的

---

① 詹澈：《堡垒与梦土》，《詹澈诗选》，福州：台海出版社，2005 年，第 380 页。

② ［美］苏珊·朗格著，刘大基、傅志强、周发祥译：《情感与形式》，北京：中国社会科学出版社，1986 年，第 35 页。

③ 张羽：《土地请站起来说话——台湾诗人詹澈论》，詹澈：《詹澈诗选》，福州：台海出版社，2005 年，第 370 页。

时代。自由诗的路还没有走完。而在自由诗的世界里，还有许许多多高山大川没有被人发现，还有好大一片处女地有待开垦。对于有写自由诗的才能的人们，这还是一个大有作为，大可以一显身手的时候。"① 台湾新诗也没有走诗体自由化或格律化的极端，少有胡适、郭沫若和艾青倡导的那种"诗体大解放"和追求诗的"散文美"的自由诗。

"'世代'是文学社会学的重要概念。一批年龄相近的写作人在某一个时间阶段呈现的文学景观，包括创作行为及活动方式等在多样的面貌中存在着某些一致性，或可称之为'世代性'。从文学史的角度来看，它常是检验文学发展的重要指标。每一个历史时期都有它的'新世代'。"② 台湾诗人的诗体意识随着时代而减弱，形成了"诗体解放"及"诗体自由化"态势。不同世代的诗人关注的诗体元素也有差异。前行代诗人承接的更多是 20 世纪上半叶的新诗传统，具有较强的诗体意识，普遍重视诗的音乐性，不少诗人都写过新格律诗。《1914—2005 中国新格律诗选粹》是优秀的新格律诗选本，选了多位台湾诗人的诗作，如最老的诗人钟鼎文的《长城》和纪弦的《云和月》，较老的诗人彭邦桢的《月之故乡》、商禽的《凯亚美厦湖》和痖弦的《歌》，余光中的《民歌》《乡愁》《乡愁四韵》以及中生代诗人席慕蓉的《给你的歌》。但是这些诗的听觉形式和视觉形式并不严整，常常是闻一多的《死水》和徐志摩的《再别康桥》那样的"豆腐块"诗的"变体"，并不过分重视诗的音乐美和建筑美。

中生代诗人具有一定的文体自律及诗体自觉意识，不像前行代诗人那样重视定型诗体，如吴思敬、简政珍和傅天虹编选的《两岸四地中生代诗选》收入了 13 家台湾诗人，只有一人写过严格意义上的新格律诗。一些诗人仍重视诗的"固定行数"，如四行一节、五行一节、三行一节、二行一节。简政珍的《能说与不能说》采用的是四行分节，但是常常是将前人相对固定的分节方式混合使用，如苏绍连的《风沙》第一个诗章分别是三行、五行和二行分节，第二个诗章二行分节，第四个诗章四行分节。也有中生代诗人写新格律诗，但是并不严格遵守"格律"。以杜十三的《密码》为例："才输入一个密码／整个世界便开始氧化／所有的女人充满了爱／所有的男人充满了欲望／／才输入一个密码／整个世界便开始还原／所有的女人化成了水／所有的男人化成了烬。"这首诗在形体上可以归入新格律诗，却根本没有韵律。

21 "世代"诗人更推崇诗体的自由，只有少数诗人有"固定行数"意识。前期新世代诗人重文体创新及跨界写作，后期新世代诗人的文体及诗体观念较平和，丰富多彩的诗歌生态减弱了他们的文体自觉意识和诗体规范意识，他们"为我所用"地使用和调整已有诗体。

新世纪诗人，特别是后期诗人这种在诗体上表现普通甚至平庸的根本原因是他们"见多识广"或"见惯不惊"。生于 1984 年的谢三进描述了七年级诗人的生态："2004、

---

① 杨宗翰：《台湾现代诗史》，台北：巨流图书公司，2002 年，第 296 页。

② 李瑞腾：《〈新世代诗人诗作论述〉前言》，《台湾诗学季刊》2000 年 9 月，第 6 页。

2005 年之间产生变化的不只是 Blog 品牌的选用，还有网络文学论坛的影响力渐大。……在此自由发言的环境下，网络达成了年轻创作者、读者进行'造山运动'的最佳条件，各种成熟的、不熟悉的想法都有获得肯定的可能，多元美学共存此世间（且毫无畏惧），几乎可以说是成为 20 世纪八九十年代自由开放风气、后现代现象再延展的良好基础。"[1] 生于 1985 年的风球诗社社长廖亮羽更准确地揭示出她这一世代的诗歌生态："早期新世代诗人因在资讯环境快速发展的时代一心打破边界，模糊掉界线，拥有超越各种主义或无国界理论的创作意识，是那时的新世代诗人非常焦虑而积极实践的创作主轴，因而衍生了影像诗，动漫诗，身体诗，数位诗，图像诗等等要跨越界线的创作。……而在这个时代，读者都能轻易跨界变身为创作者，将原创作品依个人看法在网络上径行修改为自己理想中作品发布给网友见证，以及成长于边界、而与边界融为一体或本身都是随时在开创边界或取消边界的新世代，都已让七年级诗人不再面临有那么庞大的边界有待跨越，转而关注其他议题。"[2] 前代诗人的创新之体已经成为"理所当然的诗类型"，前辈重视的跨界突破的议题成为年青一代的"知识常识"。这种丰富多彩的诗歌生态就像一个大超市为年青一代诗人提供了可以任意选择的商品（诗体），也严重挫伤新一代诗人的文体独创意识，他们的文体自觉意识和诗体规范意识也会因为可以有多种选择而减弱。

二、新诗文体比较研究的基础和意义

文体学主要指体裁学（文类学）与风格学，主要研究文本的体裁特征、本质及其规律，尤其重视文体的生态及功能。文体学研究应该是文艺学、语言学、美学、社会学、心理学、政治学甚至伦理学等学科交融的跨学科研究，主要分为形式文体学、功能文体学、文学文体学及语言学文体学等。19 世纪后，新文体的产生周期由过去的每 50 年减为每 10 年，文体学自然受到重视，研究对象及研究方法也异彩纷呈，如巴利认为文体学的任务是探讨表达感情特征的语言手段和它们之间的关系。斯皮泽将文体学视为连接语言学与文学史的桥梁，要求通过文体研究考察作者心灵、集体意识及民族思想文化的流变历史。韦勒克与沃伦的《文学理论》认为文体学研究一切能够获得某种特别表达力的语言手段。受巴赫金对话理论及福柯话语理论影响，话语文体学及历史/文化文体学受到重视，文学生态及文学功能研究成为文体学研究的重要内容，一些文体学家想借此揭示和批判语言中的意识形态和权力关系，通过研究文体的复杂结构反思社会生

---

① 谢三进：《晨兴理初穗——敢为七年级诗人早点名》，谢三进、廖亮羽：《台湾七年级新诗金典》，台北：秀威资讯科技股份有限公司，2011 年，第 15 – 16 页。
② 廖亮羽：《快乐的读一本年轻诗人诗选集》，谢三进、廖亮羽：《台湾七年级新诗金典》，台北：秀威资讯科技股份有限公司，2011 年，第 27 – 29 页。

活，特别是社会政治生活和文化习俗的形态。

在"诗言志""诗教""文以载道"总纲下，中国文学研究过分重视文学功能及文学风格研究，但是也有较纯正的文体研究著作，如刘勰的《文心雕龙》和许学夷的《诗源辩体》。中国当代文体学研究起步较晚，主要是外语系的学者进行研究，而且研究内容与语言学的关系密切，如 1978 年王佐良的《英语文体学研究及其他》主张文体学将语言学和文学结合。20 世纪 90 年代文体学才受到中文系学者的重视，标志性事件是北京师范大学出版社出版了"文体学研究丛书"。代表作是童庆炳的《文体与文体的创造》，他的"文体"定义富有创新："我们大致上给文体这样一个界说：文体是指一定的话语秩序所形成的文本体式，它折射出作家、批评家独特的精神结构、体验方式、思维方式和其他社会历史、文化精神。上述文体的定义实际可分为两层来理解，从表层看，文体是作品的语言秩序、语言体式，从里层看，文体负载着社会的文化精神和作家、批评家的个体的人格内涵。"① 但是不难发现，这个"文体"定义仍然是在"内容决定形式，形式对内容具有反作用"的理论框架内完成的，依旧没有超越中国传统文论所强调的"文质彬彬"和中国传统文体理论所强调的"文体与风格"互为一体的观念。

"在一个社会中，某些复现的话语属性被制度化，个人作品按照规范即该制度被产生和感知。所谓体裁，无论是文学的还是非文学的，不过是话语属性的制度化而已。"② "文体生成错综复杂，新诗是多元发生的文体。……一种文体在某种程度上是一代文人、一段历史、一个社会的象征。"③ 以总体文学"大一统"的文体理论来面对分体文学，特别是解释新诗这种在特定时代产生的特殊文体常常是徒劳的。质文代变，新诗生态的巨变导致新诗文体，特别是诗体的巨变。如过去新诗是不可争议的抒情艺术，但是近年大陆新诗界，特别是创作界出现叙事风潮，甚至出现了"拒绝抒情""零度写作"等极端口号，"诗言志"中的"志"的"记录"功能受到前所未有的重视。在写作内容上，出现情绪取代情感的流行现象。在写作方法上，网络诗歌写作赋予诗人更多的文体自由，出现了新一轮的新诗诗体"自由化"思潮。因此，更有必要强调诗体的稳定性与通用性。

诗体有政治革命的潜能，是个体的诗人或群体的诗派，甚至是一个地区民众的生存方式和政治文化体制的显性表现。如写新格律诗的诗人在社会生活中大多比较自律，写自由诗的诗人大多独立奔放，甚至天马行空。文化记忆、社会习俗、政治环境及自然风貌等无不影响着诗人的生活与创作，特别是影响着诗歌群落的风格。如大陆长期存在"一分为二""非此即彼"的哲学思维，"一统天下"甚至"威权政治"加剧了"文体

---

① 童庆炳：《文体与文体的创造》，昆明：云南人民出版社，1994 年，第 1 页。

② ［法］托多罗夫著，蒋子华、张萍译：《巴赫金、对话理论及其他》，天津：百花文艺出版社，2001 年，第 27 页。

③ 王珂：《新诗诗体生成史论》，北京：九州出版社，2007 年，封底。

专横"及"文体霸权",所以长期存在格律诗派与自由诗派的极端对抗。学术性的"诗体之争"常常在最后沦落于政治性极强的话语权之争和帮派性极强的人际纠纷。中国台湾没有格律诗派与自由诗派论争的传统和对抗的生态,诗人没有过多的"诗体焦虑",读者也没有强烈的"诗体期待",诗人与读者的心态都较平和。其中一个原因是图像诗和散文诗较繁荣,特别是前者给诗人带来了更多的诗体实验自由,诗人的诗体自觉意识和诗体自由意识都不走极端,所以在大陆"此起彼伏"的自由诗派与格律诗派的大论争在中国台湾几乎没有出现。海峡两岸暨香港和澳门的诗人受到中国台湾和大陆的双重影响,从大陆去往中国港澳的诗人的文体观念接近大陆,当地的接近中国台湾。

海峡两岸暨香港、澳门新诗文体比较研究已有较好基础。新诗已有百年历史,在创作和研究上都取得了较大成绩,如 2006 年出版的《中国新诗书刊总目》收录了 1920 年 1 月至 2006 年 1 月汉语新诗集、评论集 17 800 余种。近年新诗创作与研究都较繁荣。"据数据统计,去年(2005)国内举办的比较大的诗歌节就有 98 个,其中北大的诗歌节整整举办了一个月,全国各地有一百多名诗人来参加。评奖的活动也不少,有各种名目的奖项。"① 《新诗著作叙录(2007)年》统计出 2007 年出版新诗集 277 种、诗论集 34 种。《2007 年新诗研究论文索引》收录了公开刊物论文 1 278 篇,《2007 年新诗研究论文摘要》涉及论文 71 篇,《2007 年新诗研究硕士、博士论文摘要》涉及硕士学位论文 73 篇、博士学位论文 10 篇。仅在大陆高校就有十多家新诗研究机构,如西南大学中国新诗研究所、首都师范大学中国诗歌研究中心、北京大学中国诗歌研究院、海南大学诗学研究所、中国人民大学现代诗学研究所、北京师范大学中国当代新诗研究中心、山东大学(威海)现代诗歌研究中心、东南大学华文诗歌研究所、广西师范学院华文诗歌研究所。仅在南京,就有三家新诗研究机构,分别设在东南大学、南京大学和南京理工大学。尤其是东南大学为了恢复 20 世纪的诗歌传统,将在已有十多年历史的华文诗歌研究所的基础上建立现代汉诗研究所,强调新诗的现代汉语性和现代精神性。陆志韦、李思纯、宗白华、闻一多、徐志摩及梁实秋等著名新诗诗人或新诗学者在东南大学任过教;美国诗人罗伯特·温德讲授过英语诗歌;陈梦家等在东南大学求过学。南开大学近年的研究实力快速增长,成为继西南大学、首都师范大学之后新诗教学研究人才培养的重要大学,最近也在筹建新诗研究机构。一些未成立研究机构的高校也有较好的新诗教学力量,如福建师范大学文学院有 5 位教师的博士或博士后研究方向是新诗研究。目前大陆从事新诗研究的教授有 30 余人,副教授和讲师超过百人。

近年大陆中国语言文学学科的中国现当代文学和文艺学博士点和硕士点培养了数百位新诗研究的硕士、博士,如西南大学的新诗研究所 25 年来培养了 200 多位硕士、博士,目前活跃在新诗界的青年诗评家大多数毕业于这个研究机构。首都师范大学中国诗歌研究中心既研究古代汉诗,也研究现代汉诗,成立十多年来也培养了数十位优秀新诗

---

① 洪子诚:《学习对诗说话》,北京:北京大学出版社,2010 年,第 147 页。

学者。南开大学近年也培养了多位优秀新诗博士。

近年在大陆，新诗文体研究及诗体研究受到重视，出版了 10 多部相关著作，如骆寒超和陈玉兰合著的《中国诗学——第一部形式论》、周仲器和周渡合著的《中国新格律诗论》、许霆的《趋向现代的步履——百年中国现代诗体流变综论》、王珂的《新诗诗体生成史论》和吕进主编的《中国现代诗体论》。周晓风的《新诗的历程 1919—1949》、王光明的《现代汉诗的百年演变》等新诗史著作和唐湜的《一叶谈诗》、陈仲义的《中国前沿诗歌聚焦》等新诗理论著论也涉及诗体。沈奇等新诗学者近年也认为诗体问题是新诗存在的重大问题，支持新诗诗体研究。谢冕 2012 年 4 月 20 日接受记者采访时也说："现在很多诗歌没有章法，其实诗歌是最讲规则的文体。"①

骆寒超和吕进是主张"诗体重建"的重要学者。早在 1997 年，骆寒超就在武夷山现代汉诗国际研讨会上提出："新诗体式的现代化问题也必须考虑，……我们认为新诗不管怎么说总是要走律化之路的，但外在的声韵必须和内在的情韵作适度的应和，不能搞模式。具体点说，应把律化之路建立在这样的一个原则上：在约束中显自由，在自由中显约束。只有作这样的双向交流，才能使运用现代汉语写作的新诗求得形式的规范化定型。"② 十多年后他不改初衷："在不违反已定形式规范原则的前提下，今后新诗坛要鼓励大家既采用回环节奏型形式写格律体新诗，也采用推进节奏型形式写自由体新诗。而尤其要提倡写这两大形式体系综合而成的兼容体新诗。"③ 2012 年吕进提出较完整的"诗体重建"策略："在正确处理新诗的个人性和公共性的关系上的诗歌精神重建；在规范和增多诗体上的诗体重建；在现代科技条件下的诗歌传播方式重建。"④ 他认为："诗体是诗的音与形的排列组合，是诗的听觉之美和视觉之美的排列组合。诗歌文体学就是研究这个排列组合的形式规律的科学。从诗体特征讲，音乐性是诗与散文的主要分界。从诗歌发生学看诗与音乐从来就有血缘关系。"⑤

吴思敬认为诗体的基本特征就是公用性，他认为："'自由'二字可说是对新诗品质的最准确的概括。这是因为诗人只有保持一颗向往自由之心，听从自由信念的召唤，才能在宽阔的心理时空中任意驰骋，才能不受权威、传统、习俗或社会偏见的束缚，才能结出具有高度独创性的艺术思维之花。而对废名'新诗应该是自由诗'的理解，恐怕也不宜把'自由诗'狭隘地理解为一个专用名词，而是看成新诗应该是'自由的诗'

① 王庆环：《请维护诗的尊严》，《文摘报》，2012 年 5 月 1 日。

② 骆寒超：《新诗的规范与我们的探求》，现代汉诗百年演变课题组：《现代汉诗：反思与求索》，北京：作家出版社，1998 年，第 259 - 260 页。

③ 骆寒超、陈玉兰：《中国诗学第一部形式论》，北京：中国社会科学出版社，2009 年，第 730 页。

④ 吕进：《新诗诗体的双极发展》，《西南大学学报》2012 年第 1 期，第 69 页。

⑤ 吕进：《诗歌的外形式与诗体》，吕进：《中国现代诗体论》，重庆：重庆出版社，2007 年，第 9 页。

为妥。……这里所谈的与其说是一种诗体,不如说是在张扬新诗的自由的精神。"①
2013 年 9 月 8 日,在山东大学威海分校举办的 21 世纪现代诗第七届研讨会上,主张
"自由体"的吴思敬与主张"共律体"的中国现代格律诗研究会会长黄淮坐在一起,并
不对立,而是相互欣赏。在 9 月 9 日的闭幕词中,吴思敬还高度肯定了黄淮等诗人在新
诗格律诗创作中的成绩。

早在 2001 年,周晓风就给"诗体"下定义:"所谓诗体,指的是诗歌的具体存在
方式,但它又不等于一般所说的诗歌体裁,而是还包含了更为丰富的内涵。具体说来,
这种诗体由以下三方面因素协调构成:一是诗人的主观审美倾向,它在很大程度上决定
了诗人的主观作风及其对于表现材料的选择;二是诗人所选取的题材、主题的审美品
质,如讴歌爱情与怀念乡土的题材或主题就具有不同的审美品质;三是诗人所运用的言
语结构,它既是一首诗作所要表现的思想情感内涵的载体,它本身所形成的文体风格又
是作品总体美学风格的重要构成因素。这种诗体既可以说是诗歌作品的言语结构模式,
但又不仅仅是所谓的'形式',而是还具有某种本体的意义。"② 在周晓风、吕进、骆寒
超和吴思敬等人的诗体定义基础上,2007 年王珂给诗体下了一个较完整的定义:"'诗
体'特指诗的'体裁''体式'的规范,即从'怎么写'上考察诗的形式特征,指的
是'诗人所运用的言语结构',即通常所说的诗的'形式'(form)。……诗体更多是指
约定俗成的诗的常规形体,如定型诗体和准定型诗体。即诗体是诗的形体范式,是诗的
体裁属性的具体的显性表现,是对诗的形式属性制度化后的结果,即规范化、模式化的
诗的语言秩序和语言体式具有制定作诗法则的意义。"③ 2008 年王珂将这个诗体定义简
化为:"诗体,即是对诗的形式属性及文体属性的制度化的具体呈现。"④

大陆以外的新诗学者也取得了较多成果。以台湾学者为例:孟樊《文学史如何可
能——台湾新文学史》、陈千武《台湾新诗论集》、萧萧《台湾新诗美学》、李翠英《雪
的声音——台湾新诗理论》、李癸云《与诗对话:台湾现代诗评论集》、解昆桦《诗史
本事:战后台湾现代诗人的诗史对话》、李瑞腾《台湾文学风貌》、简政珍《台湾现代
诗美学》、杨宗翰《台湾现代诗史》、陈明台《台湾文学研究论集》。这些著作研究对象
大多是台湾现代诗,没有对海峡两岸暨香港、澳门的诗进行比较研究。中国港澳及海外
学者和作品主要有叶维廉《中国诗学》、杜国清《论诗·诗评·诗论诗》、奚密《从边
缘出发:现代汉诗的另类传统》、傅天虹《大中华新诗辞典》等。

这些著作涉及文体研究的内容不多,如叶维廉研究过具象诗及图象诗;奚密认为解

---

① 吴思敬:《新诗:呼唤自由的精神——对废名"新诗应该是自由诗"的几点思考》,《文艺研
究》2010 年第 3 期,第 37 页。
② 周晓风:《新诗的历程——现代新诗文体流变(1919—1949)》,重庆:重庆出版社,2001 年,
第 5 - 7 页。
③ 王珂:《新诗诗体生成史论》,北京:九州出版社,2007 年,第 424 - 426 页。
④ 王珂:《诗体学散论——中外诗体生成流变研究》,上海:上海三联书店,2008 年,第 12 页。

读现代诗必须涵盖诗文本、文类史、文学史和文化史，每一种文类都有它自身发展的历史与内在变化的逻辑。新诗诗人有浓厚的文类意识，只有少数台湾学者专门研究过新诗文体，如丁旭辉的论文《早期新诗的跨行研究》和专著《台湾现代诗图象技巧研究》对新诗的形体，特别是图象诗有深入研究。林于弘的专著《台湾新诗分类学》探讨了台湾的政治诗、都市诗、生态诗、母语诗、女性诗、小诗、后现代诗和网络诗。论文《台湾新诗"固定行数"的格律倾向——以〈台湾诗选〉为例》采用统计学的方式展示了台湾新诗格律倾向情况。论文《典范的复写与置换——2001—2010〈年度诗选〉的选录观察》探讨选本对台湾新诗文体的具体影响。《河南社会科学》2012年第8期首次让两岸诗体研究者联手，以"海峡两岸新诗诗体研究专题"刊发了王珂的《新诗诗体学的历史、现实和未来——兼论新诗诗体学的构建策略》、林于弘的《台湾新诗的'固定行数'的格律倾向——以〈台湾诗选〉为例》和丁旭辉的《象形指事、图象技巧的理论接轨与图象诗体学的建立》。

两位台湾学者对台湾新诗诗体状况作了较充分的调查研究。林于弘认为："统计2003—2010年《台湾诗选》'固定行数'诗作及其所占比率后，我们可以发现，8个年度的总平均为17%，其中更有5个年度的比例都在19%以上，平均每5.88首诗作就有1首是采取完全固定行数的写法，比例不可谓之不高。可见《台湾诗选》中有关选录诗作'固定行数'的倾向的确是不争的事实，而这也可以在某种程度上反证部分诗人'固定行数'的创作想法。"① 丁旭辉认为："狭义的图象诗指的是整首诗或诗的主体是以图象技巧来表现的诗作，广义的图象诗称为'类图象诗'，指的是在一般的分行诗中局部诗行使用了图象技巧以制造图象效果。而'类图象诗'又分为'形体暗示'（静态图象）、'状态暗示'（动态图象或事象）、'一字横排的视觉暗示'（多字并排、一字成行）、'文字图象的形体暗示'（从文字形体发想，创发诗境与诗意）与'标点符号的形体暗示'（以标点之形体暗示图象）等五种次类别，每一种次类别也都有他们自己的定义。"② 林于弘和丁旭辉的研究说明中国台湾新诗也有必要进行文体及诗体研究。

新诗文体研究的当务之急是要为21世纪的现代汉语诗歌提出理想的文体构建策略，为新诗创作提供文体规范及诗体范式和创作技法。必须对大陆、台湾、香港、澳门的新诗文体进行全面、系统、深入的比较研究；既要重视"平行与交错"，更要重视"多元与契合"；梳理出海峡两岸暨香港、澳门新诗文体60年来的流变形态；探讨出各种诗体的文体特征和文体价值；揭示出新诗在不同地域及不同时期的生态和功能；透过文体生态呈现政治生态和文化境遇。任何文体规范及文体自由都不纯粹是文体自身及艺术内部

---

① 林于弘：《台湾新诗"固定行数"的格律倾向——以〈台湾诗选〉为例》，《河南社会科学》2008年第8期，第8页。

② 丁旭辉：《象形指事、图象技巧的理论接轨与图象诗体学的建立》，《河南社会科学》2008年第8期，第12页。

的事情，都会指涉人甚至政治，文体及诗体具有诗学意义和美学意义与伦理学和政治学意义。新诗生长于乱世，是政治性极强的文体。新诗文体的特殊性加深了新诗与政治的关系。如中国改革开放了 30 多年，诗歌界出现了意识形态泛化现象，政治性诗歌论争此起彼伏。海峡两岸暨香港、澳门新诗文体的共同性和差异性研究可以为四地的联系，特别是为政治、文化的交流提供经验。

文体研究中的重点是诗体研究，海峡两岸暨香港、澳门新诗文体的比较研究需要重视以下四点：第一，充分利用诗歌学、心理学、政治学、音韵学、美术学、美学及文体学等学科的理论和方法，重视诗体的基础理论研究。第二，重视四地诗体的历史研究，还要考察它们的诗体资源——外国诗体、中国古代汉诗诗体、民间诗歌诗体和 20 世纪上半叶新诗诗体。第三，重视各地诗体的创作实践的统计学研究。第四，重视诗体的生态研究。需要用思辨法、体悟法、归纳法及经验总结法等传统方法，更需要用现代科学研究方法，如用社会学的田园调查法，采访重要诗人、理论家、重要诗刊的编者和重要诗歌流派的领袖，用经济学的统计学方法统计分析海峡两岸暨香港、澳门的现代格律诗、小诗、散文诗及新诗的"固定行数"的具体数据。只有将个案研究与整体研究、全面研究与重点研究、共时性研究与历时性研究、历史考察与比较分析、定量研究与定性研究、诗潮研究与文本细读结合才能完成以新诗文类学、新诗语言学、新诗意象学、新诗生态学、新诗功能学、新诗文化学、新诗政治学、新诗传播学及新诗诗美学等为主要内容的新诗诗体学研究。

【作者简介】

王珂，东南大学人文学院教授、博士生导师。

生命美学与海外华文文学[*]

杨匡汉

在海外华文文学知识谱系中，就文学的美学形态而言，生命美学以对生命本体的尊重、对自我认知的挺进和对心灵质量的重建，成为移居海外的中国人在处理中西文化冲突时的又一独特经验、独特体悟，也成为将海外文学书写视作"自然人生"和"艺术人生"的又一独特维度。

生命美学之于海外华文文学，一方面是在更广阔的精神天地里致力于打破传统的唯理论和经验论的分野，以个体的生命感知为着眼点，以生命直觉和生命体验为出发点，对宇宙人生问题进行考察与评判；另一方面是更自由的"从心欲"，超出知性判断能力范围，注重海外华文文学同样是一种生命力、情感力的释放，那是生命的共感与浩叹。

一、生命哲学的吐纳

美学是从哲学中分化独立出来的，生命美学是生命哲学在美学领域的展现。如果说西方哲学古典的本体论时期更多追问的是"何谓宇宙"和"人为何物"，那么自笛卡尔提出"我思故我在"开始，无论康德还是黑格尔、狄尔泰，他们对人、对生命自身的思考成为哲学与美学的重要内容。

对于生命科学史的研究从古代延续至今。生命是一种高分子核酸蛋白体与其他物质组成的生物体——这是自然科学家们通常的解释。然而，放到哲学与美学范围来看，对"生命"的理解就大气得多了。例如，诺贝尔文学奖获得者、德国著名哲学家和美学家柏格森在他的名著《创造进化论》里讲到：生命是从物质里面逃逸出来的一种自由奔放的力量，是一种冲动以精神的方式突破物质的重围，所以应当把握生命和意识的"绵

＊ 本文原载于《广东社会科学》2012 年第 6 期。

延"，持续不断地直觉"绝对"的"这一个"，即"顺应着生命冲动"。① 因此，要认识"实在"不能仅仅依靠智能的理性分析，还要在心的解放之下凭借从生命本能发展而来的直觉，才能全面而直接地透视宇宙和生命的精神实质。

生命创造价值，那是一种境界，一种操守，一种真诚自觉的感受和付出。没有一个知识体系可以存在于价值的语境之外。对于我们许多人来说，活着，劳作着，创造着，其间的意义包含着价值感受、价值体验和价值评判。生命美学与以自然科学为代表的工具理性的区别，就在于后者使人在认识世界、改造世界方面释放着巨大的生力和活力。但再怎么高度发展的数学、化学、物理学及其他科技创新并不能通过某几个公式给我们推导出生命的意义，更不用谈产生人自身的异化的负面效应；前者则不同，它主要是从哲学与美学的角度对生命做出阐释，把以精神、意识、思想及渴望等为核心构成的文化精神联系起来进行反思，既把科学理性精神所获得的成果吸引过来，又把纯粹理性和精神美学拒之门外的东西包容进来。以近世而论，像狄尔泰所认为的"审美作用归根究底在于生命力的升华，人类道德文化的历史就是这一最高生命力的不断胜利，这种生命力与外在和内在的活动以及由它决定的精神存在的形式有关，能够持续地独立于外在事物而产生影响"②；像叔本华所发挥的"悲壮"是生命中挥之不去的主题；像尼采所告诉于人们的"人生如梦"且有滋有味地做下去；像弗洛伊德所揭示的"本我、自我及超我"三分法的生命现象以及对人的潜意识生存心理的精神分析，乃至像存在主义哲学家所说的"向死而生"等都体现了生命在创造价值、精神"向内转"的过程中的感受、体验和判断，也体现了价值论在生命美学诸形态中是一个重要支脉。

生命美学的独特路向显然与理性主义、逻各斯中心主义、自然科学相忤逆。在这里，我们若对汉语语系作历史的回溯，不难发现其实中华文明发展过程中积淀下来的阴阳五行系统、易卦系统以及"天地之大德曰生"（《周易》）的庄重命题就跟生命美学有密切关系。"生"，《说文》："进也，象草木生出土上。"《广雅》："生，出也。"《广韵·庚韵》："生，生长也。"《玉篇》："生，产也，进也，起也，出也。"从自然生命看，"生"既指植物，又指动物和人的生命；从存在状态看，"生"是活泼泼的长，而非死搭搭的僵。因之而有"从生""达生""顺生""畅生"等说法。"生生"哲学的经典表达可见庄子的《达生》，其开篇有云："达生之情者，不务生之所无以为；达命之情者，不务知之所无奈何。养形必先之以物，物有余而形不养者有之矣；有生必先无离形，形不离而生亡者有之矣。生之来不能却，其去不能止。"③ 生生不息的动态往复，

---

① 柏格森：《创造进化论》（1907），金惠敏、赵士林、霍桂桓：《西方美学史》（第4卷），北京：中国社会科学出版社，2008年，第81页。

② 张德兴主编：《20世纪西方美学经典文本（第一卷）：世纪的新声》，上海：复旦大学出版社，2000年。

③ 《庄子·达生》。

意味着生之又生、创造又创造的生命本真，也是艺术的真实本体。

这一生命美学，在海外华文文学中同样绵延。使哲学进入生命，生命融入艺术，这就会大大提升性灵，提高作品中灵肉和谐而非相分的浓度。在澳大利亚华文作家陈积的《狼烟》中，诗人细辨着"痴人说梦的面孔""火药的气息""海盗的欲望""纳粹的幽灵"，在"蛮荒的岁月东张西望"，而尽管陷入生命的孤独与迷茫，却也胸怀"正统的残梦"："生命的潮汐并不听从狂呼号叫/风花雪月更迭如故/时光之河总能洗净一切尘埃/乔治河畔总能听到华彩的乐章"，惋世之恩中维系着灵肉的淡定与旷达①；在旅居瑞典的万之的小说《归路迢迢》里，由于象征着归途中的汽车的辙印总是在"通或不通"的两可之间，人物处于分裂和绝望的状态，却也总可以找到生命的自我救赎，那就是："活着就要把所有的不义和谎言埋进坟墓，死去就要把所有的情爱和真心献给世界"，即便是"孤单的声音也在找寻道路"②；在旅英的女作家稽伟的《大西洋白夜的情歌》③中，那"身处全然失望的空间"、那"没有真诚的不设防的友情与交往"、那"想用生命作代价在别人的家园赢一回"的赌注、那"在无梦的夜里寻找旧梦"的无奈、那"从木然的笑脸去想象眼泪"的忍让，在夹缝中生活的"边缘人"面对现实世界，充满了焦虑感、压抑感、异化感，但不必担心，因为在叙事主体的心底，仍然相信"每个灵魂在涉过忘川之后会忘尽前世的所有，开始轮回一次新的生命"，仍然相信"在经历过人生的风风雨雨后，很少有人再一次选择冒险和不可知的陌生"，仍然相信即便在逆境中也要让生命活下去，"笑着，就会把那一阵呜咽笑到血里笑到骨头里去"。这样，生命——心灵——艺境组成了作品三位一体的有机整体。写作者也期盼每个海外华人成为卢梭说的"会思想的芦苇"。

正是由于上述的三位一体，从一定意义上可以说优秀的海外华文文学作品作为生命能量的纯美储存，显示的是一种"贵族精神"，或者说好的作家是一种"精神贵族"，这种"贵族精神"意指不是回避物质但并非只盯着物质，而是文学更需要的那种高贵的气质，宽厚的爱心，悲悯的情怀，深邃的冥想，人格的尊严，人性的良知——自然，还有担当的勇气。艺术有时是惆怅与迷惘里的生存突围，尤其在有生命痛感的人那里，支撑精神的文本是弥漫着不祥气息的人世间种种盲点与误区的填补。生命诚可贵，精神价更高，不媚、不娇、不乞、不怜，始终恪守"美德和名誉高于一切"的生活准则。唯其如此，真正的艺术才可以超越具体的、物质的时空环境，为读者打开一扇通往心灵的情感窗户，对生命的敬意与爱意也深含其间。

① 陈积：《狼烟》，《酿造季节——酒井园五周年诗选》，北京：华龄出版社，2006 年。
② 万之：《归路迢迢》，《无语归路》，北京：作家出版社，1994 年。
③ 稽伟：《大西洋白夜的情歌》，虹影编：《华人女作家海外散文选》，珠海：珠海出版社，1996 年。

二、物我共生的境界

文明史反复证明人非自然的主宰。相反，人和其他生命体一样，都是大自然的属物。人在自然中可以得到慰藉与栖居。对待自然的态度，不仅让人性经受着考验，同样也可区分出真善美和假丑恶的东西，也检验人与自然的关系能达到何种程度的和谐。地球也不过是苍穹间一个颗粒，人类的每一分子则是极小极小的生命。所以，在宇宙面前，面对风雨搏施、自在怡然的大存在，"敬畏"是我们唯一的选择，必须敬畏自然，敬畏生命。文学对"天——地——人"间的一切需有大悲悯、大仁爱的情怀。文学家的"尽性"也必须尊重"万物并育而不相害，道并行而不相悖"。也因此，"道法自然"是生命美学的基础。回归由山水作证的尊严、回归生命价值的本真、回归人类智慧的童年成为生命美学的重要取向。

在海外华文文学领域，越来越多的作家敏锐地发现，所谓美好的生活方式不是高楼林立、车水马龙、寓所豪奢却又人群陌路的浮华，而是那种基于生存良知的、物我共生的境界，那种像朱熹说的"与天地万物上下同流，各得其所之妙"的从容。"自然是精神的象征"，这句话许多人并不陌生。"道法自然"的文学不止于环保作品，其内涵十分丰富，许多问题更和生命的自觉意识有关。

在《自嘲书》中，旅美散文家刘再复对人文生态的关注侧重于对生命自身的反思，他认为之所以有那么多发财的幻想、占有的欲望、投机的兴致、冒险的亢奋、世俗的虚荣以至于斯文扫地，是因为人们在眼前利益与长远利益的博弈中败下阵来。往日的温文尔雅灰飞烟灭，作家进而强调灵魂的重整："能把良心看得大于面子，能看透宫廷墙内的峨冠博带和宫廷墙外的蝇头小利，让母亲赐予的天性、痛快地燃烧一场，还烧掉自以为美丽的空壳与架子，应当也算是心灵的胜利。"[1] 在《纽西兰地震奇迹》中，新西兰华文作家林爽颠覆了中国民间传说中地震是千年地下神牛翻身引起山崩地裂的"地动"的说法，认定地震是社会经济的发展以牺牲自然环境付出了代价："地球母亲惩罚不肖儿女是肯定的事实。人类为扩张经济，急功近利地开采煤矿，任意砍伐树木而造成地质巨变。肆意破坏环境是人祸恶行，也是促使天灾不断的主因。"[2] 在《辞职信的冰山一角》中，马来西亚诗人邢诒旺以为之所以生命夏天里下了一场雪，是没有结合历史和时代。对现代性的发展路径乃至文明的进程，没有做出更深刻的反思和深入的剖析："我们都在改变，这是规律，不变的/就像我们透支的文明收到天灾的账单/就像我们预支的

---

① 刘再复：《独语天涯——1001 夜不连贯的思索》，上海：上海文艺出版社，2001 年，第 93 页。
② 林爽：《纽西兰地震奇迹》，《香港文学》2010 年 12 月号。

幸福本是延迟的祸害/我们爱，但我们不能否定/爱和爱以外的改变。"① 这些考量都使我们发现人性中竟有那么多复杂的因素，那么多需要触及的灵魂，从而达到深层次的生命觉醒。

旅美的喻丽清所写的《蝴蝶树》②，像小说，像散文，更像礼赞自然生命的诗篇。那是触及自己灵魂深处的一次震颤：一般的蝴蝶，由生到死都不大离开出生之地，但是，有一种名叫"玛蝴蝶"的同类，世世代代，岁岁年年，都要从阿拉斯加到蒙特瑞奋飞一次。三千英里的迢遥路上，这种极其美丽的蝴蝶，贴着航行的航帆，贴着水天一蓝的太平洋，径直飞向自己"古老的情人"——蒙特瑞那棵被称作"蝴蝶树"的松树上，合拢双翅，簇拥一起。在这里，它们怀了胎，然后再飞回阿拉斯加产卵，下一代又将飞回来。就这样，每年飞来的玛蝴蝶竟有几百万之众，而飞回的往往不到半数。作家不得不感叹："科学家难道一点也猜不透这些玛蝴蝶的心路历程吗？"但还是有了作家自己的发现："一物克一物，再脆弱无能的生物都能发展出一套独一无二的生存方式。"于是，"蝴蝶"—"松树"—"树底下仰首的我"就在"雍容大度的大自然"里连接了起来，使自己的灵魂为之震撼，悟到了"群生皆得其命"（荀子）的生命之道。

在新移民作家那里，流行过"得到天空，失去土地"的生命感叹，这个说法比较含混，完整地讲应是"得到了异国的天空，失去了祖国的土地"。旅美华文作家刘荒田则从更深的生命层次上作了如下的具体剖析：

> "如果把人生喻为拼贴，'天空'和'土地'两组词可拼为四种：一为祖国的天空，祖国的土地；二为异国的天空，祖国的土地；三为异国的天空，异国的土地；四为异国的土地，祖国的天空。第三种，对于第一代移民来说并不存在；洋生洋长的第二代、第三代失去祖国的参照，也不是问题。老是为故土异邦这些命题所苦的是'洵此美而非吾土兮'的我们，登斯楼而远望，乡愁是游子的流行病，岂穷达而异心？有天空，就有无限的自由任你飞翔、说话、交谈、出版、骂街、抨击任何人、任何主义，那种适性任情，那种肆无忌惮，发任何'恶攻'式议论时不必担忧俯仰不愧，这关乎生命价值的大节。你拥有了这种自由，然而，你的脚不好使了，因为外国这'地'不牢靠，英语的绊脚石，迫在眉睫的生计，胃的水土不服。
>
> 自由的思想飞够了，敛翅时却难以找到栖息的林木；你漂流累了，急需一个埠头，却发现处处是浮冰。我们只好把中文书和乡梦拉来，建构狭小的或虚拟的落脚处。失去土地的中国人，在白天蓝得叫人六神无主、在夜里并无如海繁星的洋天空下的惨淡经营，怎么折中，怎么替代，怎么逃避，怎么退而求其

---

① 邢诒旺：《辞职信的冰山一角》，《香港文学》2011年3月号。
② 喻丽清：《蝴蝶树》，《象脚花瓶》，石家庄：河北教育出版社，2003年。

次，这些我们体验得多了。但我们很少想过拼图的第四种可能。故国的天空，故国的土地。怎么办？'天空'和'土地'都是必需品，我们怎么在这二者之间拼出一个自我？这问题继续纠缠我们，直到地老天荒"。①

这是刻骨铭心的生命苦痛。"洋天堂"亦非圆满，并非绝对自由与完美——就像月亮让人举头看到光亮，但没有给你周身温热。在"天空"与"土地"之间，他们带着残缺走在人生路上，那"故国"渐渐变成一种想象，"故国"的灵魂附上"异国"之体不过是一种幻影。看来纠缠的结果也只能是如何以故乡之心点亮异乡之眼了。

三、性心德行的操守

当我们谈论人生，其内涵无非包括三个层面：生存、生活、生命。在海外，人人首先要面对"生存"，衣食住行，经济自立，乃至"五子登科"（妻子、孩子、房子、银子、位子）；其次要追求"生活"，追求幸福感、真善美，追求知识的含金量，追求涵养个我的性心德行；最后，那就是自觉地在"生命"层次上实现一种创造性的智慧和人格，一种高层次的价值感受、价值体验和价值判断，一种更愉悦的生活方式。

这种"生命"层次上的东西在海外华文作家那里首先是能安心地、自由地写作。旅美的沈宁就把写作视为"挺伟大"的生命行为。他自白："对于我们来说，写作才是生活和生命。因为，我们不写作也没有人说我们什么，而且照样可以生活，可以吃饭，但我们比别人多一点就是我们在写作。我虽然已经出版了几本书，但是事实上我没有出版的书比我已经出版的书要多得多，都压在箱子里。但是我还在不停地对自己说，出版不出版对我来说不是最要紧的事，而写或不写对我来说是最重要的事。出版或者得奖对我来说并不是乐趣之所在，而是写的那个时间。创作的那个时间，我愿意体会那种从无到有的快乐。"② 这种"生命"层次上的东西在海外华文作家那里，还表现为以生命的慧根——"睿智"和"淡泊"，去消融灵与肉的分离。荷兰华文作家林湄在她"十年磨一剑"的长篇小说《天望》的序言中写道："肉体可以漂泊，文化乃人的灵魂、精髓不但不能漂泊，反而跟随着你的一生。"③ 她还这样叙述自己的生命体验："作家的经历就是财富。我经历了人生的三大阶段，即分别在社会主义社会、殖民地社会和资本主义社会生活过。在每一个阶段里，我都是从零开始，仗着'希望'工作和生活。'睿智'和'淡泊'不是生来就有的，需要慧根和千锤百炼的过程。经历对我认识世界的角度、宽

① 刘荒田：《天空和大地》，《香港文学》，2010 年 12 月。
② 王红旗、沈宁、陈瑞林对话录：《共享生活与创作的精神盛宴》，《爱与梦的讲述》，北京：社会科学文献出版社，2010 年，第 214 页。
③ 林湄：《天望》，武汉：长江文艺出版社，2004 年。

度、高度有着一定的影响。因为自己不太适应这个现实，又不愿随俗，常常感到失望甚至痛苦，又无法改变它，只好将现实、理想与思索分开，在自己的精神王国里寻找美好和渴望的一切。"① 这种"生命"层次上的东西在海外华文作家那里，又表现为在去"我"去"物"的心灵操守过程中，主客体都获得一种超越，促成一种冰壶澄澈、静如水碧的心理态势。著名旅美散文家王鼎钧就以"逃离"与"寻找"故乡为例，描写了生命中这种"澄怀"现象："……这些人也是 40 年没回老家了，也是近几年才跟老家的人通信。皇天在上，这些人也是辗转四方，为子女找生地，为自己找死地。我们都是靠自己的缺点活下来，理想化为金币上磨损的人面，名声不过是升空飘摇的气球。不敢心忧天下，担忧自己的儿女，不敢谈泽被苍生，只偷偷打听几个朋友。蜗牛无须为没有房子住的人道歉。你不能希望老年的回忆等于年轻时期的想象，你只能希望老人的过去并不等于青年人的未来。时代要每个人都做英雄，我们毕竟是凡夫俗子。40 年不回家的人必定有英雄气概，那一点归心即是凡心。浮生有涯，一语道尽，由常人变英雄，又由英雄还原为常人，造化拨弄，身不由己。每一次都变得你好辛苦。卸下头盔，卸下妆容，再照个相，在大远景镜头下，我们是小蚂蚁，在大特写镜头中，我们是老妖怪，我们应该可以从这里找到共同语言。"② 作家无疑是在告诉我们，在人的生命落定的大地上，只要以审美"虚静"观之，那么，即便是千里不同风，万里不同俗，但"原乡人"都有同样的春夏秋冬；即便是英雄复凡夫，徘徊复徘徊，但也能澄观一心而腾踔万物，生命的脉象因之而历久弥新。

生命美学的要义在于自然生命和精神生命的融合。精神生命可以为自然生命的本能指明方向。然而，精神生命作为人本身的高级存在形式，它原本是天生缺乏自身的能量，又总是孱弱的；必须同自然生命相缔结，通过升华的过程才能赢得真正的张力。海外华文文学也正是在这种"融合"与"升华"中占有生命和认识自己。

旅美的华裔摄影家、散文家吴琦幸，走进美国西部著名的死亡谷——阳光无法照亮的峡谷地带，必须四肢并行的陡坡悬崖，待到终点，那神秘而风光无限的谷底，在作者的怀抱和笔端呈现："你的名字叫黄金，你的峡谷深处并没有金子。黄金，黄金，多少人假汝名字而行，为你抛却青春，抛却生命，到头来却是黄土一抔，遗恨永年。你只是默默不语地用坚硬的岩石，铸成你那钢铁一样的胸怀，任刀风剑霜，吹打你的身躯，任酷热低温，锤炼你的肌肤。你像一个巨人，站在死亡谷的谷底，蕴含万年阳刚之气，吐纳千秋乾坤之精，塑造成一个顶天立地的男子汉。走进你的峡谷深处，才知道，这是一个不可逾越的艰险之路。碎石滚滚，悬崖峭壁，时时要压将下来。深不见底的峡谷尽

---

① 林湄：《寻找人类灵魂的救赎之策》，王红旗主编：《爱与梦的讲述》，北京：社会科学文献出版社，2010 年，第 84 页。

② 王鼎钧：《人，不能真正逃出故乡》，《一方阳光》，南京：江苏文艺出版社，2009 年，第 154–155 页。

头，凌厉剑石，奇峰壁立，处处都是陡坡斜岗。你给人们出了一道难题，究竟是人的意志大，还是你的石头硬。于是多少人噤噤颤颤，踏上你的身躯，曲曲弯弯，高峰林立，不见阳光。前头无路可走，于是叹息一声，败将下来。也有人口若悬河，誓要征服你的险境。一路只见嶙峋山峰，如鬼影憧憧，怀疑自己将入鬼门，有去无归，突然想到青春有悔，于是也仰天长叹，打道回府。只有那些默不作声的勇士，胸怀开山之志，手执踏山之棍，矫健骁勇，逢山开路，遇石绕行，最终到达你的双肩，攀上你高贵的头颅。举目四望，死亡谷美景尽收眼底，好一片西部风光。人生境界的升华，就在那一刻。只有在崎岖小路上不畏艰险、勇于攀登的人，才有希望到达终点。只有到达终点的人，才有希望采到人生最宝贵的黄金。"① 每个人的内心总有一处无法抗拒的圣土。这是一种自我超越、自我提升的取向，也实现了生命本身的行为程序结构的调适。

自然生命和精神生命的交融往往构成华人的一种情感本体。海外华人走过四季，走过二十四个节气，都有"感时花溅泪"的心态呈现。譬如一年一度的清明节，在海外华人心目中，其核心内涵是寻根敬祖，缅怀先人；其价值取向是眷恋生命，提升人生；其文化功能是凝聚族群，打通两界。每当"清明时节雨纷纷"，那有限的现实世界与虚拟的冥间世界之间，祭奠亡人的扫墓就成为二者之间精神沟通的平台。新加坡诗人、书法大家潘受先生，曾于戊寅年携两个儿子省墓，作诗曰："经年碑碣渐生苔，低首坟前抚百哀。/心事不须吾再说，汗衫犹是汝亲裁。/二儿呼母魂何处，一径飞花雨又来。/欲去踟蹰还小立，九原双眼可曾开。"② 无须细读，三个生者与一个死者的灵肉联系，在细雨蒙蒙的时辰，跃然纸上的笔端，已难分阴阳两界地情归一处。"省墓"成为处理生与死的一种连接，触及了对人的生命的终极关怀，同样体现了海外华族的生命意识和生命精神，体现了他们的血缘情结、感恩心理与和谐天人的观念。

自然生命和精神生命的交融还往往使海外华文作家获取一种更博大的胸怀，带来一种超越单一文化、单一族群经验的眼光，在这个依然充满着族群和文化纷扰的世界上，把个体的生命基点建立在俯瞰人类的高高的"鸟巢"上。在旅美作家严力的诗歌和小说中，我们看到他追求的已不是相对封闭的华人文化圈内的景致，而是比诸如文化乡愁、放逐孤独等主题更开阔的人生和社会内容。他的一些小说中的"我"，是一个个活在不同族群中的、自然带有"中国人"特征的生命体。"这一个"生命体已不会由于"文化差异"而"无事生非"，却成为另一种"有事求是"。在小说《最高的葬礼》中③，几个来自不同国家、不同地区和不同职业的青年男女，为延长一位身患癌症的朋友的生命，各自做出了最大的努力和争取。作品里的五色人种尽管也各自经历过人生的

---

① 吴琦幸：《无法抗拒的美国西部》，上海：上海书店出版社，2009年，第99页。
② 潘受：《尔芬周年忌辰挈二儿有墓遇雨》，《海外庐诗》卷二，新加坡：新加坡文化学术协会重印本，1985年，第2页。
③ 严力：《最高的葬礼》，香港：中国香港田园书屋，1998年。

周折，但在人的生命和生存意义这共同面对的问题面前则是空前一致。

四、生命美学的绵延

以知识谱系而论，生命美学并非孤立的存在物。倘若把西方的"绵延"同东方流动不息的"气"的概念会通，那么，生命美学与身体美学、实践美学、生态美学一一相关，甚至可以说生命美学是这些重要美学形态完美的整合和统一。

首先，生命美学和身体美学有关。身体包括了头颅、大脑、五官、心肺、肝胆、静脉、动脉、肌腱、骨头、手足以及血肉之躯所有的其他部分，由心脏发起运动，由血液贯通命脉，由大脑指挥知觉、思维和记忆。近些年来，不论西方或东方，"身体"已成为诸多学科和大众传媒的热点。"身体感"是一个在内与外、灵与肉、昔与今之间难以名状的现象，也是主动与被动之间"活"的中间层面，身体意象、身体想象、身体救赎乃至与性、政治等的关系成为讨论的话题，因而也有所谓"身体写作"的说法。值得注意的是，在某些人心目中，此类写作只以"情欲"为关注点，"情欲研究"成了"身体研究"的代名词。我们可以看到，在严肃的海外华文作家那里，尽管也不乏作为身体感的书写，不乏"情欲"主题，但并非以情欲宣泄为满足，而有理性与意识的控制，有对原发性"身体感"的超越，努力获取上升到生命美学的主体性。

聪敏的海外华文作家，往往以自己的身体向山河与地脉取暖。澳大利亚华文作家庄伟杰在一篇散文诗中这样写道："……像一尾鱼，我艰难地遨游在历史延伸的河道中。躺在'母亲河'敞开的怀里，依稀看到自己的根源缠绕盘结，仿佛听见自身的血脉翻涌奔流。在烟雨中成长，在大地上追寻，以江河不断流动的节奏起落沉浮。我们一路悲欢交集，一路弹响沧桑。青山为骨，绿水为态，生命在青山绿水中轻声吟唱。天空无语，大地无语。在白昼与黑夜之间，时光不语。在过去与未来之间，历史不语。阳光下，我沉默得像一块石头。心，不语。默读祖先生息或厮守过的这片土地，以一种崭新的目光收割曾经失落的金黄麦谷，迎迓一片希望。我们是否会重新找回遗失的歌声和诗篇？"① 在这里，人体经脉在天地山水中都有一一对应的存在。"游""躺""骨""读""看""听""追寻""弹响""不语"等一系列的躯体行为都与地脉接通，以一种"生命美学"与"身体美学"互文的复调向度，使枯涩的沧桑回到了历史与生命，回到了文学与感动。

其次，生命美学又和实践美学有关。旅美学者李泽厚对生命哲学的一个贡献在于提出实践美学。他把康德哲学体系中最重大的问题即"认识如何可能"的问题转变为"人类如何可能"的问题。用李泽厚自己的话说："我以'人类如何可能'来回应康德

① 庄伟杰：《游走在天地山水间》，《华文百花》2010 年第 2 期。

的'认识如何可能'（先天综合判断如何可能），认为社会性的物质生产活动是人类本质和基础，认为认识论放入本体论（关于人的存在论）中才能有合理的解释。"① 在李泽厚的哲学——美学体系中，核心的观念可谓"实践理性"。他理解人作为生命的存在物，既否定由神造成，又否定自物造成，而是通过自身（主体）的物质性历史实践，积极地、能动地实现从自然生命体（动物）到有思想有文化有情感的人的转变。由此也衍生出诸如"积淀""主体社会实践""自然的人化""人的自然化"等观念，在这些命题的展开过程中印证了"人类如何可能"的大理性问题。李泽厚的实践美学自然不是空穴来风，实际上对接与发展了中国古代哲学思想中的"知行"观与"践行"说，将形而下的"器"寓于形而上的"道"中。这种实践理性于人于己，换成钱穆的说法就是"要求把我的生命放射出去，映照在别人的心里寄放着，因此遂有个性尊严与人格之可贵"②。

在人的生命旅程中，艺术人生的可贵便在于这种主体社会实践性很强的"投射"与"寄放"上。这也是为什么一些海外华文作家重视人在生命遭际、命运起伏过程中发展个性、创造人格，并以鲜明而强烈的人物影像把作家自己连同笔下的人物寄放到别人心中的理由。长期旅居瑞士（现迁至美国）的赵淑侠曾说："对我来说，个人和民族是如此休戚相关和相属，是没有别的什么感情可代替的。"③ 她经历过抗战八年的岁月，那是生命中苦难与忧患无法遗忘的岁月。她动情地写道："那是个那样的时代：是个爱国家爱民族不会认为是在卖膏药背八股，而说对国家民族的事懒得去关心，要让人讥笑蔑视骂得狗血淋头的时代。是把小我投入大我，多少情侣和年轻夫妻洒泪分离，男儿心甘情愿投入疆场的时代。是青年们争着为保卫家国到前线或敌后去效死，死而无怨死而含笑的时代。是物质之匮乏，生活之艰苦，精神之丰富，信心之坚定，在今天都无法想象的时代。是全国老少都爱唱抗战歌曲，流行歌曲流行不起来，也没人屑于唱的时代。……是中华民族万众一心，最团结，最有生气，中国人最以做中国人为荣，虽苦犹傲，一点都不崇洋的时代。"④ 时代的风云、生命的悲欢，化为笔底波澜，成就了赵淑侠心灵的投射，那就是长篇小说《我们的歌》中作为留洋的音乐人的江啸风对他母亲说的："妈，我将来一定要创造中国自己的歌，我们中国人必得唱自己的歌，发出自己的声音……我们的歌应该是从五千年文化里、泥土里、人的心里发出的声音。"⑤ 为了

---

① 李泽厚：《李泽厚集·实用理性与乐感文化》，北京：生活·读书·新知三联书店，2008 年，第 280 页。

② 钱穆：《象外与环中》，《湖上闲思录》，北京：生活·读书·新知三联书店，2000 年，第 86 页。

③ 赵淑侠：《翡翠色的梦》，台北：九歌出版有限公司，1984 年，第 191 页。

④ 赵淑侠：《那是个什么样的时代》，《雪峰云影》，台北：道声出版社，1984 年，第 75 - 76 页。

⑤ 赵淑侠：《我们的歌》，台北："中央"日报社，1980 年。

创作这支歌，他可以忍受各种煎熬，可以放弃"不朽"的爱情，最终生命随风浪消逝于无形，其精神仍震撼了无数人的心。小说另一个人物何绍祥，属于生活方式被改变了的"假洋鬼子"，尽管是拥有九项专利的科学家，但在对待文化的态度上和妻子余织云渐渐发生冲突，何氏想做"世界公民"，余氏不愿切断生存命脉之根。小说的结尾，何绍祥终于因备受种族歧视而自我忏悔，"寄放"落实，表示也要在科学领域唱"同一首歌"。

再次，生命美学还和生态美学有关。人类的生命史和社会发展史经历了"原始时代""农业时代"直至目前的"工业时代"。近三百年间，真可谓"翻天覆地"。人类凭借理智（清醒的和疯狂的）、科技手段（先进的和伪仿的）和发明创造（有益的和有害的），大规模地向大自然开战，向山川河流索取，以无穷无尽的欲望要在自己居所之地建造起"人间天堂"。人类也为此对自身与世界的关系，忍痛做了全面的修正，与天斗、与地斗、人定胜天等概念把 2 000 多年前东方贤哲老子的"人法地，地法天，天法道，道法自然"的宇宙图像拆解、粉碎，也让古希腊时代"天、地、神、人"的生命四重奏戛然中止。当然，人类物质的丰富、寿命的延长、社会组织化（特别是城市化）程度的提升等标志着"改天换地"的骄人业绩。然而，也正如马克思尖锐指出的："在我们这个时代，每一种事物好像都包含有自己的反面。……技术的胜利，似乎是以道德的败坏为代价换来的。随着人类日益控制自然，个人却似乎愈益成为别人的奴隶或自身卑劣行为的奴隶。甚至科学的纯洁光辉仿佛也只能在愚昧无知的黑暗背景上闪耀。我们的一切发现和进步，似乎结果是使物质力量具有理智生命，而人的生命则化为愚钝的物质力量。"[①] 也可以说，人类社会因生态失衡而在人为地片面发展，仅仅靠科技也解决不了整个世界的问题。

最后，正是由于处在同一条生命链上，生态美学可以说是一种大生命美学。它的主旨是从生命的普遍联系以及应有的协调中看待生命。不可否认，在当今世界，生态危机不仅发生在自然领域、社会领域和经济领域，同时也出现在人类的精神领域，包括文艺领域。人们都熟悉"黑格尔的艺术难题"，那就是黑格尔老人早在 19 世纪就不无遗憾地指出的：艺术遇到了困难，遇到了危机，"就它的最高的职能来说，艺术对于我们现代人已是过去的事了。因此，它也已丧失了真正的真实和生命，已不复能维持它从前的在现实中的必需和崇高的地位"[②]。我们当然不可能再回到黑格尔时代。然而，回归自然，回归经典，回归人类智慧的童年，确实是文学艺术面对的庄重的生态美学话题。

如前所述，生态美学的哲学根基是"道法自然"的法则。大自然对于人类生命的给予，是世界上最慷慨的给予。大自然是自然怡然的大存在，它给了我们阳光、空气、

---

① 《马克思恩格斯全集》（第 20 卷），北京：人民出版社，1965 年，第 519 页。
② 黑格尔：《美学》（第 1 卷），北京：商务印书馆，1979 年，第 15 页。

粮食、蔬菜、水果、红花、绿树、蓝天和白云等等生命存在的必需品。同时，也给了我们在任何艰难困苦的环境下生命存活下去的勇气和慰藉。在每个人的生命之旅中，气傲皆因经历少，心平只为折磨多，其间饱尝排挤、嫉妒和孤寂之时，唯有大自然如同一位睿智超群、宽容大度的哲人，每每以永恒的爱心抚平我们内心的伤口，拥进它那无私的怀抱。人们对此往往安之若素，但敏慧的作家则感觉到大自然乃是生命感情最大的图腾。旅美的刘再复在《果园里的游思》中就对伏尔泰的"耕耘自己的果园吧"做了当代解读与发挥："生命的萌动、发展、成熟与无尽之美全在耕耘之中。我耕耘，所以我存在；我耕耘，所以我与田野、乡野、大地如此密切。大地之子本应耕耘自己的果园，把握住自己的春夏秋冬和恰如灯火一闪、花叶一季、红楼一梦的人生……果园，不仅是人类最初的出发点，而且是人类精神最后的堡垒。近处与远方的思想者兄弟，请守住你的果园，守住你最后的故乡。"①

这是思想的呼吸，境界的拥有。同样，新加坡的华文作家希尼尔在他擅长的微型小说中，面对"城市化进程中人与自然、人与人、精神与物质之间各种关系的失谐"，强调的是"生命的意义就在精辟的禅思，简单的生活中咀嚼人生百味，感悟人生百态"，从而追求一种自然的生活："生活中的各种烦恼——最终是一种随时间一起消失的烦恼。生活的智慧能消除困惑，人文的修养能引渡众生。通过文学的导引，人们能放下一切，去寻找心灵的故乡，让生活回到原始的诗意与宁静。让每个人在城市中作深呼吸，生活的禅趣——其实是每天一呼一吸间认真的观察与领悟。"② 显然，作家希望从心灵的地平线出发，抛却种种困惑与烦恼，回到生命的本真状态和生活的自然形态。

总之，和大陆的华人一样，海外华文作家也将生命哲学寓于艺术境界之中。文学艺术是生命哲学的一种延伸，通过艺术而体味人生，感悟生命，成就智慧。诚如钱穆所言："西方文化主要在对物，可谓科学文化。中国文化主要是对人对心，可称之为艺术文化。"③ 同样，在海外华文作家心目中，"生"为万物之性，"生"也是艺术之性。文学艺术的真正要素，乃在于生命，并且丰富其生命。于是，时间和空间也因之而生命化、诗意化了。鸢飞鱼跃，花开花落，日升月沉，山舞水荡，"万物有生"的观念在文学艺术作品中表现得更真切、更鲜活，成就了许多优秀文本中所呈示的"生姿""生机""生意""生趣"的韵味，也成就了许多优秀作家的自然人生、艺术人生和美学人生，在距离中观照生命，在共感中展开生命，在光亮中化育生命。对于这种生命美学取向，旅美学者兼诗人叶维廉作了如此咏叹："在无色无光的/水的内里/比生命还要大的

① 刘再复：《独语天涯——1001夜不连贯的思索》，上海：上海文艺出版社，2001年，第15-16页。
② 希尼尔：《在城市中深呼吸》，《香港文学》2011年4月号。
③ 钱穆：《略论中国艺术》，《现代中国学术论衡》，北京：生活·读书·新知三联书店，2001年，第260页。

生命/逐着海潮逐着时间/把它们迫成一个/逐渐紧缩的旋涡/你我相拥成环。"① 生命哲学、生命美学的披方入圆，你我相拥，不啻掘取着繁复人生中流动不息的生命精神，使人生与文学齐同天地，德配宇宙。那该何等美妙的艺道之极境！

【作者简介】

杨匡汉，中国社会科学院文学研究所教授、博士生导师。

---

① 叶维廉：《沉渊》，《创世纪四十年诗选》，台北：尔雅出版社，1994 年。

21世纪中国的外国文学研究的困境与出路*

曾艳兵

　　20世纪已经成为过去，我们进入了21世纪的第二个十年。在20世纪，尤其是在20世纪80年代以来，我们的外国文学研究已经取得了飞速的进步和丰硕的成果。但是，我们的外国文学研究的境遇也发生了很大变化，在后现代、全球化、网络化、信息化、标准化和工具化的冲击和影响下，我们的研究目的、研究方法、评价体系和标准亦在悄然发生变化，我们的研究兴趣、研究领域乃至表述方法、关键词、学术用语也随之发生了根本的变化，由此所带来的一系列疑惑和问题则让我们颇感茫然，并惊讶不已。我们的研究趣味变得越来越无趣和乏味，并且我们大体上将这种"无趣"和"乏味"等同于"科学"和"时髦"。我们的研究渐渐失去了自己的立场，成为紧随国际学术变化的风向标；我们的研究不再关注"人"，因为据说"人已经死去"，我们关注的是符号游戏、拼贴快感和所谓"精神鸡汤"；我们的研究似乎不再仅限于文学，甚至除了文学，什么都可以研究，我们将此命名为文学的"文化研究"。最终，我们的研究离文学越来越远，离读者越来越远，离我们自己也越来越远。本文正是在此基础上，试图探讨构成这种研究困境的缘由以及走出这种困境的可能的路径。

一、国际视域与中国立场

　　随着第二次世界大战后冷战的结束，国家之间不同集团的敌对关系渐渐转变为各种不同的商业关系和金融关系；随着社会和科技的发展，世界各国之间的交流日益增多，各国互相融合、互相依存，正在走向一体化或所谓的"地球村"；现代的交通运输方式改变了人们的生产方式、生活方式和思想方式；经济全球化正使得民族和国家的边界日益消失；现代传媒和互联网改变了人类日常生活的结构组织和认知方式，每一个人都可

---

　　* 本文原载于《广东社会科学》2014年第2期。

以同时了解到世界上正在发生或进行的事情，每一个人都可以同世界任何其他地方的他人进行交流。

全球化的趋势和发展不可避免，全球化的进程使每一个国家都进入了它的轨道。以前，全球化只是作为交流的概念，但现在已被作为全球资本主义的逻辑和策略，在它的影响下民族国家的生产和市场已被纳入单一的范畴。在这种背景下全世界的资产阶级终于联合起来了。哈贝马斯认为，在全球化时代民族国家主权将会终结。现代社会的各种规约，比如国际组织协会等，使得民族国家的主权行为必须先行遵守这些条规和约定。一些跨国公司在全世界许多国家有它的机构，为全世界的投资者所有，在劳动力最便宜的国家生产产品，并在全球范围内销售。而这些公司并不忠诚于一个单一的国家或政府。全球资本主义的欲望对传统的人类交往和再现形式构成了挑战和破坏，跨国资本主义以其占统治地位的意识形态和科学技术正在全世界消除差异，把一致性和标准化强加给人们的意识、情感、想象、动机、欲望和兴趣。① "体现新时代特色的政治学不是民族主义而是全球主义，其信奉的价值观是：以全球性为参照系，在全世界范围形成看法并认定意见相同者们。全球性的运动并不一定都是全球主义的运动，但来自全球性的压力趋向于推动它们朝全球主义方向走。"② 全球化的发展趋势要求我们每一个居住在地球村的人都必须具有全球化的视域，也就是国际视域。

全球化的实质，依然是推行全球资本主义。它涉及政治、经济和文化等诸多方面，影响到社会的结构、意识形态和人们的日常生活，关系到社会发展和人类进步以及每个人的利益。全球化的出现源于生产力和生产关系的发展和变化，它从根本上改变着社会结构和人们的生活，因此它是资本主义发展中的一个新阶段。全球化的本质是新的帝国主义的扩张。"有一个大家都接受的结论，似乎是毫无疑问：让人印象深刻的诸多世界文化体系正在萎缩，这是史无前例的'文化同步化'所造成的。"③ 譬如，后殖民研究照说是反帝国主义扩张的，但是到头来它也许成了帝国主义的同谋。"后殖民研究正是比较文学总想要的并声称自己就是的研究，但其实比较文学从来不是这种研究，因为比较文学刻意地、几乎不顾一切地追随以欧洲为中心的价值观、文学经典、文化和语言。"④ 帝国主义的扩张无处不在，最后所谓"反帝国主义"也成为帝国主义的一部分，成为全球化过程的一个阶段。

这种全球化的国际视域导致了诸多世界文化体系的萎缩，而更弱小的文化传统则正在消失，甚至灭绝。在国际视域的标准下，最后有可能只剩下一种文化，尽管这种文化

---

① 王逢振：《全球化》，《外国文学》2003 年第 5 期，第 47－50 页。

② ［英］马丁·阿尔布劳著，高湘泽、冯玲译：《全球时代》，北京：商务印书馆，2001 年，第 221－222 页。

③ ［英］汤林森著，冯建三译：《文化帝国主义》，上海：上海人民出版社，1999 年，第 209 页。

④ ［美］萨克文·伯科维奇主编，杨仁敬等主译：《剑桥美国文学史》（第 8 卷），北京：中央编译出版社，2008 年，第 414 页。

也许兼收并蓄了其他文化。设若追求国际视域而丧失了自己的视域，首先便是丧失了自己的立足点，也就是自己的立场。没有了自己的立场，也就没有了自己的标准、目标和方向。英国著名比较文学家苏珊·巴斯奈特在新近发表的《21 世纪比较文学反思》一文中指出："视角的转换必然激发其观点的改变，但作为欧洲的学者，不能忘记我们的立场与我们自己的文学史的关系，这也很重要。"① 作为中国学者，在全球化时代"不能忘记我们的立场与我们自己的文学史的关系"，是否更为重要？

作为一个中国的外国文学学者，他首先就是一个比较文学学者。任何国际视域其实都有自己的立场，纯粹的国际视域并不存在。我们不能没有立场，不能以"没有立场"作为自己的立场，因为这本身是矛盾的。"一切关于现实的知识都来源于某个特定观察点，一切'事实'都是由人们建构起来的解释，一切视角都是有限的、不完全的。因而一个视角就是解释待定现象的一个特定的立足点、一个聚焦点、一个位置甚或是一组位置。一个视角就是一个解释社会现象、过程及关系的特定的切入点。"② 对于一个研究外国文学的中国人来说，他不可能忽视或否认他自身的现实环境，他与"外国"的遭遇首先是以一个中国人的身份进行的，然后他才是一个具体的个人。作为一个中国学者，无论你借鉴和运用了多少西方的思想和方法，你的研究必然首先是中国的。对于自我的认识不能仅仅通过自我来完成，必须借助于一个参照，一个不同于自我的"他者"形象来完成。只有在与"他者"的比较中，"我"才能知道自己是"谁"；只有通过"他者"的眼光，"我"才能确认自己的独特价值和意义。"他者"的声音正因为不同于"我们的"才更有价值和意义。这就是美国学者厄尔·迈纳所说的："灯塔下面是黑暗的。""只研究自己国家的文学是远远不够的，需要另一座'灯塔'来照亮，'中国的灯塔给我们美国带来了光明'。"③ 中国文学照亮美国，亦如外国文学照亮中国。灯塔照亮了别人，但它若想照亮自己则必须发现另一座灯塔。因此，我们不必羞于我们的声音不同于外国人的声音，我们只有勇于发出自己的声音才能证明自己的存在。外国文学只有在与中国文学的比较中才能呈现它的价值和意义，反之亦然。美国著名学者赛义德说："我所做的就是要显示任何一种文化的发展和维持有赖于另一种不同的、相竞争的异己的存在。"④ 从这个意义上说，我们无须去有意地倡导什么"中国学派"，只要我们认真去研究，就是中国的；只要我们作出了令世人瞩目的成就，我们也就创立了"中国学派"。

---

① ［英］苏珊·巴斯奈特著，黄德先译：《21 世纪比较文学反思》，《中国比较文学》2008 年第 4 期，第 9 页。

② ［美］道格拉斯·凯尔纳、［美］斯蒂文·贝斯特著，张志斌译：《后现代理论》，北京：中央编译出版社，2001 年，第 340 页。

③ ［美］厄尔·迈纳：《比较诗学：比较文学的几个理论问题和方法论问题》，杨周翰、乐黛云主编：《中国比较文学年鉴》（1986），北京：北京大学出版社，1987 年，第 364 页。

④ 盛宁：《文化困惑与反思——西方后现代主义思潮批判》，上海：三联书店，1997 年，第 180 页。

任何比较都有比较的主体，比较的主体必须立足于某地，才有力量和能力进行比较。比较学者必须脚下有根，他的"比较"才能舒展自如，运斤成风，游刃有余，最后进入"比较"的最高境界。比较文学的基本性质和特征是跨文化的，当代已故的比较文学理论家迈纳在论及比较诗学时说："只有当材料是跨文化的，而且取自某一可以算得上完整的历史范围，'比较诗学'一词才具有意义。"或者更确切地说："'跨文化的……文学理论'只不过是'比较诗学'的另一种说法而已。"① 比较诗学如此，比较文学与外国文学同样如此。既然比较文学是跨文化的，而各种不同文化显然又存在着差异、矛盾甚至对立，那么，我们该怎样评判这些不同的文化，我们以怎样的标准、理论或者观念去评价各种不同的文化？当一种"科学原理"完全不同于另一种"科学原理"时，我们相信或者坚持什么样的原理是"科学"的，就不可能是稳固的、充分的、长久的？我们在学习借鉴西方比较学者比较视野和方法时，是否将他们比较的立足点也一并横移过来，抑或是逐渐建立自己的比较文学的立足点，而真正领悟和掌握了比较文学的精髓？西方文化霸权和欧洲中心主义显然是我们所反对的，东方中心主义与民族主义也是我们应当担心和警惕的。

当然，比较学者的立场并不总是固定不变的，也并不总是单一清晰的。1972 年，德里达出版了一部访谈录，取名为《多重立场》（*Positions*），"它的多义性过多地表现在'播撒性'的字母's'上。关于'多重立场'，我要补充的是：撒播的实况、活动和样式"②。与比较文学一样，外国文学学者通常也具有多重立场。但是，这并非指每一个外国文学学者都具有多重立场，而是指每一个外国文学学者首先应该具有自己的立场。每一个学者的立场可以是不同的，甚至是变化的、矛盾的，这样就形成了外国文学学科的多重立场。单个人的"多重立场"就是没有立场；而众人一个"立场"势必会成为集权主义或绝对主义。这里，我们需要特别指出的是，我们强调外国文学的立场问题，并不是强调外国文学研究的先入为主，或外国文学研究者的个人偏见和偏爱，以至于弱化或取消了外国文学研究成果的普遍性、客观性和科学性，而是警惕我们在研究中因为失去了立场而陷入一种失重的、飘忽不定的状态。

二、符号游戏与人文关怀

我们在经历了后现代的解构大潮后，人文精神渐渐失落，人文关怀渐渐迷失，人们如今津津乐道的就是符号游戏或感官快乐。人们现在更为关注的是理论本身，而不是理

---

① Earl Miner, *Comparative Poetics: An Intercultural Essay on Theories of Literature*, Princeton: Princeton University Press, 1990, pp. 3 - 5.

② ［法］雅克·德里达著，佘碧平译：《多重立场》，北京：生活·读书·新知三联书店，2004年，第 121 页。

论所关涉的对象；正如我们所关注的是语言本身，而不是语言所指涉的对象一样。对于外国文学研究而言，我们只关注人们如何研究外国文学，即只对那些研究成果进行再研究，周而复始，以至无穷，而不必费心费力地研究文学。后现代主义"不仅仅是现代性历史中充满的种种危机中的再一次危机，不仅仅是现代种种否定中的最后一次否定，也不仅仅是现代主义反抗自身的最新阶段，而是现代史诗的结局本身，是哈贝马斯所说的'现代规划'永远不可能实现这一意识的觉醒"①。不仅上帝死了，"人"也死了，主体也死了，一切都被消解了，只剩下"关系"和"语言"，进入了真正的多元主义、相对主义和虚无主义。杜威·佛克马："现代主义者力求给他在其中生存的世界提供一种确实、可靠，虽则绝对个人的看法；与此相反，后现代主义者似乎放弃了寻求一种仅为个体信念和理智所确认的对世界的再现的企图。"

后现代主义否定了在复杂纷繁的具体事物后面有一个最高最后的东西。他们认为事物的本质不是被决定的，而是开放的；事物的性质不是由最高最后的东西决定的，而是由事物与它的关系决定的。关系无限多，事物的性质和意义就无限多，并且这种性质和意义常常是由主观主动选择的、开放的和相对的。既然一切意义价值均为相对，也就没有必要去选择，不如在无中心的碎片中游戏。总之，中心泯灭后一切都成为边缘。丹尼尔·贝尔指出，"30年代的一段时间里由于马克思主义影响，文化的政治倾向造成了一种单一的美学，它为解释不同艺术提供了特定的检验标准。……今天那种统一的世界已经荡然无存，而且除了职业上的联系或偶然是学术上的联系，再也不存在共同的环境了"。② 世界的真理意义随即也被取消了，"不论是作为最高的价值、创造世界的上帝、绝对的本质，还是作为理念、绝对精神、意义或交往的关联系统，或者现代自然科学中作为认识一切的主体，都只不过是人的精神创造出来，用以自我安慰、自我欺骗的东西而已"。③ 利奥塔确信，所谓真理只不过是权力意志的一个特别狡猾的变种而已。总之，后现代主义"不是别的，而仅仅是——一种精神状态，其特点是具有嘲笑一切、侵蚀一切的破坏性"④。

"后现代话语为那些孤独痛苦的知识分子提供了慰藉，这些知识分子放弃了改变社会的希望，不再参与社会运动而退回到了学院中，有时甚至退回到'新知识分子'（布尔迪厄）风格化的享乐主义当中。极端的后现代主义者泛化了他们自己的孤独感和无望

① ［法］安托瓦纳·贡巴尼翁著，许钧译：《现代性的五个悖论》，北京：商务印书馆，2005年，第150页。

② ［美］丹尼尔·贝尔著，赵一凡、蒲隆、任晓晋译：《资本主义文化矛盾》，北京：生活·读书·新知三联书店，1992年，第152页。

③ ［德］曼弗雷德·弗克兰：《正在到来的上帝》，钱善行主编《后现代主义》，北京：社会科学文献出版社，1993年，第83页。

④ ［美］斯蒂芬·贝斯特、［美］道格拉斯·科尔纳著，陈刚等译：《后现代转向》，南京：南京大学出版社，2002年，第24页。

感，宣称自由价值或激进价值已经终结或破产了。"① 他们从革命乐观主义者一下子变成了革命失败主义者。现如今，文学系的很多年轻老师能够嘲讽任何事，却没有任何期待；能够解释一切，却什么都不崇拜。他们把文学变成一门沉闷的社会科学，进而将文学系变成了与世隔绝的学术荒地。然而，荒地上没有"丁香"，回忆和欲望却依然掺合在一起，"催促那些迟钝的根芽"。"学者们日益退守到学术职业的圈子里面去了，越来越喜欢从事一些没有任何政治冒险和思想历险的学术制造活动。"② 文学研究越来越走向专业化，而在专业化的过程中，它也变成了一潭文学死水，那些研究成果则变成了冰冷的"论文尸体"。"文学理论一旦不再申明为何以及如何研究文学，不再指点出什么是文学研究当下的相关性与危险性，也就失去了超越前人的盎然生机。"③ 这正如在哲学上，逻辑实证主义的胜利剥夺了该学科享有浪漫和灵感的权利，只留下专业能力和智力上的老于世故。总之，"专业化和学术化的自然趋势是支持分析和解决问题的才能而不是想象的才能，是用单调、讽刺的知性代替热情"④。理论的幽灵终于替代了文学的想象和热情。

在这种解构大潮的裹挟下，外国文学研究自然也难以幸免。外国文学研究既不关乎人类普遍的价值和意义，也不关乎中国本土的价值和意义，因此它所关乎的通常便是符号游戏和智力魔方了。我们要么不再谈论文学，要么感情"零度介入"地谈论文学。我们像自然科学家那样讨论文学，将文学仅仅当作一组符号或纯粹的研究对象，而无须讨论文学体验、文学感觉和文学想象，因为文学与自己无关，甚至与"人"无关。翻检近年来各类期刊论文及硕博士学位论文，这样的论题或选题不在少数。有些研究者在论及自己的研究目的和意义时，他们的回答非常干脆，就是"好玩""有趣"。

自后现代时代以来，知识已日益被当作一种商品，人们生产知识的目的就是销售。法国著名后现代主义理论家利奥塔认为，"知识的供应者和使用者与知识的这种关系，越来越具有商品的生产者和消费者与商品的关系所具有的形式，即价值形式。不论现在还是将来，知识为了出售而被生产，为了在新的生产中增值而被消费：它在这两种情形中都是为了交换。它不再以自身为目的，它失去了自己的'使用价值'"⑤。文学也像知识一样，逐渐失去了自身的目的，作家创作只是为了销售，研究者的研究同样也只是为

① ［美］道格拉斯·凯尔纳、［美］斯蒂文·贝斯特著，张志斌译：《后现代理论》，北京：中央编译出版社，2001 年，第 364 页。

② 周志强：《这些年我们的精神裂变——看懂你自己的时代》，北京：社会科学文献出版社，2013 年，第 143 页。

③ ［法］安托万·孔帕尼翁著，吴泓缈、汪捷宇译：《理论的幽灵——文学与常识》，南京：南京大学出版社，2011 年，第 5 页。

④ ［美］理查德·罗蒂著，黄宗英等译：《哲学、文学和政治》，上海：上海译文出版社，2009 年，第 122 页。

⑤ ［法］让·弗朗索瓦·利奥塔著，车槿山译：《后现代状态：关于知识的报告》，上海：三联书店，1997 年，第 3 页。

了销售；作者不再像春蚕吐丝一样不得不写作，为写作而写作，而是为了各种利益可以随意地改变自己的写作目的和方向，以迎合大众的需求，满足大众各种追求刺激的欲望。文学在失去了"使用价值"后，便只剩下"交换价值"和"符号价值"了。文学如此，文学研究则有过之而无不及，文学研究的商品化趋势已愈演愈烈。这种文学商品化的必然后果就是文学的大众化和通俗化。自然，后现代主义因为消解中心、取消界限，使得昔日泾渭分明的精英文化与通俗文化的界限消失了，这也给通俗文化繁荣和发展提供了更多的机会和更大的舞台。经济全球化正使得民族和国家的边界日益消失。现代传媒和互联网络改变了人类日常生活的结构组织和认知方式。同时，也改变了许多人，尤其是年青一代的写作方式、出版方式和阅读方式。"今天的我们，不管是生活在澳大利亚或西班牙，或是日本，都同样生活在一个电子文化的社会中。"① "电脑网络小说如果不是后现代主义的最高文学表达，那么也是晚期资本主义自身的最高文学表达。电脑网络小说不仅有助于使当代技术的被疏离的状态变得熟悉，变得可以接受，而且也像为它辩护的理论那样，对自身所造成的习惯的陌生性进行反思。"② 电子网络文学使得文学更加虚拟化、符号化和游戏化，于是，人们也有理由以同样的方式从事文学研究。

前不久英国学者朱利安·沃尔弗雷斯出版了《21世纪批评述介》一书，该书第12章为戴维·庞特撰写的"幽灵批评"。在庞特看来，自从汉姆莱特父亲的幽灵出现之后，我们又经历了马克思关于共产主义的幽灵，德里达关于马克思的幽灵以及德里达的解构主义幽灵们，我们终于进入了一个批评的幽灵时代。而早在20世纪末，法国学者安托万·孔帕尼翁就出版《理论的幽灵——文学与常识》一书，在作者笔下："理论就是幽灵，批评就是幽灵。"当代英国著名批评家伊格尔顿认为，过去，活着的作家是不配成为研究的对象的，人文科学研究的大多是一些看不见、摸不着的东西，检验一项研究成果是否有价值和意义，其方法是看它是否无用、无聊，以及深奥的程度，"理论只不过是一群年轻幼稚、情感受阻的男人，在比较他们自己的多音节的长度而已"③。文学批评不再关注文学文本，而只关注批评文本，或者说批评本身。批评成了脱离文学的批评，成了脱离的文学所指的纯粹的能指符号，这就是所谓"元批评"。"理论"本身成为焦点和中心，理论似乎可以自己生产自己，自己发展自己，任何经验和实践都不再是重要的，不可替代的。于是，批评家和他们所阐释的文本一样，都成了一些寄生虫。

在经历了后现代主义的解构大潮之后，昔日人们所尊崇的信仰、理想、理性和科学等观念大厦都摇摇欲坠、岌岌可危了。人们一时似乎失去了行动的目的和方向。然而，

---

① ［美］玛乔瑞·帕洛夫著，聂珍钊等译：《激进的艺术：媒体时代的诗歌创作》，上海：上海外语教育出版社，2013年，第5页。

② ［英］史蒂文·康纳著，严忠志译：《后现代主义文化》，北京：商务印书馆，2002年，第190页。

③ ［英］特里·伊格尔顿著，商正译：《理论之后》，北京：商务印书馆，2009年，第18页。

世界的发展似乎并不像后现代主义所预料的那样"怎样都行"。少数人所施行的"怎样都行"的策略，其结果只能使绝大多数人"怎样都不行"。后现代在消解普遍性和整体性后，总体性与整体性并没有远离我们而去。伊格尔顿认为，"普遍性最终意味着我们居住在同一个小行星上；虽然我们可以忘掉总体性，但是我们可以肯定它不会忘掉我们"①。"后现代主义最有影响力的时代已经结束了。现在该轮到后现代主义的创始人去面对新生一代的质疑了。"② 于是，人类重新寻找信仰、理想，共同的行为规范和道德原则，这些体现在文学创作上便是重返道德关怀和人文关怀。在这个意义上，后现代主义者充其量只是出色的批评解构者，而不是糟糕的建构者。

我们终于进入一个"理论之后"的时代。伊格尔顿指出，结构主义、马克思主义、后结构主义以及类似的种种主义已经风光不再。相反，人们在经历了种种"主义"的解构之后，不得不再重新关注古老的道德问题。在伊格尔顿的书中，他专为"道德"设有一章。"长期以来，文化理论家把道德问题当作令人尴尬之事来躲避。道德看起来一副说教的样子，没有历史根据，自命清高，并且严厉苛刻。更不讲情面的理论家认为，道德问题一味多愁善感，违背科学方法。"伊格尔顿认为，"这种道德观点是错误的"。"道德最终扎根于我们的身体……正是终有一死的人体，那脆弱易毁、受苦受难、贫穷困苦、相互依存、满怀欲望、悲天悯人的人体，提供了所有道德思考基础，道德思考把我们的身体又重新摆进了我们的话语……有形躯体是我们和我们这个物种的其他人，在时间和空间的延伸上共享的最有意义的东西。当然我们的需要、欲望和苦难在文化上确实始终很明确具体。但我们的有形躯体身体结构如此，必然在原则上能够怜悯我们的同类。道德价值也正是建立在这种同情之上；而这种能力又是以我们在物质上的互相依存为基础的。"③ 因此，在伊格尔顿看来，自然与人类、物质与意义之间的联系，就是道德。而道德问题在 21 世纪如果不能说是人类关注的首要问题，至少也是最重要的问题之一。

三、文化研究与文学回归

伊格尔顿在《理论之后》开篇就宣布："文化理论的黄金时代早已消失。雅克·拉康、列维—施特劳斯、阿尔都塞、巴特、福柯的开创性著作远离了我们有几十年。R. 威廉斯、L. 依利格瑞、皮埃尔·布迪厄、朱丽娅·克莉斯蒂娃、雅克·德里达、H. 西克苏、F. 杰姆逊、E. 赛义德早期的开创性著作也成明日黄花。从那时起可与那

---

① ［英］特里·伊格尔顿著，华明译：《后现代主义的幻象》，北京：商务印书馆，2000 年，第146 页。

② ［英］克里斯托弗·巴特勒著，朱刚、秦海花译：《解读后现代主义》，北京：外语教学与研究出版社，2010 年，第283 页。

③ ［英］特里·伊格尔顿著，商正译：《理论之后》，北京：商务印书馆，2009 年，第135 页。

些开山鼻祖的雄心大志和新颖独创相颉颃的著作寥寥无几。他们有些人已经倒下。命运使得罗兰·巴特丧生于巴黎的洗衣货车之下，让米歇尔·福柯感染了艾滋病，命运召回了拉康、威廉斯和布迪厄，并把路易·阿尔都塞因谋杀妻子送进精神病院。看来，上帝并非结构主义者。"① 文化理论的黄金时代已经不再，但是，文化理论的幽灵依然不散。

就中国而言，"进入 21 世纪以来，文化批评出现了热热闹闹的局面。一时之间，大江南北，从学者到记者，从学校到电台，文化批评成为中国文化领域内四处可见的东西。尤其是博客、微博出现以后，文化批评立刻分裂为以学院为核心的'学究派'和以现代大众传媒为核心的'娱乐派'……一方面，为了说明自己的研究是学理性和思想性的，诸多学院派文化批评更加神经质地强调自己与西方文化研究思想谱系的关联，从而让学院文化批评频频出现在大学学报与研究期刊当中，在脱离了大众媒体的同时，用抽象的思想的批判代替了具体的、现实的批判；另一方面，娱乐化的文化批评则制造了批判的全民狂欢，'批判'的能量在于可以唤起巨大的震惊效应……"② 看来，在中国，文化批评的热闹和纷繁依然不减当年。

当然，文学研究的文化转向已经过去了几十年，研究者对于文学研究越来越远离文学感到疑惑、焦虑和不满，于是有了"回归文学"的呼声。一时间"回归文学""回归文学性"的呼声不绝于耳。其实早在 1996 年，盛宁在《人文困惑与反思——西方后现代思潮批判》一书的"后记"中就写过这样一段话："多年来，一直与理论打交道，与生动活泼的文学实际疏离得太久了。看来是时候把各种各样的理论稍稍放一放，到文学作品世界中去兜一兜风，这就是我在完成了这一课题以后的一个越来越强烈的念头。"③然而，理论的诱惑似乎要比文学作品的诱惑大得多，盛宁先生更喜欢"思辨的愉悦"④。又过了许多年，"文学"依然没有"回归"，"文学性"依然在文学研究中难觅踪迹。许多学者呼喊着"回归"，但只是将"回归文学"当作一个理论问题来研究，并不将这一口号付诸实践。文学研究状态似乎并没有多少改变。人们现在不应当追问：为什么要回归文学？而是要问：为什么我们的文学研究还没有回归文学，回归文学究竟有多难？为什么这样难？

当"回归文学"仍然只是一个理论问题，而不是一种文学实践时，伊格尔顿所说的"理论之后"，仍然在"理论之中"。"我们永远不能在'理论之后'，也就是说没有理论，就没有反省的人生。"⑤ 在宏大叙事已经成为历史之后，我们是否已经进入了小

---

① ［英］特里·伊格尔顿著，商正译：《理论之后》，北京：商务印书馆，2009 年，第 149 - 150 页。

② 周志强：《这些年我们的精神裂变——看懂你自己的时代》，北京：社会科学文献出版社，2013 年，第 133 页。

③ 盛宁：《人文困惑与反思——西方后现代思潮批判》，上海：三联书店，1997 年，第 278 页。

④ 盛宁：《思辨的愉悦》，北京：东方出版社，2010 年。

⑤ ［英］特里·伊格尔顿著，商正译：《理论之后》，北京：商务印书馆，2009 年，第 213 页。

型叙事时代？"那些总是逃避艰苦的概念工作的人说，他们厌倦了理论的争论，人应该接触事物本身，接触文本。……最有益的做法是，将理论与仅仅是谈论区分开来，将反思性地运用一部作品与对它的释义区分开来。但这种活动需要标准，而只有理论才能提高这种标准。"① 由此可见，理论没有"理论之后"，理论永远只能存在于理论之中。

然而，"文学回归"不能仅仅存在于"理论之中"。"理论之后"的一切都已经被"理论化"了。人们纷纷逃离从事理论工作的艰辛和枯燥，追求理论的享乐，"为的是去迎合当今时代的快速、时髦、肤浅和片段化特征。理论因此变成了一种超级商品，成为兜售和宣扬最时髦思想及态度的一种工具"②。当代美国解构主义批评家 J. 希利斯·米勒指出："在我看来，近期有关批评的争论似乎将注意力过多地倾注在这个或那个具体理论上，倾注在它的术语、假设或'理论'的推断上，对借助这些理论可能得以进行的读解则没有予以足够的重视。要反驳或否定一种理论实在太容易了，但若要反驳对某部作品具体的读解阐释，只有通过重读该部作品，并提出另一种阐释，这一艰难的工作才能达到……文学批评最有价值的是它对作品所作的引证和批评家对这些引证所作的阐述。"③

理论的兴盛最终必然伴随理论的衰落。谈论文学的种种"主义"已纷纷过时，但文学本身则长盛不衰。纳博科夫在论及福楼拜的《包法利夫人》时说："这样一部小说居然被称作所谓现实主义的里程碑，我不知道这现实主义的含义究竟是什么……但现实主义，自然主义，都只是相对概念。某一代人认为一位作家的作品属于自然主义，前一代人也许会认为那位作家过于夸张了冗赘的细节，而更年轻的一代人或许会认为那细节描写还应当更细一些。主义过时了，主义者去世了，艺术却永远存留。"④ 这意思仿佛在说："一切理论都是灰色的，只有文学的生命之树常绿。"

美国当代新实用主义哲学家理查德·罗蒂认为，文学经典具有启示价值。他说："启示价值一般不是由一种方法、一门科学、一个学科或者一个专业的运作产生出来的。它是由非专业的先知和造物主的个人笔触产生的。比如，如果你认为一个文本是文化生产机制的产物，你就不能在它里面找到启示价值。那样看待一个作品给予你的是理解但不是希望，是知识却不是自我改变。因为知识是这样一种东西，它把一部作品放入一个熟悉的语境——把它和已知的东西联系起来。"⑤ 我们不应该丢弃文学经典的观念。当

① ［德］彼得·比格尔著，高建平译：《先锋派理论》，北京：商务印书馆，2002 年，第 55 页。
② ［美］道格拉斯·凯尔纳、［美］斯蒂文·贝斯特著，张志斌译：《后现代理论》，北京：中央编译出版社，2001 年，第 181 页。
③ ［美］J. 希利斯·米勒著，王宏图译：《小说与重复》，天津：天津人民出版社，2008 年，第 24 页。
④ ［美］纳博科夫著，申慧辉等译：《文学讲稿》，上海：三联书店，2005 年，第 114、128 - 129 页。
⑤ ［美］理查德·罗蒂著，黄宗英等译：《哲学、文学和政治》，上海：上海译文出版社，2009 年，第 121 - 122 页。

然，文学经典是伟大的，因为它们启发了许多读者；而不是相反，文学经典启发了许多读者，因而是伟大的。

回归文学就是回归文学性，回归文学经典。文学经典就是历史上优秀的文学作品，优秀的文学作品构成了文学经典的标准和样本，而不是相反。譬如，诺贝尔文学奖提供了获奖作品的标准，但诺奖的标准并不能成为文学经典的标准。获得诺贝尔文学奖的作品有可能成为文学经典，但是 20 世纪以来的优秀文学作品并非都能获奖。2012 年诺贝尔委员会将该年度的诺贝尔文学奖颁赠给了中国本土作家莫言，这是中国文学，亦是世界文学中的一件大事。莫言的获奖使我们可以重新思考外国文学学者的职责与作为。莫言通过中文阅读了丰富的外国文学作品，吸取了丰富的营养，甚至有了"醍醐灌顶"的效果；莫言的作品又被优秀的翻译家译成外文，为成千上万的国外读者所阅读和接受。莫言通过翻译文学走近世界，他又通过文学翻译走向世界。莫言获奖与外国文学的翻译和研究不无关联，也正是在这里我们感受到了外国文学研究的职责与意义。

外国文学学者应该给中国作家，当然更多的是中国的普通读者提供丰富的精神食粮，这些"食粮"有些是经过加工的，有些是没有经过加工的，再配上对这些"食粮"的分析和说明。这样的工作应该比当下更为风行的纯粹的符号游戏、语言游戏及结构游戏更为有益。当以莫言为代表的一批作家接受了外国文学的影响，而他们的创作又成了世界文学的一部分时，外国文学学者应该为此感到骄傲和自豪；而当他们的工作和研究与此毫无关系时，他们是否应该警醒和反思他们的工作和研究究竟还有什么价值和意义？

莫言的获奖，可以说标志着中国文学走向世界，中国文学已成为世界文学的重要组成部分，然而，比较而言，我们的理论似乎太滞后了。我们的理论家睁大眼睛注视着西方学术一丝一毫的风吹草动，但国外学术界对中国的理论却关注太少，甚至不闻不问。什么时候中国的学术理论也像莫言的小说一样，拥有越来越多外国读者，从纯粹的"进口"到保持一种"进出口"的平衡？我们的理论走向世界似乎还颇需时日，因为我们模仿和借鉴得太多，甚至连评判理论的标准和语言也是外来的，而探索与独创则太少。这样的理论即便在国内也逐渐呈现萎缩的态势，遑论走向世界。"中国的外国学，并没有触及自己现实的问题意识，也没有关系自己命运的讨论语境，总在本国学术界成不了焦点和主流。"①

【作者简介】

曾艳兵，中国人民大学文学院教授、博士生导师。

---

① 葛兆光：《域外中国学十论》，上海：复旦大学出版社，2002 年，第 30 页。

古代地中海文化圈内部的
文学与文化交流及相互影响*

王立新

在环绕地中海的几个国家和地区中产生了人类历史上最早的文明，也诞生了人类历史上最初的文学。在以往的研究中，环地中海地区的文学与文化常常是作为独立的部分被加以认识和理解的，学界也产生了相应的古典学研究领域。近些年来，人们越来越注意到环地中海各地区间在文化和文学上的相互交流和影响。有学者还提出了"古代地中海文化圈"的概念，将环地中海文化圈与中国的"长江—黄河文化圈"、印度的"印度河—恒河文化圈"相提并论，指出环地中海文化圈的"中心首先是在地中海东部的西亚和埃及，尔后西移雅典，再至罗马。经过希腊化和罗马帝国近八百年的地中海域文化间的交融和碰撞"最终成型。从地理上看，古代地中海文化圈"东起泛美索不达米亚和尼罗河，西达现今的法国部分和西班牙，南邻北非沿岸，北抵阿尔卑斯山脉南麓"①。从文学发展和相互影响的角度上，我们还可以把古代地中海文化圈再具体划分为三个主要的部分，即"泛美索不达米亚文学与文化""北非文学与文化"和"古希腊罗马文学与文化"。古代地中海文化圈内部的这三个部分不仅各自取得了巨大的文学成就，且三者在文学与文化上存在密切的影响、交流和互动。

一

古代埃及文明和古代希腊文明是人类历史上的两座高峰，这两大文明之间自古以来就存在着密切的文学和文化交流活动，尤其自希腊化时期以来，这种交流愈益频繁和直接。一方面，在希腊化时代，建于埃及尼罗河流域的希腊化名城亚历山大里亚，成为希腊文化向埃及传播的桥头堡。希腊人在这里大量整理古代的文学作品，"保存、研究、

---

* 本文原载于《广东社会科学》2013 年第 1 期。
① 陈村富：《地中海文化圈概念的界定及其意义》，《中国社会科学》2007 年第 1 期，第 57 页。

出版古代诗人、小说家的著作，发展出文艺批评、文本研究"，并最终使得"文学开始真正成为一门独立的学科"。① 另一方面，埃及的文化尤其是宗教文化，对希腊文学和文化也产生了重要的影响。有学者就指出，"埃及宗教对希腊文化的影响……表现在埃及和希腊神的认同融合上……在希腊人信奉的诸神中，贝斯神纯粹来自埃及……塞拉匹斯神的创造，也来自埃及，成了希腊化的神"②。古埃及和古希腊文化之间的互动和交流，不仅在对方文化中刻下了自身的印记，也促进了各自文学艺术的深入发展。

与希腊相比，古代埃及和西亚之间的交通更为便利，两者间在人员和文化交流方面也更为深入、密切和直接。在长期定居西亚的希伯来人的圣经中，很早就记录了西亚的巴勒斯坦地区和埃及之间的密切联系。根据《创世纪》和《出埃及记》的记载，希伯来人的先祖约瑟最早就是被商人从巴勒斯坦地区带往埃及的，且其还在埃及为官。后来，希伯来人为了躲避饥荒，从西亚迁居到了埃及。据记载，希伯来人在埃及生活了几代人的时间，然后逐渐失势，成为奴隶。后来，希伯来人中出现了一位伟大的领袖摩西。他在神的指引下带领希伯来人脱离埃及，回到了西亚故土。这些记载虽然带有神学色彩，但从中我们还是可以看出当时的西亚和北非两个地区和民族之间的交流情况。

西亚和北非之间的文化影响尤其表现在摩西这个人物的身份上。在希伯来人的历史中，摩西常常被认为是希伯来民族文化的创立者。有趣的是，根据弗洛伊德的研究，摩西却很可能是一个埃及人。一方面，弗洛伊德引用了埃及学家布雷斯特德的研究成果，布雷斯特德认为"埃及语单词'Mose'的意义是'孩子'"，且"这个名字在埃及的纪念碑上也并不罕见"；③ 另一方面，弗洛伊德注意到《旧约》中的摩西神话与古代英雄神话的基本模式不同：在古代英雄神话中，英雄一般都是出身高贵却成长于低贱的家庭，而摩西神话则刚好相反，英雄摩西出身于卑微的希伯来家庭却成长于埃及贵族家庭。弗洛伊德认为，这很可能是一种有意的颠倒。从历史上看，《旧约》中关于摩西出身的叙述具有较强的传说性和想象性，而关于其成长环境的叙述则是现实性的。在考察了相关证据后，弗洛伊德提出："摩西是一个埃及人，他也许是高贵之家出身，可是传说中却把他改变成了一个犹太人。"④ 按照弗洛伊德的看法，摩西出生在埃及，接受教育也在埃及，甚至根本上就是一个埃及人，但是后来他却成为以色列民族意识和宗教信仰的建立者。这种经历必然会使摩西将源自埃及的宗教、文化和文学观念带入希伯来文化中。弗洛伊德进而断言，以色列人的一神教其实就是埃及的"埃赫那顿的阿顿神教"。弗洛伊德举例谈到，如在犹太教的宗教信条"Schema Yisrael Adonai Elohenu

---

① 陈恒：《希腊化研究》，北京：商务印书馆，2006 年，第 154 页。

② 刘文鹏：《古代埃及史》，北京：商务印书馆，2000 年，第 628 – 629 页。

③ ［奥］弗洛伊德著，李展开译：《摩西与一神教》，北京：生活·读书·新知三联书店，1989 年，第 2 页。

④ ［奥］弗洛伊德著，李展开译：《摩西与一神教》，北京：生活·读书·新知三联书店，1989 年，第 6 – 8 页。

Adonai Echad"中①，希伯来语呼唤的神名 Adonai 就与"埃及神名阿顿"和"叙利亚神名阿东尼斯"非常相似。② 如果确如弗洛伊德所言，那么西亚和希伯来文化与埃及文化之间的相互影响之深入，就是如何强调也不为过的了。

埃及和北非地区不仅与古希腊以及西亚地区文化联系频繁，且对后来的古罗马文学和文化也产生了重要的影响。实际上，除了直接的和转道希腊的文学和文化继承外，这种影响的一个重要表现就是，埃及和北非地区成为古罗马文学叙述的一个重要资源。这方面最具代表性的就是古罗马大诗人维吉尔在《埃涅阿斯纪》中对北非和埃及地区的描述。首先，在史诗中维吉尔对非洲的自然景物做了出色的描写。如在描述利比亚海岸时，维吉尔写道："这里是个深邃的海湾，一座岛屿形成大门，大门两侧把海湾掩护起来，海上来的一切浪潮撞着它就破裂成越来越弱的微波。港口两侧有巨大的岩石，形成一对险恶的峰峦，耸入天空，在峰峦的遮蔽之下，宽阔的水域显得安全而宁静。"③ 这些自然景物描写具体生动，仿佛把读者带到了当时当地，使读者产生了一种强烈的身临其境之感。其次，史诗对古代北非名城迦太基的城市生活进行了深入细致的刻画。如维吉尔在书中写道："下面就是迦太基城，从上面看去，对面就是城堡……推罗人熙熙攘攘十分忙碌，有的筑城堡，砌堡垒，用手把石头往坡上推；有的选择房屋的地基，周围划出一条沟做墙基。人们在制定法律，选举官员和受人尊敬的元老。"④ 这些描述对于我们了解古代北非的社会生活和政治制度具有重要的价值。最后，史诗还为我们塑造了一个伟大的非洲女性——迦太基女王狄多的形象。狄多本在迦太基过着平静的生活，埃涅阿斯来到迦太基后，由于天神的安排，狄多疯狂地爱上了埃涅阿斯。在维吉尔笔下，狄多心思细腻、情感丰富，敢于承认和面对自己对埃涅阿斯的爱。她对妹妹安娜说道："安娜，我坦白对你说，自从我可怜的丈夫希凯斯遭难，自从我的哥哥血溅了我的家园，只有他（埃涅阿斯）一个人触动了我的心思，使我神魂游移。我有一种死灰复燃、古井生波之感。"⑤ 在获得了埃涅阿斯的认可后，狄多把自己的一切都献给了埃涅阿斯，准备与埃涅阿斯共度余生。当埃涅阿斯遵神谕要离开迦太基去建立自己的帝国时，狄多悲痛欲绝，她又是倾诉乞求又是威胁责骂，几乎用尽了所有的手段，想要让埃涅阿斯留下。在她最终明白自己终究要失去埃涅阿斯时，狄多选择了以死亡完结这段感情。维吉尔写道："正当她说话之间，周围伺候的人只见她一剑把自己刺倒，血从剑刃边喷出，溅满了双手。"⑥ 在一片惊叫和哀号中，狄多女王香消玉殒。可以说，狄多女王是西方

---

① 《申命记》，第 6 章第 4 节。
② ［奥］弗洛伊德著，李展开译：《摩西与一神教》，北京：生活·读书·新知三联书店，1989年，第 18 – 19 页。
③ ［古罗马］维吉尔著，杨周翰译：《埃涅阿斯纪》，南京：译林出版社，1999 年，第 6 页。
④ ［古罗马］维吉尔著，杨周翰译：《埃涅阿斯纪》，南京：译林出版社，1999 年，第 16 页。
⑤ ［古罗马］维吉尔著，杨周翰译：《埃涅阿斯纪》，南京：译林出版社，1999 年，第 80 – 81 页。
⑥ ［古罗马］维吉尔著，杨周翰译：《埃涅阿斯纪》，南京：译林出版社，1999 年，第 103 页。

古典文学中给人印象最为深刻的北非女性形象之一。

二

俄国历史学家科瓦略夫曾说，"罗马史是地中海古代史的最后一环"。罗马帝国崛起之时，地中海地区正值希腊化时代。罗马，这个政治和军事上无比强大的国家，一开始就不得不进入"已经形成的希腊化世界的体系"①。英国学者沃尔夫也认为："罗马人首次出现的那个世界，始终是希腊人的世界，通过那个世界，他们扩散开来，并且最终取得了对它的支配地位"②。事实的确如此，古希腊文化对古罗马文化有着先在性和决定性的影响。在文学领域中，这种影响最突出的表现领域就是神话和史诗。

我们知道，古希腊很早就发展出了自己的神话体系。古希腊的神话体系以奥林匹斯山诸神系统最为完整，也最为人所熟知。古希腊神话有三个重要特点：第一，奥林匹斯诸神大都是某种自然力量的代表，比如宙斯是雷神、波塞冬掌管着海洋等。当然，这也是上古神话的一般特征。第二，这些神祇之间存在着类似于人类之间的亲属和伦理关系，如宙斯既是君王，又是父亲，他的妻子是女神赫拉，战神雅典娜是宙斯的女儿，等等。这表明古希腊人有意以神话指涉人间的现实关系。第三，奥林匹斯诸神常常和人类活动发生直接的关联，如《荷马史诗》中就出现了诸神在背后帮助各派军事力量，甚至有亲自上阵与人作战的记载。古希腊神话的体系性和内在特征对古罗马神话产生了决定性的影响。根据德国学者泽曼的研究，在罗马人尚未接触希腊人之前，罗马人实际上是有自己的神祇体系的，但是罗马的神祇只是某种自然力量的代表，与现实和人类生活并无直接的关系。"后来，当罗马人与他们的希腊邻居有了一些思想上的接触，开始研究他们的语言和文学之后，才接受了希腊人对神的普遍设想，并把希腊现有的神话移用到与希腊诸神非常相似、代表的自然意义也完全相同的罗马神祇身上。"③ 正是因为这一影响，我们才看到了众多罗马神祇和希腊神祇一一对应的奇特景观。

古罗马史诗也受到了希腊文化的深刻影响，这一点在维吉尔和他的《埃涅阿斯纪》中表现得尤为明显。维吉尔是古罗马最伟大的史诗诗人，他倾慕古希腊文化，对古希腊哲学尤其是伊壁鸠鲁和斯多葛哲学有着比较深刻的认识和理解。④ 很多学者都指出，维吉尔的《埃涅阿斯纪》和古希腊文化之间存在明显的影响和继承关系。一方面，从历

① ［俄］科瓦略夫著，王以铸译：《古代罗马史》，北京：生活·读书·新知三联书店，1957年，第1－2页。

② ［英］沃尔夫主编，郭小凌等译：《剑桥插图罗马史》，济南：山东画报出版社，2008年，第76页。

③ ［德］奥托·泽曼著，周惠译：《希腊罗马神话》，上海：上海人民出版社，2005年，第2页。

④ 杨周翰：《埃涅阿斯纪》译本序，［古罗马］维吉尔著，杨周翰译：《埃涅阿斯纪》，南京：译林出版社，1999年，第1页。

史渊源上看，《埃涅阿斯纪》故事的直接来源就是希腊神话，尤其承接了希腊神话中关于特洛伊战争的描述。史诗中，维吉尔接续希腊神话中关于特洛伊被希腊联军毁灭的故事，进一步讲述了特洛伊英雄埃涅阿斯逃出战火，到拉丁姆地区建立新王国的故事。这种故事的承续不仅是对希腊神话和文学材料的直接运用，更是对希腊文化源头性和权威性的确认。据考证，为了能准确反映埃涅阿斯的经历，在创作《埃涅阿斯纪》期间，维吉尔甚至亲自"去希腊和小亚细亚地区，以便实地进行历史考察"①。另一方面，从史诗文本内部看，《埃涅阿斯纪》和古希腊的《荷马史诗》之间也存在明显的影响和被影响关系。正如一些学者指出的，《埃涅阿斯纪》上半部分主要描写了埃涅阿斯在特洛伊城破后所经历的一系列冒险活动，"与《奥德赛》的题材性质相似"；史诗的下半部分主要叙述了埃涅阿斯在拉丁姆地区与图尔努斯等当地势力之间的战争，"与《伊利亚特》的题材性质相同"。② 此外，《埃涅阿斯纪》中大量的故事情节和细节描写都受到了《荷马史诗》的影响。③ 例如，杨周翰就指出，在《埃涅阿斯纪》里埃涅阿斯游历地府的一节中，"维吉尔的格局完全模仿荷马"④。

除了神话和史诗外，罗马文学在戏剧、诗歌和历史传记等方面都受到了希腊文学的影响。从历史上看，罗马崛起后，随着罗马人在意大利的不断扩张，他们逐渐接触到之前移居意大利的希腊人，"许多富有文化修养的希腊人被俘虏来罗马……充当主人的家庭教师或从事其他文字工作"，罗马人通过这些希腊移民和奴隶接触到了希腊文学，尤其是希腊戏剧。据考证，"公元前240年，……罗马人模仿希腊人的习俗，第一次正式组织戏剧演出"⑤。之后，罗马人不断学习和模仿希腊的戏剧，慢慢形成了自己独立的戏剧样式。在诗歌方面，罗马也存在同样的情况。有学者指出，古罗马"最早的拉丁诗歌是改编或翻译希腊范本"，甚至直到罗马共和国和帝国过渡时代的很多重要诗人，如"加图路斯""贺拉斯""普罗普提乌斯""奥维德"等，依然"受到他们的希腊前辈的影响"。⑥

三

在古代西亚，希伯来文学在世界古代文学史上独树一帜，其文学成就的主要代表是

---

① 王焕生：《古罗马文学史》，北京：中央编译出版社，2008年，第235页。
② 王焕生：《古罗马文学史》，北京：中央编译出版社，2008年，第244页。
③ 王焕生：《古罗马文学史》，北京：中央编译出版社，2008年，第245页。
④ ［古罗马］维吉尔著，杨周翰译：《埃涅阿斯纪》，南京：译林出版社，1999年，第22页。
⑤ ［古罗马］普劳图斯等著，王焕生等译：《古罗马戏剧选》，北京：人民文学出版社，1991年，第2页。
⑥ ［英］沃尔夫主编，郭小凌等译：《剑桥插图罗马史》，济南：山东画报出版社，2008年，第133页。

具有百科全书性质的民族经典《塔纳赫》（又称《希伯来圣经》）。与地中海文化圈内其他民族的文学相比，古希伯来文学并没有因所赖以产生的古老文明的失落而沉入悠远的文化记忆长河中，而是对从古代以色列人直到今天的犹太人持续发生着影响。不仅如此，当基督教在公元 1 世纪兴起后，犹太人的民族经典《塔纳赫》被当作《旧约》接受下来，希伯来文学随即在基督教历史文化语境中得到广泛传播。时至今日，《塔纳赫》不但因其作为两大宗教——犹太教和基督教——经典的"起始"在各自的信奉者中具有特殊的神圣意义，而且，经过了一代代人的解读，它丰富的文化意义也早已融入了东西方文化的各个方面之中。① 古希伯来文学不但在具体的文类形式上，也在内容观念上受到两河流域其他民族文学、北非埃及文学乃至希腊化时期各种哲学思潮的显著影响，构成了古代地中海文化圈内部文学与文化交流的一个重要组成部分。正是在对其他民族文学与文化接受与超越的过程中，古代以色列民族的文学创作，才形成了自身独特的品格。希伯来文学内容丰富多彩，我们仅从神话和智慧文学两个文类上就足以说明这个问题。

希伯来神话的内容记录于《塔纳赫》第一卷《创世纪》的第 1 至 11 章，主要包括创世故事、伊甸园故事、该隐与亚伯故事、洪水故事和巴别塔故事。19 世纪以来，对古代近东地区的考古发掘和文献资料释读充分证明，这些神话与两河流域其他民族的神话存在着诸多共同之处。

1872 年，英国学者乔治·史密斯在研读来自古代亚述帝国首都尼尼微图书馆的泥板记载时，发现了巴比伦尼亚地区关于大洪水的故事。1876 年，在整理和研究了这些记载后，史密斯出版了《迦勒底人的创世叙述》一书②，《创世纪》中诺亚方舟的故事与两河流域洪水故事的联系，首次呈现在世人面前。1893 年，美国学者乔治·巴尔顿提出，《创世纪》以及《希伯来圣经》其他经卷中出现的一些与海和水有关的怪兽名字如"拉哈伯""利维坦""塔尼恩"或"塔尼姆"等也出现在巴比伦神话中，二者具有相似的特征。巴尔顿的思路影响了德国学者赫尔曼·甘克尔，后者在研究了《希伯来圣经》中的一系列诗体作品后，于 1895 年指出，从这些文本中可以识别出，耶和华神与海怪之间曾经爆发过一场争战。尽管由于希伯来一神教信仰的逐渐发展和成熟，这一争战在最后定型的神话文本中被清除，但他确信，作为一种传统，它就是《创世纪》中所叙述的创世故事的背景。除上述从语词、名称角度发现的联系之外，被学者们认为可以视为希伯来神话借用其他神话强有力证据的，还有洪水故事与该隐杀亚伯故事与两河流域神话的对应关系。《创世纪》中关于"诺亚方舟"叙述的很多细节均与巴比伦史诗

---

① 王立新：《影响与超越：希伯来神话的文化品格与民族特质》，《社会科学战线》2008 年第 6 期。

② 史密斯整理的这个故事即著名的《吉尔伽美什》史诗，同时，史密斯的书中亦包括了古巴比伦人的创世故事《埃努玛·埃利什》片段。

《吉尔伽美什》中描述的洪水故事具有相似性，特别是在洪水止息后，先后从方舟上放出乌鸦和鸽子以探明洪水是否消退的具体叙述，两个故事表现出惊人的一致。而在该隐杀弟的故事中，按《创世纪》第 4 章所记，该隐和亚伯同为亚当和夏娃之子，哥哥该隐种地，弟弟亚伯放牧。兄弟二人分别以农作物、羊以及羊的脂油献祭于耶和华，耶和华喜悦亚伯的祭物而没看中该隐的祭物，该隐于是杀害了自己的弟弟。在苏美尔人的神话记载中，有一个关于牧神杜姆兹与农神恩启都为获取女神印安娜的芳心相争的故事，结局是农神恩启都为了平息与牧神杜姆兹的矛盾，不但给予了后者诸多的礼物，还放弃了与之对印安娜的竞争。①

　　希伯来智慧文学在《塔纳赫》中主要以《箴言》《约伯记》和《传道书》为代表，这三卷作品均表现出古代以色列民族文化与异族文化交往、融合的特点。例如《箴言》第 22 章第 17 节至第 24 章第 22 节的内容与公元前古埃及新王国时期（公元前 10 至前 6 世纪）出现的著名智慧文学作品《阿蒙奈莫普的训言》极为相似，两者相较，相同或相近的文字几近三分之一强。② 第 30 章和第 31 章第 1 至 9 节的开头分别被标示为"雅基的儿子亚古珥的言语"和"利慕伊勒王的言语"，但无论是"雅基""亚古珥"还是"利慕伊勒"都不是以色列民族所使用的名字。《约伯记》开篇即说"乌斯地，有一个人名叫约伯，那人完全正直，敬畏神，远离恶事"。根据《耶利米哀歌》所记，"乌斯地"并非以色列地，而是位于古巴勒斯坦东部的以东人之地。③ 此外，古巴比伦智慧文学《咏受难正直人的诗》更被认为对《约伯记》有着直接的影响。④ 换言之，《箴言》中明显收录了非以色列民族的智慧话语，而《约伯记》所讨论的问题被安排在了一个异族"义人"遭受苦难的背景之下。⑤ 至于《传道书》，虽然开篇说"在耶路撒冷作王、大卫的儿子、传道者的言语"，⑥ 但这不过是一种伪托的说法。而且，此卷作品所反映出的观念明显地与希腊化时代流行的哲学思想有关，斯多葛学派、伊壁鸠鲁学派、犬儒学派和怀疑主义学派的观念均在其中可以找到或深或浅的痕迹。⑦

---

① Samuel Noah Kramer, *Sumerian Mythology*, rev. ed. New York：Harper/Torchbooks, 1961, pp. 101 – 103.
② 可比较《箴言》22：17 – 24：22 与 The Instruction of Amen-em-Opet，后者见 James. B. Pritchard, ed. *Ancient Near Eastern Texts*, *Relating to the Old Testa-ment*, pp. 421 – 424. Princeton Univ. Press, 1955.
③ 《耶利米哀歌》第 4 章第 21 节。
④ 《咏受难正直人的诗》写的是主人公舍卜西·麦施拉·舍坎虔诚敬神、乐施好善，却遭遇种种磨难，诸神都抛弃了他，各种疾病也向他袭来，他通过不停地向神灵恳求，最后被马尔都克神恢复了健康和财富。与《约伯记》相类似，它探讨的同样是"义人"受难的主题。
⑤ 王立新：《古代以色列民族的历史文化语境与希伯来智慧文学》，《文学与文化》2010 年第 1 期。
⑥ 《箴言》第 1 章第 1 节。
⑦ 王立新：《古代以色列民族的历史文化语境与希伯来智慧文学》，《文学与文化》2010 年第 1 期。

当然，这些进入希伯来文学领域的异族成分被《塔纳赫》的作者们予以了不同程度的"希伯来化"，以表达本民族的思想观念。从神话来看，与其他民族所具有的丰富多彩的神话故事体系相比，希伯来神话的一个最直观的特征是没有神的谱系。① 之所以如此，是因为它以独一神信仰的观念为基础。从一个角度说，神话是早期人类宗教信仰的文学表达。希伯来民族一神信仰的根本出发点是以耶和华为独一的神，而且这位神是具有道德属性的公义的神，这就决定了其与信奉多神教的古代地中海文化圈内其他诸民族在文化特征上的根本差异。就希伯来民族文化的立场而言，耶和华神创造和统管万有，在本体论的意义上，不存在与耶和华对立的邪恶神灵。希伯来神话中尽管仍然存在着矛盾双方的冲突和紧张关系，但其原因不是诸神之间的较量，而是源于人与神之间"悖逆"与"惩罚"的张力。其他民族神话中隐含的一个最基本的观念是二元的互补和对立——不仅众神有性别的区分，男性神必有与之相伴的女性神，而且善神与恶神、生命之神与死亡或毁灭之神也是对立互补的关系，两方面的互动与冲突在异教神话中成为循环往复的永恒主题。而希伯来神话体现出的创造神学将耶和华视为没有神族的独一的神，是宇宙唯一的创造者，天地万物不是借着"繁衍"而生，而是借由耶和华的"话语"而出。② 耶和华不是某种自然力的体现，而是具有道德意志、集创造之功和掌控宇宙万物之力于一体的全能者。从智慧文学来看，《箴言》《约伯记》和《传道书》与古埃及和古巴比伦同类作品的不同，不仅仅在于后者所信奉的主神阿蒙神或马尔都克神在语言层面上被改换成了希伯来民族的独一神耶和华，更在于希伯来智慧文本的表达在强调人的现实经验可贵的同时，又将人的理性认识能力纳入了创造神学、自然神学与启示神学三重希伯来民族精神的结构之中，从而充分彰显了其民族精神创造的特质与审美品格。

从整体上看，环绕地中海地区的古代北非地区、希腊罗马地区和泛美索不达米亚地区不仅各自哺育了丰富多彩而又别具特色的文学与文化品类，而且在相互的交流、碰撞和影响中，将各自的文学与文化特质传递给了其他地区，从而极大地丰富了地中海文化圈内的文学生成的可能性。可以说，梳理古代地中海地区文学和文化之间的这种相互交流与影响，不但是比较文学研究的基本任务，对于我们深入准确地理解欧洲古代文学，也具有极其重要的意义。

【作者简介】
王立新，南开大学文学院教授、博士生导师。

---

① 在古代世界已知的各民族神话中，除希伯来神话外，神谱都是存在的。神谱的存在实质上反映的是其背后的万物有灵和多神信仰观念。在这样的观念下，诸神的繁殖功能和自然力象征的属性是第一位的，而道德属性则是次要的。
② 参见《创世纪》第1章第1节至第2章第4节a的希伯来第一创世神话。

比较文学学术系谱中的三个阶段与三种形态[*]

王向远

一

比较文学系谱学的建立，首先有赖于对世界比较文学学科发展史进行纵向梳理。在历史方法与逻辑演绎的双向运动中，可以将比较文学的学术理论系谱大致划分为三个历史时期。第一期，古代的朴素的"文学比较"，是比较文学的历史积淀期；第二期，近代的"比较文学批评"，比较文学以文学批评的形态存在，是比较文学的学术先声期；第三期，现代的"比较文学研究"，比较文学实现了"学科化"。

在 19 世纪末学科成立之前，比较文学经历了一个漫长的历史积淀期，也是比较文学学术系谱中的第一个阶段。这一阶段没有形成比较文学的自觉意识与方法论，而仅仅是一种以自国为中心、在有限的国际区域视野中的朴素的"文学比较"，呈现出地域性（非世界性）、偶发性的及简单的异同对比的特征。这种朴素的"文学比较"在古代各文明民族国家或多或少大都存在，但情况有所差别。在中国，长期以来，汉文学以外的文学很少能够引起中国的文学家、文学批评家与研究者的注意，属于中外文学比较的文字材料极为罕见。有的学者在谈到中国比较文学"史前史"的时候，认为魏晋南北朝时期的南方与北方的文学的比较属于比较文学。但实际上，中国古代的南北文学比较虽跨越了狭义的"民族"（甚至"国家"）的界限，却是在走向融合的"中华文化"内部进行的，而且是在汉语言文学内部展开的，因此不是现代意义上的跨文化的比较文学。中国古代真正的跨文化的文学比较，是在印度佛教经典翻译的过程中发生的。在佛经翻译过程中，一些翻译家在中印的比较中，看出了印度文学不同于中国文学的一些特点，

---

[*] 本文原载于《广东社会科学》2010 年第 5 期。

并且提出了有关译学理论的主张及中印文学不同特征的一些看法。但那基本上是在宗教学、语言学的范畴内进行的，而且流于只言片语。

相比而言，在古代东西方各国最具有国际观念与比较文学意识的，首推阿拉伯帝国时期的阿拉伯作家与评论家，其次是东亚的朝鲜与日本。公元 8 至 11 世纪阿拉伯帝国广泛接收和吸纳周边各民族的文化，熔铸成新的阿拉伯—伊斯兰文化。在各民族交往日益频繁的大背景下，学者、文学家们自然产生了文学与文化的比较意识，他们喜欢对不同地区、不同民族的诗人及其作品加以比较，并判别优劣高下。此外，中国的东邻朝鲜和日本两国始终感受到了中国文化、中国文学的强大存在，因此很早就产生了异文化观念和国际文学眼光。朝鲜人相对于中国自称"东人"或"东方"，而称汉学为"西学"，对汉文化特别是唐朝文化的繁荣强盛普遍具有敬畏感、自卑感，但也同时普遍产生了民族国家意识和民族文学的自觉追求。日本的情况与朝鲜一样，其语言文字与书面文学是在汉语言文学的影响下发生发展的，而且，汉文化与汉文学东渐日本，很大一部分是以朝鲜为中介的。因此，日本人较早就具有了"国际"的观念，在认同汉文化的先进性的同时，相对于"唐土"，有了"本朝""日本""神国""皇国"等民族与国家的观念，并逐渐产生了民族文学的自觉，到了 18 世纪的所谓"国学派"，甚至用比较的方法论证日本文学优越于中国文学，从而由文学的国际意识、民族意识发展到了文学上的民族主义。

第二个阶段是近代的"比较文学批评"（或称"比较文学评论"）。这种形态发源于并且多见于近现代欧洲国家，19 世纪后在欧洲的影响下，亚洲各国也进入这个阶段。在欧洲，文艺复兴运动后各民族文学迅速成熟和发展，各国文学间的联系日益广泛和深刻，各国文学的特性与欧洲的普遍性共存，使得批评家要为某作家作品或某种文学现象做出定性与定位，就要运用国际的眼光与比较的方法。尤其是到了 18 世纪末至 19 世纪初的浪漫主义时代，为了解放思想和释放想象力，其文学视阈大为开阔，文学家们不仅热衷于民间民族文化，更追求异国情调乃至东方趣味。浪漫主义时代的文学批评也相应地表现出了对外部文学的浓厚兴趣，不仅突破了此前西欧的乃至欧洲的视阈，而且初步具备了包括亚洲文学在内的东西方文化与文学的广阔视野。

"比较文学批评"作为文学批评，虽然也有高低优劣的价值判断，但它不同于古代朴素的"文学比较"的根本特点，是批评家们淡化了本国文化中心论思想，较多地具有了多元文化意识与文化平等观念，能够正确理解和看待文学的民族性与多民族构成的区域性文学的关系，并在这个基础上产生了"世界文学"的观念。同时，在比较批评的实践中，一些批评家不仅在具体实践中运用比较批评的方法，而且提出了比较文学的方法论问题（虽然还是很简单的），如德国的弗·施莱格尔提出的"宏观把握"与"整体描述"的比较方法，法国的斯达尔夫人提出的"南方文学""北方文学"的区域划分与区域比较法以及"集体性的、现实的比较"的方法，不仅具有实践价值，也具有重要的理论价值。这些都为 19 世纪后期比较文学学科理论的建构提供了经验，成为比较文学研究及比较文学学科成立的先声。

"比较文学批评"它本质上是一种颇具主观性的、审美活动，具有很强的鉴赏性、自我感受性、审美领悟性与价值判断功能。① 因此，它与作为科学研究的"比较文学研究"还具有相当的距离，甚至在许多重要方面，两者是矛盾对立的。例如，"比较文学批评"具有个别性、片断性，"比较文学研究"具有系统性、整体性；"比较文学批评"的对象主要是作家与作品，"比较文学研究"除作家作品外，更包括了一切跨文化的文学关系；"比较文学批评"依赖主观感受，"比较文学研究"依赖客观材料；"比较文学批评"较为随意，其观点的对与错难以验证，"比较文学研究"则需要严谨，其观点的正确与否能够以史料实证方法加以验证。"比较文学"要由"文学批评"形态发展为"文学研究"形态，要由"比较文学批评"发展为"比较文学学科"，首要的是要建立一套学科理论体系，特别是方法论体系，来规范和指导研究实践。

二

比较文学学科的体系性的学术理论，不是从古已有之的"朴素的文学比较"中产生，不是从近代的"比较文学批评"中产生，甚至也不是从文学自身的研究中产生，而是从18—19世纪的历史哲学、文化人类学，比较神话故事学等相关学科中借鉴过来的。18世纪后，欧洲的整个思想与学术界的成果，都从不同角度、不同侧面，为比较文学学术理论的形成提供了支持。尤其是德国人的思辨哲学、历史哲学、比较语言学和比较神话学，法国的实证哲学，英美人的文化人类学等，对比较文学学科理论的建设影响很大。可以说，在19世纪末20世纪初比较文学学科理论基本形成之前或形成的过程中，一些基本理论问题已经由相关学科首先或同时提出来，并部分地予以回答和被解决了，这些问题包括：第一，比较文学学科成立的理论前提，人类文化整体性与多样性的确认，人类文化发展史及其不同的进化阶段所具有的普遍有效性和普遍适用性；第二，文学的外部决定因素的研究，亦即跨学科研究的基点：种族、环境和时代；第三，比较文学研究的基本范型与基本单位：各民族文化类型及其"基本象征"物，各种文明"单位"与文明类型，在此基础上，可以比较、总结各民族文学的基本特征及基本类型；第四，比较研究方法：综合的、系统的，而非个别的比较（即现在我们所否定的简单化的X与Y式的双项比较）；第五，比较文学的研究有各种研究类型，包括"原始共同语""神话残片""语言残片"的追根溯源式的"渊源学"的研究，探寻文学在各民

① 需要指出的，在中国学术界，存在着将"文学批评"（或"文学评论"）这一概念加以泛化的倾向，往往将"文学批评"与"文学研究"混为一谈，导致许多人以"文学批评"文章代学术研究论文。赏析性、批评性文章与研究性论文不分，就会使文学研究丧失了操作规范和评价标准，这是需要加以反省的。

族之间流变轨迹的"借用研究""传播研究",以若干民族的集合体为单位的"文学圈"亦即区域文学的研究,对各民族文学作品按情节、题材、主题或"功能"加以分类并加以比较的"类型学""主题学""题材学"研究等。相关学科的这些理论建构,在学术视野的全球性与宏观性、研究对象的综合性与整体性、研究方法的科学性与实证性、学科理论建构的体系性等方面,为比较文学学科理论的产生与学科的成立提供了理论支撑,奠定了学理基础。在这种情况下,由近代形态的"比较文学批评",到现代形态的"比较文学研究"的转型,由片断的比较方法论,发展为体系的比较文学学科论及学科方法论,在19世纪末到20世纪初的几十年间的欧洲国家,可谓水到渠成。

在近现代学术史及学科发展史上,一个学科的成立还需要经历"学院化"的过程。17—18世纪盛行的"比较文学批评"的主体是文学家和文学批评家,而19世纪"比较文学研究"的主体则主要是学者和教授,主要基地在大学,带上了"学院派"的特征。比较文学的第一部学科理论著作——英国波斯奈特的《比较文学》,显示了将比较文学学院化的努力。他把比较文学研究看成是文化史、文明史研究的一个组成部分,将比较文学加以学术化、"史学"化了。法国学派的理论家梵·第根在《比较文学论》中认为,比较文学是一种历史科学,属于文学史的研究,其研究方法是以史料为依据的历史学的、科学的考证,这样就将"比较文学"与一般的"文学比较"划清了界线;"比较文学"不是审美的鉴赏与批评,而是一种科学研究,这就把"比较文学研究"与"比较文学批评"划清了界线。梵·第根的这种界定在比较文学学术史上具有划时代的意义,由此,"比较文学"具备了"科学"的性质,并有理由、有资格成为一门"学科"。对此,比较文学学术史应该给予高度的评价。后来一直有人认为梵·第根这个定义"有明显的缺陷",批评他仅仅从文学史的科学性角度来看待和要求比较文学,而轻视和排斥文学鉴赏和审美活动在文学发展中的作用。这样的看法虽然不无道理,但显然是对梵·第根的比较文学"学科化"的意图缺乏理解。梵·第根虽然没有明说,但显然已经意识到:倘若比较文学作为"文学批评"的形态而存在,它就不会成为一个学科,而比较文学要成为一个学科,就一定要"史学化"。在欧洲乃至世界的学术史上,任何学术的研究都是"史"的研究,连法学、社会学研究这样的现实性极强的社会学科,都具有"史"的研究的性质。因此,"比较文学"要成为一种"科学"和一门"学科",必须强调它的"史"的性质,即"文学史研究"的性质。况且,梵·第根主张比较文学要"摆脱全部的美学含义",并不意味着在具体的比较文学研究完全不要审美判断,那既不可能,也无必要,而只是要将比较文学从"文学批评"中摆脱出来,因为文学批评的本质是审美价值判断。比较文学一旦从文学批评中超越出来,其审美判断必须服从于实证的、科学的和历史的判断。假如不把比较文学转换为国际文学交流史的研究,那就不需要运用文献学、考据学、目录学和统计学等一系列实证的研究;假如没有实证研究,就难以使比较文学成为真正可靠的科学研究或成为一门学科。

20世纪50年代,比较文学学科发展出现了历史性转机,美国学者韦勒克对以文学交流史研究为对象、以实证方法为中心的法国学派提出了强烈批判，站在"文学性"即文学的语言、结构和形式等审美价值的角度，提出了一系列新的理论主张，这是对法国学派的超越，也是对法国学派的修正与补充。美国学派强调比较文学要摆脱实证主义与"唯事实主义"，不拘泥于史实的发掘和事实的呈现，要有助于人们将人类文学作为一个整体来看待和理解，要具备知识整合功能与理论概括功能。如果说法国学派的研究宗旨是客观地描述史实和呈现史实，那么美国学派的研究宗旨就是在比较中发现文学现象内在联系性的普遍规律，研究方法也随之由文献学的实证、呈现与描述的方法，转变为以理论提升为目的的平行比较方法。这是美国学派和法国学派的根本不同。由此，美国学派对法国学派实现了三重突破：一是从国际文学交流史研究，到没有事实联系的"文学性"的平行比较研究；二是从文学范围的研究，到文学与其他学科的跨学科研究；三是从"西方中心"到全球性的东西方比较文学乃至比较诗学，并且在此基础上形成了以跨文化研究、跨学科研究为特征的"美国学派"。美国学派的最大贡献，是将比较文学从法国文学的"国际文学交流史研究"这一较为狭窄的领域中解放出来，将比较文学与文学批评、文学理论、美学及文化理论联通起来，从而使比较文学转化为以宏观视阈、理论概括和学科整合为主要特征的"文艺学"。

美国学派的平行比较的精髓强调普遍的理论价值的追求，因此它本质上不同于19世纪之前的比较文学批评，它将比较文学落实在"文学理论"与"文艺学"的基础上，"文艺学"是一门科学，它有自身的学科规律与规范，而"文学批评"本质上却属于一种主观性的广义上的文学创作活动。因此，当"比较文学"作为"比较文学批评"而存在的时候，它不能成为一门学科；当比较文学作为"文艺学"而存在的时候，它就是一门学科，而且其学科空间比法国学派的"国际文学交流史"更广阔，因为文艺学研究不能脱离文学史的研究，否则它就是架空的。从这个角度看，美国学派不是对法国学派的彻底颠覆，而是对法国学派的继承和擢升。当年法国学派排斥文学批评，拒绝审美判断，为的是使比较文学超越主观性很强的"文学批评"形态，而提升为以实证为主要特征的"文学研究"的层面，并由此将比较文学建设为一门学科，而现在美国学派又将文学批评纳入比较文学中，也不是简单地复归旧有的批评传统，而是要将文学批评及审美判断作为文学理论与文艺学建构的基础。

稍后，苏联学者在19世纪维谢洛夫斯基的"历史诗学"的基础上，加上历史唯物主义史观，提出了与西方的"比较文学"相抗衡的"历史比较文艺学"（又简称"比较文艺学"）的概念。这一概念在意识形态立场与"历史诗学"的强调方面与美国学派明显不同。但是，在把比较文学由"文学史研究"转换为"文艺学"研究上，与美国学派却是一致的。苏联的"历史比较文艺学"的限定词是"历史"。所谓"历史比较文艺学"明显是为了矫正美国比较文学在横向的平行研究中常常出现的缺乏历史感的问题。在这一点上，苏联学者与法国学派的"国际文学交流史研究"又有了契合。实际上，苏联的"历史比较文艺学"是在美国学派及此前的法国学派的基础上批判地继承而来的，而其指导思想则是马克思主义的历史唯物主义。从这个意义上说，苏联的"历史比较文艺学"有着自己的特色，也不妨说形成了比较文学的"苏联学派"。假如将"比较文艺学"的政治意识形态含义除外，就学科定义的准确性而言，"比较文艺学"比现在通行的"比较文学"这一概念更能揭示这门学科的"文艺学"性质。因为"比较文学"可以包含"文学比较""比较文学批评""比较文学研究"等不同历史时期的学术文化形态，而"比较文艺学"指称的则是运用跨文化的比较所进行的"文艺学"研究，所强调的是比较文学的文艺学属性，亦即现代比较文学的学术属性。

三

从"比较"的角度看，在比较文学学科谱系中，各国学者都发挥了自己的文化优势，为比较文学作出了特殊的贡献。例如，德国学者贡献给比较文学的主要是其思辨哲学的基础、先验的范畴与概念，强调的是精神史与比较文学的联系；英国学者贡献给比较文学的主要是其人类文化视野与历史纬度，强化的是文明史与比较文学的关联；法国学者贡献给比较文学的是实证科学的方法，注重的是比较文学的史学化、科学化与学科化；俄苏学者贡献给比较文学的主要是鲜明的意识形态立场与历史唯物主义态度。20世纪80年代至今的中国比较文学，继日本之后将比较文学由一种西方的学术形态与话语方式，转换为一种东方西方共有的话语方式与学术形态，真正将比较文学提升为一种包容性、世界性和贯通性的学术文化形态。

20世纪80年代世界比较文学的重心移至中国后，中国比较文学逐渐成为世界比较文学发展新阶段的代表。30年间中国比较文学理论与实践的过程，是对欧美比较文学学科理论的继承、阐释与超越的过程。中国学者对比较文学研究方法做了一系列新探索与新表述，提出了包括阐发法、原典实证法和三重证据法等方法论，并将"影响研究"与"传播研究"相剥离，将平行研究优化为"平行贯通"研究，将"跨学科"研究法修正为"超文学研究法"，从而解答了此前比较文学学科理论中的一系列逻辑悖论与理论难题。中国比较文学在比较文学的若干分支学科上做出了新开拓与新建构，包括：建立了从"译介学"到"翻译文学"的本体理论，提出了"世界文学"与"宏观比较文学"的分支学科范畴，提出了"形态学"与"变异学"的概念。在丰富的理论探索与研究实践中，中国比较文学以其开阔的胸襟与宏大的视野，超越了比较文学长期难以突破的欧美性、西方性，超越了法国学派、美国学派和苏联学派那样的"学派"性质。世界比较文学发展到当代中国，犹如大河汇流，百川归海，逐步达成整合学派、跨越文化、超越学科、和而不同的新阶段，将东方文化与西方文化融合，文化视阈与文学学科融合，历史深度与现实关怀融合，形成了自己鲜明的特色，在上述欧美比较文学的三种历史形态的基础上，逐渐形成了第三种形态，那就是"跨文化诗学"。

"跨文化诗学"这一概念是美国的"新历史主义"的代表人物格林布拉特较早提出

来的。进入 20 世纪 90 年代中期后，我国有学者认为，"跨文化诗学"的本质就是超越、打通、整合和融汇，这与比较文学研究的宗旨非常吻合。具体说，就是跨越民族、国家、语言与文化，包容以往不同的学术方法与学术流派，打通文化各领域、各要素与诗学之间的壁垒，整合文学与各知识领域，从而提升为诗学理论形态。换言之，"跨文化诗学"的基本宗旨就是超越以往的学派分歧（例如法国学派与美国学派的分歧），将文学的文本属性与历史文化属性结合起来，而走向文化与诗学的融合。

"跨文化诗学"可以将"跨文化研究"或"跨文明研究"的提法包容进来。任何国家的比较文学都是"跨文化"的，而跨越"东西方异质文化"的也不仅仅是中国的比较文学，日本、朝鲜和印度等许多东方国家的比较文学也跨越了"东西方异质文化"，西方的"东方学"研究也是"跨越东西方异质文化"的。而且，"跨文化研究"或"跨文明研究"的提法，是以"学派"的思路来看待中国比较文学的。而"学派"的本质就是宗派、派别，学派往往旗帜鲜明，而又各执一端，具体地说，对于英国波斯奈特提出的比较文学，中国比较文学显然已经超越了这样的"学派"范畴，因而不能将中国比较文学视为一个"学派"。相比之下，"跨文化诗学"这一概念虽然相当包容，但又具有明确的特指性，它不像"跨文化"那样可以概括所有国家、所有阶段的比较文学，而是最适合概括中国的比较文学。后来法国学派的比较文学本质上是一种历史学的、国际关系史的研究，"文学性"（诗学）的因素相对淡薄。梵·第根更是明确地将审美分析从比较文学中剔除出去，因而法国学派的比较文学本质上缺乏"诗学"研究的性质。后来美国学派虽极力矫正法国的"非诗学"性，同时强调跨文化，但美国学派的研究在实践中出现了两种偏向：一种是受"新批评派"的影响，在理论上过分强调"文学性"，在实践上过分注重对具体作品的语言形式与文本结构的分析与审美判断，造成历史维度与实证研究的缺失；另一种偏向就是主张"跨学科研究"，而使比较文学丧失了它应有的学科边界，走向了泛文化的比较，"文学"或"诗学"容易被"文化"淹没。可见，世界比较文学系谱中的法国学派与美国学派，在理论与实践中都存在着"文化"与"诗学"两者的背离和悖论。中国的比较文学与苏联的比较文学有很多相通之处，但作为社会主义市场经济国家的比较文学，与当年带有强烈的政治意识形态性与冷战色彩"苏联学派"，显然有着本质上的不同。此外，在东方国家中，日本的比较文学在打破西方的比较文学话语垄断方面与中国完全一致，且比中国先行一步，但日本的比较文学总体上以法国学派的实证研究为圭臬，基本上是法国学派的延伸与发展，而中国比较文学对西方各学派则是全面吸收与整体超越。

以上分析可以表明，20 世纪 80 年代后，中国继日本之后，将比较文学由一种西方的学术形态与话语方式，转换为一种东西方共有的学术形态与话语方式，真正将文学的文本属性与历史文化属性结合起来，把比较文学提升为一种包容性、世界性及贯通性的学术文化形态，即"跨文化诗学"形态，中国比较文学也超越了"学派"性质。世界比较文学发展到当代中国，已经进入了一个新的历史阶段。

参考文献

[1] 蒋述卓：《走文化诗学之路——关于第三种批评的构想》，《当代人》1995 年第 4 期。

[2] 童庆炳：《中西比较文论视野中的文化诗学》，《文艺研究》1999 年第 4 期。

[3] 童庆炳：《文化诗学的学术空间》，《东南学术》1999 年第 5 期。

[4] 童庆炳：《文化诗学是可能的》，《江海学刊》1999 年第 5 期。

[5] 童庆炳：《美学与当代文化讲演录》，南宁：广西师范大学出版社，2007 年。

【作者简介】

王向远，北京师范大学文学院教授、博士生导师。

为了活泼泼的整体生命

——《叶维廉文集》序*

乐黛云

一

叶维廉曾被美国著名诗人吉龙·卢森堡（Jerome Rothenberg）称为"美国现代主义与中国诗艺传统的汇通者"。他写诗，也写研究论文，是著名的诗人，又是杰出的理论家。他非常"新"，始终置身于最新的文艺思潮和理论前沿。他本身就是以现代主义诗歌创作起家，且一直推介前卫艺术并身体力行；他又非常"旧"，一生徜徉于中国诗学、道家美学、中国古典诗歌的领域并卓有建树。他自己说：

> 为了活泼泼的自然和活泼泼的整体生命，自动自发自足自然的生命，／我写诗为了活泼泼的整体生命得以从方方正正的框限解放出来，／我研究和写论文。①

叶维廉 1937 年生于广东中山沿海一个小村落，如他自己所说，"童年是炮火的碎片和饥饿中无法打发的悠长的白日和望不尽的孤独的蓝天"。后来，他在香港和台湾受教育，并在美国相继获得美国艾荷华大学美学硕士和普林斯顿大学比较文学博士学位。1967 年后，便任教于美国加州大学圣地亚哥校区至今。30 余年来，他曾担任该校比较文学系主任凡十余年，并于 1970 年和 1974 年两次回台湾参与建立比较文学博士班；1980 年和 1982 年，他又两次赴香港，担任香港大学英文系首席讲座教授并协助建立该校比较文学研究所。在此期间，他所培养的比较文学、现代文学和中国诗学的研究生遍

---

* 本文原载于《广东社会科学》2003 年第 4 期。

① 叶维廉：《叶维廉文集》，合肥：安徽教育出版社，2003 年。

及中国港澳台地区和美国各地。

　　叶氏在大陆的影响也是十分深远的。1981 年"文化热"初起，叶维廉第一次来到北京大学，发表有关比较文学的讲演，讲演在可以容纳 800 多人的办公楼礼堂举行，台上台下，门内门外都挤满了听众！应该说这是一次成果丰硕的播种。如今，比较文学作为一门新兴学科已在北京大学发芽生根。北大已建成硕士、博士和博士后的完整比较文学教育体系，比较文学也已成为北京大学的重点学科，得到国家的大力支持，将在 21 世纪优先发展。回首往事，叶维廉的这次讲演不得不说是一个富于开创性的起点。20 年来，叶维廉的主要比较文学著作在大陆被编为《寻求跨中西文化的共同文学规律》①，他的《中国诗学》② 在大陆再版过多次，他的诗歌也由社会科学院文学研究所研究员杨匡汉编为《叶维廉诗选》③ 在大陆广为流传。在台湾出版的他的许多著作，特别是他在 80 年代编选的那套多卷本《比较文学丛书》更是成为海峡两岸许多比较文学学者和文艺理论学者案头常备的参考。

　　1998 年，叶维廉作为北京大学比较文学系列讲座的主讲人，再次应邀来到北大，以"道家美学与西方文化"④ 为题，进行了多次讲演，讲演稿作为"北大学术讲演丛书"之第十九，在北大出版社出版。这次讲座的特点是叶维廉带着深深的人文关怀，从全球化的现状出发，将保护文化生态的问题提高到保护自然生态的高度来进行考察，指出目前几乎覆盖全球的"文化工业"，透过物化、商品化，按照市场原则来规划文化活动，裁制文化，以配合消费的需要；把利益的动机转移到文化领域，大量复制单调划一的文化生产；在这个过程中，人的价值被减缩为货物交换价值，"唯用是图"，"见树只见木材"。结果是大量制造出没有灵性的"经济人"，不同文化特有的生命情调和文化空间消失殆尽。随着自然生态惨遭大规模破坏，人类亦逐渐走向灵性的放逐和多元文化的败落。为了缓解这一危机，叶维廉返回过去对于中国哲学，特别是道家美学的研究，指出道家的"去语障""解心囚"，破除语言霸权，让自我从宰制的位置退出，让自然回复其"本样的兴观"，做到"人法自然"，唤起物我之间互参互补、互认互显的活泼泼的生命整体，或许是拯救人类文化生态的重要途径。他的讲演引起很大反响，显然为中国比较文学和比较文化的发展揭开了新的一页。

二

　　叶维廉首先是一个诗人，而且是一个现代派诗人。还是一个十几岁的少年时，叶氏

---

① 叶维廉著，温儒敏编：《寻求跨中西文化的共同文学规律》，北京：北京大学出版社，1987 年。
② 叶维廉：《中国诗学》，北京：生活·读书·新知三联书店，1992 年。
③ 叶维廉著，杨匡汉编：《叶维廉诗选》，北京：中国友谊出版公司，1993 年。
④ 叶维廉：《道家美学与西方文化》，北京：北京大学出版社，2002 年。

就十分热衷于诗歌探索和诗歌创作。在 1955 年至 1961 年的台湾求学时代，他已经写了不少中文诗和英文诗，在《现代文学》《创世纪》《新思潮》等杂志发表。1963 年，他参加了美国艾奥瓦大学的诗创作班，翻译编选了《现代中国诗选》，同年出版了他的第一部诗集《赋格》，后来又陆续出版了多卷诗集如《愁渡》《醒之边缘》《野花的故事》《花开的声音》《松鸟的传说》《三十年诗选》《惊驰》《留不住的航渡》《移向成熟的年龄》等。这些诗中的一部分曾数度获奖，他本人也于 1979 年荣获台湾十大杰出诗人的美称。

叶氏的诗歌创作多半充溢着怀乡的情调和放逐的低回，正如他自己所说，从大陆到台湾，再到美国，这不得不使自我从特定的空间游离，也不得不呈现围绕着思乡情怀、时空错失，精神放逐的迷惘。但他所写的绝非浅薄的乡愁，而是始终贯彻着一种寻觅与追索、漂泊愁结与超越放逐的主题。正如一位大陆评论家所指出："他的歌吟、盘诘、隐情和述析，并不停留于单向度的情感抒发，而是谋求时空与经验，生命与思想，言语与诗人之间相互的能动选择和重新发现。"① 于是，我们在他的诗中，看到无休止的追索与寻觅，"永久的幸福是永久的追迹，依着痛苦的翅羽"（《追寻》），也体味着对博大文明的自豪并祈福："大地满载着浮沉的回忆/我们是世界最大的典籍/我们是亘广原野的子孙/我们是高峻山岳的巨灵……"（《赋格》）

叶氏早期的诗作显然是比较西化的，与西方现代派诗歌很接近。他的诗沿着"五四"以来"散文化"的新诗发展路向，重在叙述和分析，但这些诗又不全是线性的分析和叙述，而是尽量采取复杂和多层次的表达，追求自我对物象的鲜活感受，努力撤除一般时间和空间的局限，至少是寻求一种"略为离开日常生活的观看方法"，像卞之琳、何其芳那样，趋向一种"出神状态""玄思状态"甚至"梦的状态"。与此同时，他一直在探索能否在西方和中国传统的表现方法之间构成一种新的和谐。例如他的成名作《赋格》，从总体结构来看，显然是西方交响乐式的表达方法，但诗中的许多意象却与中国传统诗歌有着密切的关联，如"披发行歌""折苇成笛""江枫堤柳""千花万树""良朋幽邈"等都离不开中国传统诗歌的意味，这就使他的诗在现代纯诗的追求中融进了某些东方色彩。

随着叶维廉越来越深地进入比较文学和比较文化的研究领域，他对西洋诗传统和中国诗传统的把握也更为深邃，更为自觉。作为一个诗人的学者和学者的诗人，他说："我面对的是很复杂的情景，是东西方的糅合，有两方面的冲突。"但中国的成分显然越来越重。他越来越趋向于"喜欢用短的句，简单的意象，希望用简单的意象能够表达复杂的感受，而不是用以前那么繁复的处理方法"。他试图突破过去的郁结，更倾向于山水林木，力求融入中国诗歌传统的宁静淡泊，追求中国旧诗"非常浓缩的气氛和感

① 叶维廉著，杨匡汉编：《叶维廉诗选·序》，《叶维廉诗选》，北京：中国友谊出版公司，1993 年。

受"。在语言方面则力图以文言的浓缩来补救白话的松散;他推崇李白的乐府诗的语言,认为那是一种口语化的语态,同时又是比较提炼的语言,而他自己则"大概是先在白话和文言之间提炼了一种语言之后,而以这个为基础再来调剂一下民间的语言"①。

综合来看,叶维廉的诗越来越重视无关联性的意象并列,追求外在形象与内在感情的应和,努力使混沌的情思通过可理解的诗境显露出来,以心灵感应的方式呈现瞬间的多重透视,使可解与尚不可解的事物相融会,激发读者用想象去参与领悟和填补诗的空间,持续"无言独化"的尝试,用意象结构与音响结构相交叉的策略来打破单一的叙述性,词语上则"文""白"杂陈,不时取熔古语,以引发现代诗的"古典回响"②。他的诗洋溢着浓厚的中国古典诗意,融合了三四十年代中国现代派诗歌的遗产,承接了西方自象征主义以来的表现策略,形成了自己独特的诗歌风格。他毕生致力于从哲学和美学的高度,探寻中西诗学和诗艺汇通的途径。他的诗歌创作在这方面开辟了一代诗风,虽然并不都是完美之作,却延续了数千年中国诗歌的血脉,继卞之琳、何其芳之后,使中国现代派诗歌在世界诗坛占有了一席之地。另外,还应提到他在诗歌翻译方面的贡献。他的中国古典诗英译,如王维和中国古典诗举要,提供了一种自由浮动的视觉,从西方诗人得到启发,可以反思及调整他们的某些表现策略。他的英诗中译,如《荒原》和《众树歌唱》,对中国台湾新诗的视野和技巧也都有新的开拓。在他的英文诗里,他更是创造了一种可以兼容中西文化视野的灵活语法,在庞德、罗斯洛斯、奥逊、柯尔曼及史迺德等美国当代重要诗人倡导的美国现代诗语法创新的潮流中独树一帜。应该说,他的诗本身就是一个跨文化创作的成功实践。

三

叶维廉在其较早的诗歌创作中,一直追求中西诗艺的汇通,在其学术生涯的开始,自然就毫不犹豫地投入比较文学的研究。叶氏在分析其进入比较文学研究领域的动因时指出,最重要的动因之一,就是诗的创作。他说,因为读的诗不分中外,在同异之间不免有些发现。他认为:诗的律法何止千种!而每种律法后面另有其美学含义。由是,渐渐便发现中国诗很多由特异语法构成的境界、气味,是英文文法无法捉摸的,是带有西方语态的白话无法呈现的。惊叹叫绝之余,遂暗藏着后来要发掘中国传统美学含义的决心。另外的动因还有译诗:如何去调整乙语言的结构来反映甲语言中的境界呢?这样的考虑就必然由含糊的比较文学活动进入了思辨的比较文学研究。叶维廉认为自己是"五四"文学革命的传承者,而"五四"本身就是一个比较文学的课题,如他所言,"五

---

① 叶维廉:《叶维廉自选集·附录》,《叶维廉自选集》,台北:东大图书公司,1975 年。
② 叶维廉著,杨匡汉编:《叶维廉诗选·序》,《叶维廉诗选》,北京:中国友谊出版公司,1993 年。

四"时期的当事人和研究"五四"以来文学的学者多多少少都要在两个文化之间的运思方法、表达程序及呈现对象之间取舍，做某种程度的参证与协商。作为一个"五四之子"，一个现代文学作家，他进入比较文学学科领域就是必然的了。

叶氏的比较文学研究是从寻求共同的文学规律，共同的美学据点开始的。他致力于找出一些"发自共同美学据点的问题，然后用其相同或近似的表现来印证跨文化美学汇通的可能"。但他从一开始就十分警惕地指出，决不能用"淡如水的'普遍'来消灭浓如蜜的'特殊'"，不但不能"只找同而消除异"，而且要"借异而识同，借无而得有"，做到"同异全识，历史与美学全然汇通"。在这个基础上，他第一次提出了有广泛影响的"东西比较文学中模子应用"的理论。

模子（模式）是一种构思的方式，是结构行为的一种力量。例如照叶维廉所讲，西方的思维模子在字母系统下，趋于抽象意念的缕述，趋于直线追寻的细分，演绎的逻辑发展，而中国的思维模子则趋于形象构思，顾及事物的具体显现，捕捉事物并发的空间多重关系的玩味，用复合意象提供全面环境的方式来呈示抽象意念。这样的说法不免有些绝对化，但他同时指出所有模子都不是一成不变的，尤其不能用一种文化模子来覆盖另一种文化模子。要寻出两种文化之间的"共相"，首先要从其本身的文化立场去看，做到"同异全识"，才能找到两种文化可能的重叠相交处。他认为这种重叠相交经常特别明显地体现在文学艺术的体验中，人们往往能够通过文学作品找到某些超越文化异质、超过语言限制的美感力量。他在另一篇论文《语法与表现——中国古典诗与英美现代诗的汇通》①中列举了中国古典诗与英美现代诗许多可以引起共鸣的汇通之处：例如用非分析性和非演绎性的表达方式来求取事物直接具体的演出；用灵活的语法和意义的不确定带来多重暗示性；用减少甚至切断连接媒介来提升事象的独立性、具体性和强烈的视觉性；不做直线逻辑追寻而偏向多线发展，以求多重透视和并时性地行进；通过空间的时间化和时间的空间化导致视觉事件的同时呈现，以形成绘画性和雕塑性的突出；等等。叶维廉指出如果把两种文化模子比作两个圆圈，那么，以上这些方面就是两个圆圈的部分重叠相交，这两个圆圈的关系绝非一个圆圈对另一个圆圈的覆盖，也不只是两个圆圈的偶然相切。

叶维廉收集在《比较诗学》中的许多论文大体是用类似的方法在西方当代美学的语境中对中国道家美学进行了深入的研究。他的研究突破了时代和文化固有的边界，在与西方文化比照和汇通的同时，使中国古代智慧为现代所用。一方面为西方美学重新认识自己提供了前所未有的新的视角和参照系，另一方面又为中国美学自身的发展探索了更新的道路。他所取得的这些独创性成果，用事实反驳了那些认为异质文化之间无法进

---

① 叶维廉：《语法与表现——中国古典诗与英美现代诗的汇通》，《比较诗学：理论架构的探讨》，台北：东大图书公司，1983年。

行比较和汇通的学者，为后来的跨文化文学研究开辟了一条新路。

叶维廉 1988 年出版的第二本比较文学论文集《历史·传释与美学》① 说明他的思想与时俱进，有了新的发展。在这部文集里，他特别强调了"科际交相整合"。他认为欧美近年来的文学理论都是"把美学、哲学、历史、语言糅合在一起或贯穿在一起"。这里面几乎找不到一个纯粹在文学之为文学单面的研究，他们几乎都是"文化理论者"。在这个基础上他进一步探讨了"不管哪一派批评都不可避免的传释学（亦译诠释学）倾向"，他声称自己正在努力的，正是"要从中国古典文学、哲学、语言、历史里找出中国传释学的基础"。他认为中西比较文学应当是一种"坦诚相见""向对方开放""互相聆听"的学问，必须包括一些不同的意见，必须涵盖传统和现在的对话，并说出一些"有关现在的话"，不仅要沟通中外，而且要贯穿古今，"只有这种完全开放的对话方式才可以达至不同的'境界的融汇'"。

如果说他过去比较专注于两种文化重叠相交部分的研究，那么现在他的兴趣则集中于如何在古今中外完全开放的对话里，找到平等沟通的互动的话语。也就是说他所关注的不只是在两个圆圈的重叠相交部分，而是寻求一个更大圆周的圆，在这个圆周内，"可以由散点的中心，互换交参而发明"，也就是不仅可以相互吸取，而且可以由对方提供的新的视角，通过互看、"互相聆听"而产生对自己的新认识。他此后的一系列文章都是努力寻求在跨文化的传释系统中，不同文化系统各自的"预知"（亦译"前知"）形成的根源（观、感、思构、用字、传意、解读得以形成的特定历史和语言文化等），及其在相互交谈中所可能发现的新事物和互相解蔽的可能，他那篇著名的论文《秘响旁通：文意的派生与交相引发》② 就是这方面努力的一个好例。

这篇文章对于"文意"的探索显然是在西方近代诠释学的语境中进行的，但又绝非用西方诠释学的框架去寻找中国文化中可能与之相符合的材料，而是回溯到自己文化的源头去追寻发展的线索。事实上，文学领域中，每一个字的出现，其意义都是复叠而多义的。中国诗歌的笺注所提供的正是笺注者所听到的许多声音的交响，"是他认为诗人在创作该诗时整个心灵空间里曾经进进出出的声音、意向和诗式"。中国第一个提出这种美感活动的理论家是刘勰。他在《隐秀篇》中提出："夫隐之为体，义生文外，秘响旁通，伏采潜发，譬爻象之变互体，川渎之韫珠玉也。"刘勰一直追溯到《易经》的"旁通""爻变""互体的演进"，说明文和句都不是一个可以圈定的"死义"，而是开向许多既有的声音的交响、编织和叠变的意义的活动。这就以中国传统的"书不尽言，言不尽意""义生文外""得意忘言"等思想与西方传统孕育出来的当代语言学强调的

① 叶维廉：《历史·传释与美学》，台北：东大图书公司，1988 年。
② 叶维廉：《秘响旁通：文意的派生与交相引发》，《中国诗学》，北京：生活·读书·新知三联书店，1992 年。

"文辞无定义"，无非是"旁通到庞大时空里其他秘响的一扇门窗"等思想相接。这样，从各自的文化底蕴出发，就同一问题进行互参互动的对话，在对话中逐渐形成相互理解、尊重而非相互颠覆强制的"话语"，建立新的"游戏规则"，这显然是中外古今文化沟通融汇的必由之路。

叶维廉不是那种游弋于自己已经构筑完整的学术领域而自满自足的学者，他始终开拓着，探索着新的领域并取得新的成果。他的《中国现代画的生成——与当代艺术家的对话》① 是一本独一无二的、从画家个人体验出发，在世界当代艺术和中国传统艺术的坐标上研究中国当代绘画的形成及其特点的书。叶维廉认为，中国现代画发展了多年，已经有了确切的个人面貌与风格，对中国和西方传统的结合也有了自己独特的思考，应该有一本书把中国当代绘画发展的来龙去脉，各家风格的生成衍化以及中国当代绘画产生的社会文化环境等做一个评价与论定。在这本《对话》中，可以看到他对中外艺术史和现代各派前卫艺术都作了相当广泛的阅读和钻研，他经常出入于各种展览场所，追踪展出后的评论与争辩，和许多著名画家保持着密切的个人联系，他在与赵无极等九位当代世界知名华人画家的深入对话中，反复探讨了这些画如何在西方当代绘画潮流中生成，又如何受到中国诗画传统的熏陶而表现出深厚的中国文化的底蕴。世界比较文学学科很早就以跨文化文学研究作为自己的一个重要组成部分。但在中国，这方面的成果还不是很多，叶氏的这本书既是跨中西绘画传统的讨论，又是跨诗学、美学、历史和语言等多学科的研究，特别是他对九位画家的亲自访谈和提问，记录了这些画家最直接表述的思绪，留下了极其宝贵的资料。

进入 90 年代，叶维廉的研究重心和兴趣又逐渐转入对后现代性的探讨。论文集《解读现代·后现代——生活空间与文化空间的思索》② 集中展示了他对这些问题的思考。后现代性、后现代派或后现代主义本是含混复杂，较难界定的概念。叶维廉从现代与后现代的比照，以及现代向后现代的发展过渡来说明后现代现象，使其对于这些现象的阐述较为明白晓畅。特别有意思的是，他指出后现代派提出的时间的空间化、多重透视和并时性、物象独立性和强烈的视觉性、现时性、超语法和破语法等主张"竟然早已出现在未经工业洗礼的东方思想（如道家、佛教）和口头文化中"。他因此提出"文学艺术的研究，不可以一种文化生变的网络作为一切文学艺术最后的准则；跨文化的研究，指出一个更能令人反思的起点。亦即是：甲文化认为是边缘性的东西，很可能是乙文化里很中心的东西……在一个突然的机会里，由于各个历史不同的需要，甚至会相互换位"。因此，"前现代"的中国哲学文化能否为"后现代"的西方哲学文化提供借鉴，彼此相互交融就成为一个十分值得思考和研究的问题。

---

① 叶维廉：《与当代艺术家的对话——中国现代画的生成》，台北：东大图书公司，1987 年。
② 叶维廉：《解读现代·后现代——生活空间与文化空间的思索》，台北：东大图书公司，1992 年。

叶维廉在十八岁步入中国诗坛，肩负着"五四"新文化传统，承接着 20 世纪三四十年代中国现代派诗歌余脉，开台湾现代派诗歌一代诗风，至今写诗不辍。创作的冲动、对文字的敏感、作为一个诗人所特有的内在的灵视，决定了他无可取代的学术研究特色。他对中国道家美学、古典诗学、比较文学、中西比较诗学的贡献至今无人企及；他对中国现代小说和现代诗歌的评论也是分析入微，发人深思，极有创意的。

【作者简介】

乐黛云，北京大学中文系教授、博士生导师。